Michaela Abresch

Kalt ruht die Nacht

Historische Kriminalgeschichten
aus dem Westerwald

acabus

Abresch, Michaela: Kalt ruht die Nacht. Historische Kriminalgeschichten aus dem Westerwald. Hamburg, acabus Verlag 2020

3. Auflage
ISBN: 978-3-86282-538-7

Dieses Buch ist auch als eBook erhältlich und kann über den Handel oder
den Verlag bezogen werden.
ePub-eBook: ISBN 978-3-86282-540-0
PDF-eBook: ISBN 978-3-86282-539-4

Lektorat: Eva-Maria Bergerbusch, Silke Seibold, acabus Verlag
Satz: Theresa Saretz, Silke Seibold, acabus Verlag
Cover: © Marta Czerwinski, acabus Verlag
Covermotiv: © Freesurf - Fotolia.com
Karte: © Veronika Adams

Bibliografische Information der Deutschen Nationalbibliothek:
Die Deutsche Nationalbibliothek verzeichnet diese Publikation in der
Deutschen Nationalbibliografie; detaillierte bibliografische Daten sind im
Internet über http://dnb.d-nb.de abrufbar.

Der acabus Verlag ist ein Imprint der Bedey Media GmbH,
Hermannstal 119k, 22119 Hamburg.

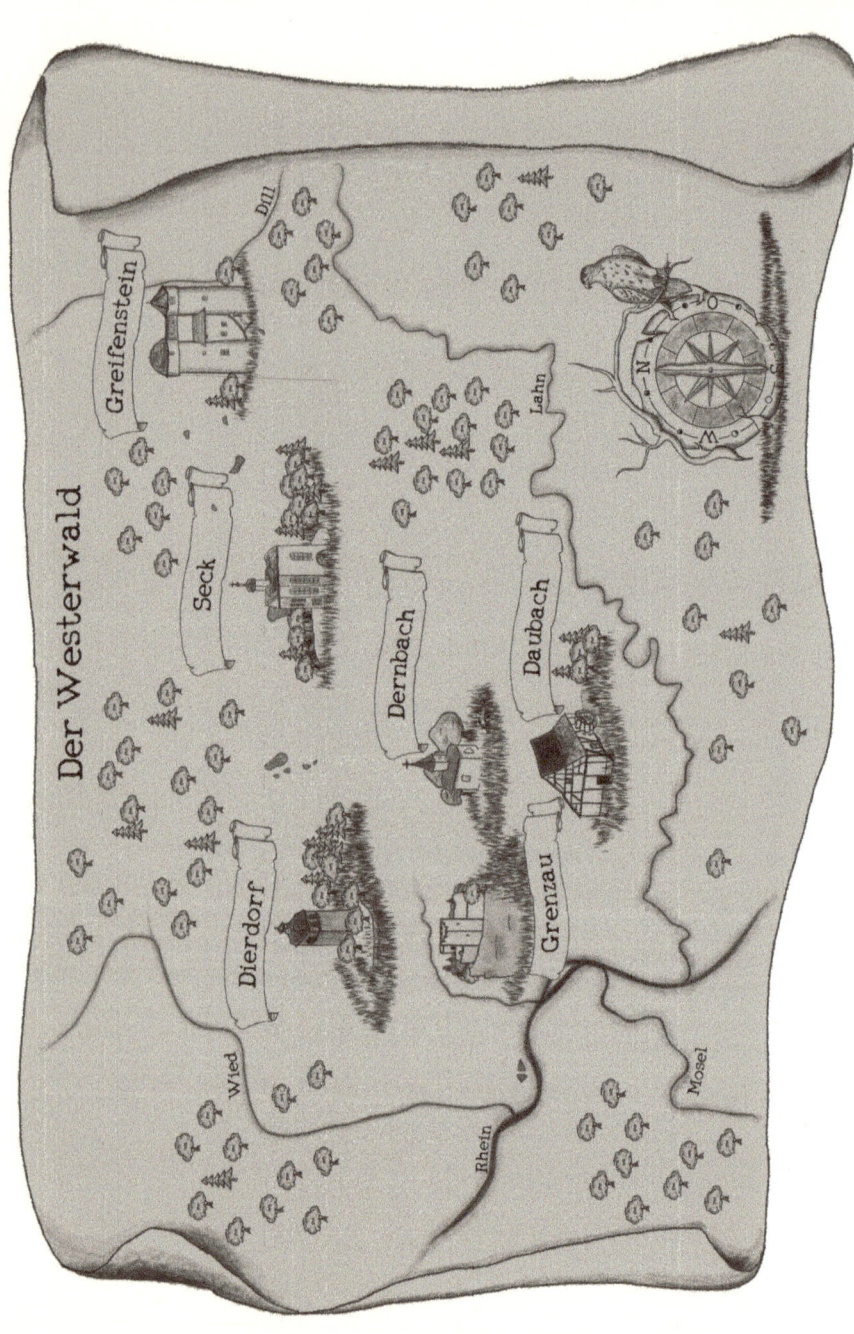

Inhalt

Bis zum Ende des Winters   9

Schrei nicht, kleine Schwester   53

Der Fingersammler   95

Josephines Vermächtnis   125

Schwalbenkind   173

Die Scherbe   219

Wenn sich Fakten und Fantasie vermischen ...   249

Nachwort   257

Bis zum Ende des Winters

Seck, im Jahr 1410

Eine Windböe wirbelt die Flocken umher. Sie trudeln lautlos, dicht an dicht. Wie ein Vorhang teilen sie die Umgebung in Hell und Dunkel. Kein Geräusch zerschneidet die Stille, sieht man von dem kaum hörbaren Klopfen ab, mit dem die Schneeflocken dumpf das gefallene Laub küssen. Aufgehäuft am Feldrain verschwindet es zusehends unter der weißen Decke. Unablässig tanzt der Schnee aus den tief hängenden Wolken herab, schmilzt auf seiner emporgereckten Stirn, auf seinen Wimpern, seinen Lippen, pudert den rotblonden Schopf. Sanfte, weiße Stille. Wenn es weiterschneit, wird am Abend alles verwandelt sein: die Ackerfurchen ebenso wie der Eichwald, der das Feld zu zwei Seiten säumt. Schnee macht die Luft still. Wie gern würde er diese Stille in sich aufnehmen, damit sie sich auf sein Herz überträgt! Es schlägt zu laut, zu wild. Noch immer. Sein Atem hat sich beruhigt, aber nicht sein Herz. Er leckt eine Schneeflocke von den Lippen. Mach mein Herz still!, flüstert er ihr zu. Sie löst sich auf, aber das Pochen in seiner Brust bleibt.

Seine Füße fühlen sich kalt an. Er sieht auf sie hinunter. Die Holzschuhe passen ihm nicht, zwingen ihn dazu, die Zehen einzukrallen, gehörten vorher jemand anderem – wie alles, was er am Leib trägt. Almosen. Wieder hebt er den Kopf, blinzelt in den herabrieselnden Schnee. Er schließt die Augen, spürt die Kälte auf seinen Wangen und weiß, dass sein Herz sich erst beruhigen wird, wenn in der Nacht der Frost mit seinem eisigen Atem über das Land jagt und Acker, Wald und Laubhügel gefrieren lässt.

9

»Allmählich mache ich mir Sorgen um sie.«

Schwester Lucardis balancierte eine große Anzahl Holznäpfe in den Armen. Geräuschvoll lud sie sie auf der Anrichte ab. Auf den ersten Blick hätte man glauben können, sie seien unbenutzt. Erst bei näherem Hinsehen erinnerten Rückstände, die sich beim besten Willen nicht mit dem Brotkanten hatten herauswischen lassen, an den Gerstenbrei, mit dem sie kurz zuvor gefüllt gewesen waren. Schwester Edmunda hatte die weiten Ärmel ihres Habits bis zu den Ellenbogen hinaufgeschoben und die Säume weiter oben mit kleinen Holzklemmen befestigt. Die beiden Enden ihres Schleiers hatte sie sicherheitshalber über die Schultern nach hinten geschlagen. In einer Hand hielt sie einen Lappen, mit der anderen griff sie nach dem obersten Breinapf. Sie tauchte ihn in die mit dampfendem Wasser gefüllte Blechwanne, in der sie das Geschirr nach der Armenspeisung abspülten, damit sie es nicht hinüber zur Klosterküche tragen mussten. Zu ihrer Rechten wartete Martha mit einem trockenen Leinentuch.

»Sie war schon dreimal hintereinander nicht hier, das ist ungewöhnlich«, fügte Schwester Lucardis hinzu. Unmerklich schüttelte sie den Kopf.

»Vielleicht ist sie krank«, erwiderte Schwester Edmunda. »Du weißt doch, wie viele Dorfleute in diesen Tagen vom Fieber befallen sind und gelben Schleim husten.«

Sie reichte Martha den tropfenden Napf und tauchte mit der anderen Hand gleichzeitig den nächsten ins Spülwasser. Währenddessen trug Schwester Lucardis weiteres Geschirr herbei und stapelte es auf der Anrichte.

»Warum liegt Euch das Mädchen so am Herzen, Schwester Lucardis?«, fragte Martha, die Jüngste von ihnen. Sie war eine Tochter aus wohlhabender Familie, wie die meisten der Seligenstatter Benediktinerinnen, die zusammen mit einer beachtlichen Mitgift in die Obhut des Konvents gegeben wurden. Dank Marthas Aufnahme als Novizin hatte die klösterliche Gemeinschaft einmal mehr ihre Ländereien vergrößern können.

Sie war ein stilles Mädchen, das immer auf sonderbare Art unsichtbar wirkte. Nie plapperte sie gedankenlos daher, wie andere Novizinnen es manchmal taten, wenn sie für einen Moment die benediktinische Regel der Schweigsamkeit vergaßen, die müßiges und zum Gelächter reizendes Geschwätz verbot. Nein, Martha sprach nur, wenn sie ihre Worte zuvor wohlüberlegt hatte. Lucardis schätzte die besonnene Art der jungen Novizin. Wenn sie erst die Gelübde abgelegt hatte, würde sie eine hingebungsvolle Ordensschwester abgeben und eine Bereicherung für die Gemeinschaft sein.

»Sie liegt mir nicht mehr am Herzen als die anderen Bedürftigen, die uns um Essen und Obdach bitten«, erwiderte Lucardis, allerdings ohne den Nachdruck, den sie ihrer Antwort gern verliehen hätte. Dass das Gesagte nicht der Wahrheit entsprach, behielt sie für sich, bat aber im Stillen den Herrn um Vergebung für diese Unaufrichtigkeit. Natürlich lag Theresia ihr mehr am Herzen, das hatte Martha in ihrer feinfühligen Art richtig erkannt. Lucardis war sich im Klaren darüber, dass sie keine Unterschiede machen sollte, keinen der Bedürftigen, die zum Tisch der Armenküche kamen, dem anderen vorziehen durfte. Für gewöhnlich gelang ihr dies recht gut, bei Theresia aber war es anders. Der kummervolle Blick in ihren Augen weckte in Lucardis das Bedürfnis, dem Mädchen besondere Fürsorge angedeihen zu lassen. Theresia war vierzehn Jahre alt und von knabenhafter Statur. Ihre hängenden Schultern und die Augen in den tiefen, dunkel umschatteten Höhlen erweckten den Eindruck, als sei sie krank oder stets übermüdet. Manchmal schlief sie gar am Tisch ein. Daher nahm Lucardis an, dass sie nachts nicht genügend Schlaf fand oder man sie zu schwer arbeiten ließ.

»Was weißt du über sie?« Edmundas Stimme beendete Lucardis' Grübeleien. Sie beeilte sich, die letzten Krümel von der Tischplatte zu kehren, an der bis vor wenigen Augenblicken ein Dutzend ausgehungerter und verwahrloster Menschen gesessen hatte, um sich gierig über die ihnen zugeteilte Portion Gerstenbrei herzumachen.

»Theresia war ein unerwünschtes Kind. Kaum dass sie ein paar Tage alt war, wickelte ihre Mutter sie in eine Decke und legte sie in einem Korb vors Kirchenportal, um sich aus dem Staub zu machen. Mit einem Burschen. Keiner wusste damals, ob's der Kindsvater war. Über den hat Theresias Mutter nie gesprochen«, sagte Lucardis. Sie richtete ihren Blick aus der kleinen, rechteckigen Fensteröffnung, von der sie kurz zuvor den Lederbehang entfernt hatte. Er hielt im Winter die Kälte draußen, worauf sie in Anbetracht des üblen Geruchs, der nach der Armenspeisung in der Luft waberte, jedoch gern für eine Weile verzichteten.

»Jemand hatte beobachtet, wie sie ihr Kindchen vor die Kirche legte. Aber bevor man sie zur Rechenschaft ziehen konnte, war sie verschwunden«, fuhr Lucardis fort. Ihr Blick verlor sich im Schneetreiben vor der Fensteröffnung. Sollte es so heftig weiterschneien, wäre der Zugangsweg zum Klostergelände in wenigen Stunden nicht mehr passierbar. Wohn- und Wirtschaftsgebäude waren neben der Klosterkirche in einer Senke errichtet worden, zu der man über einen abschüssigen Weg gelangte. Schneereiche Winter sorgten dafür, dass der Konvent vom Dorf abgeschnitten wurde, weil niemand sich den Weg herauf oder herunter wagte.

»Pfarrer Richwin spendete dem Kind die Nottaufe und gab ihm einen Namen«, fuhr Lucardis fort, ohne den Blick von dem Schneegestöber abzuwenden.

»Was geschah mit ihr?« Schwester Edmunda hielt mit der Arbeit inne und lenkte ihren Blick auf Lucardis. Martha verharrte ohne eine Bewegung neben ihr. Lucardis wandte sich ihnen zu. »Pfarrer Richwin hat sich kurz darauf für sie beim Schäfer-Wenzel und seiner Frau eingesetzt. Die beiden haben keine eigenen Kinder und brauchen jede Hand. Sie nahmen das Kind wie ein eigenes an und jetzt ist Theresia alt genug, um mit anzupacken. Wenzel ist bei Wind und Wetter mit den Schafen draußen und seine Frau hat es mit den Knochen, da ist es gut, dass sie Theresia im Haus haben.«

Ein Hocker scharrte über die Dielen. Martha zuckte zusammen, Schwester Edmunda warf einen Blick über die Schulter.

»Das ist nur Lazarus«, sagte Lucardis und drehte sich nun ebenfalls nach dem letzten Gast um, der sich noch in der Armenküche aufhielt. Unbemerkt hatte Lazarus in der Ecke nahe beim Kochfeuer gesessen, wo in der Asche die letzten Funken glommen und noch ein Hauch von Wärme spürbar war, wenn man dicht genug herantrat.

»Immer der Letzte.«

Der Junge mit dem Karottenschopf kam seit einem guten Jahr zu den Speisungen. Lucardis schätzte ihn auf nicht einmal zwanzig Jahre. Er lebte im Wald, zumindest sagte er das. Bisher hatte niemand bezeugen können, dass stimmte, was er erzählte, aber die Secker und die Benediktinerinnen aus dem Kloster glaubten ihm.

Lazarus hatte ein freundliches Gemüt, war höflich und hilfsbereit, was dazu beitrug, dass die Leute ihn während der Saat- und Erntezeit gern als Tagelöhner einstellten. Dass er ein Heimat- und damit ein Rechtloser war, vergaßen sie dabei. So kam es, dass sie ihn nicht vertrieben – nicht einmal, wenn er nach Schlachttagen vor den Einfriedungen ihrer Häuser herumlungerte. Im Gegenteil, sie riefen ihn herein und tischten ihm eine Portion von der dampfenden Wurstsuppe auf oder steckten ihm ein Stück Blutwurst zu. Der Hunger war allgegenwärtig in jener Zeit und nur an Tagen wie diesen ließ er sich etwas besänftigen.

Wenn Lazarus in die Klosterküche kam, setzte Schwester Lucardis sich manchmal zu ihm. Mit ihrer freundlichen Art ermunterte sie ihn zum Erzählen. So wusste sie, dass er mit der Schleuder umgehen konnte und sich hin und wieder einen Hasen oder eine Wachtel über dem Feuer briet. Dessen ungeachtet ließ er dennoch nie eine Armenspeisung aus. Lucardis beschlich schon lange der Verdacht, dass der Grund für seine Besuche nicht nur die dünne Suppe und der Getreidebrei waren.

In diesem Augenblick trat er an den Schwestern vorbei, dankte mit einem knappen Kopfnicken für die Mahlzeit und öffnete die Tür. Sogleich fuhr ein Flockenwirbel in den Raum und brachte eisige Schneeluft mit herein. Rasch trat der Junge hindurch und zog die Tür hinter sich ins Schloss, ohne sich noch einmal umzudrehen.

»Es ist nicht das Essen allein«, murmelte Lucardis, während sie ihm hinterhersah. Sie dachte an das schäbige Wams und die löchrigen Beinkleider, die er am Leib trug, und fragte sich, ob er den Winter im Wald überleben würde.

»Was meinst du?«, fragte Edmunda. Sie griff nach den letzten Näpfen und begann sie mit dem Lappen zu säubern.

»Ich denke, dass er nicht allein der Mahlzeiten wegen zu uns kommt.«

Eine der Holzschüsseln fiel polternd zu Boden und rollte unter den Tisch. Edmunda und Lucardis wandten die Köpfe. Marthas Wangen röteten sich.

»Verzeiht, ich war unachtsam«, murmelte sie und beeilte sich, den heruntergefallenen Napf unter dem Tisch hervorzuangeln. Edmunda wandte sich wieder ihrer Arbeit zu, ohne das Missgeschick weiter zu beachten.

»Natürlich nicht!«, erwiderte sie. »Hier findet er für eine Stunde alles, was ihm draußen fehlt. Bei uns brennt ein Feuer, an dem er sich wärmen kann, und die Mahlzeit wird ihm vor die Nase gestellt.«

Aus dem Augenwinkel beobachtete Lucardis die fahrigen Handgriffe der jungen Novizin. Ob sie sich ebenfalls um Theresia sorgte? Feinfühlige Menschen wie Martha waren ein Segen für andere, denn sie spürten die Dinge, ohne dass viele Worte nötig waren. Lucardis lächelte ihr zu.

»Ich gebe dir Recht«, wandte sie sich wieder an Edmunda, »aber da ist noch etwas anderes, glaub mir.«

Schwester Edmunda schüttelte so heftig den Kopf, dass ihr die Zipfel des Schleiers über die Schultern nach vorn glitten.

»Ach Lucardis, ich hoffe, deine Ahnungen und dein Spürsinn bringen dich nicht eines Tages einmal in Schwierigkeiten!«

Seit zwei Tagen fällt der Schnee ohne Unterbrechung. So kommt es ihm jedenfalls vor. Wege und Felder sind nicht mehr voneinander zu unterscheiden, verschmelzen

zu einer Einheit, in der sein Blick vergeblich nach einem Kontrast sucht. Hier und da ein paar Spuren. Hungriges Wild. Auch Menschenspuren. Er findet die Abdrücke seiner Holzschuhe, die er am Morgen hinterlassen hat, als er ins Dorf gegangen ist. Jetzt schneien sie allmählich zu.

Flocken tanzen um ihn herum, setzen sich in seinen Nacken, der ungeschützt ist, und pudern seine Augenbrauen. Unter dem Wams verbirgt er einen halben Laib Brot. Einen halben Laib! Trotz der Kälte ziehen sich seine Mundwinkel nach oben, als er daran denkt, dass er drei Tage satt werden wird. Ohne ein Wort, dafür mit einem scheuen Lächeln hatte Martha, die hübscheste der Novizinnen, ihm das Brot gereicht, vorhin, bevor er den Kragen seiner Jacke nach oben geschlagen und die Armenküche verlassen hatte. Niemand außer ihnen beiden war mehr im Raum gewesen. Die Überraschung hatte ihn sprachlos werden lassen und Martha scheinbar auch, denn sie hatte stumm die Augen niedergeschlagen und den Kopf gesenkt, um die aufflammende Röte zu verbergen.

Als er seine Höhle erreicht, atmet er auf. Er zwängt sich durch den Spalt, der gerade breit genug ist, eine Person von seiner Statur hineinzulassen. Er wartet, bis seine Augen sich an das Dämmerlicht gewöhnen. Der auf der Haut geschmolzene Schnee rinnt ihm den Rücken herunter. Sein Hemd ist durchnässt, die Füße fühlen sich taub an, seine Finger sind dunkelrot verfärbt, fast bläulich. Sie brennen vor Kälte. Mit leisem Klappern schlagen seine Zähne aufeinander. Er tastet sich ein paar Schritte weiter ins Innere der Höhle. Dort, wo zusammengeknäult die Decke liegt, die Schwester Lucardis ihm zu Beginn des Winters in die Arme gedrückt hat, sinkt er auf die Knie. Er findet den Feuerstein, das Schlageisen und bricht etwas von dem Zunderschwamm ab, den er im Herbst von den Rotbuchen geschnitten hat. Sein Schatz. Ohne Feuer wird er den Winter nicht überleben, das weiß er. Durch die Kälte in den Fingern sind seine Handgriffe unbeholfen, wie die eines kleinen Jungen, der sich zum ersten Mal im Feuerschlagen versucht. Er ärgert sich, stößt einen

Fluch aus, als ihm der Feuerstein in einem unachtsamen Augenblick aus der Hand gleitet und davonrollt. Er streckt den Arm aus, tastet nach dem Stein, findet ihn. Dieses Mal passt er besser auf. Fest wickelt er den Zunder um einen Teil des Steins und schlägt dann das Eisen dagegen, zweimal, dreimal, noch einmal. Die Schläge erzeugen harte, metallisch klingende Laute, die von den Höhlenwänden zurückgeworfen werden. Endlich steigt eine winzige, fast durchscheinende Rauchsäule auf. Er lässt das Schlageisen fallen, beschirmt den Zunder mit der freien Hand und kriecht zum Höhleneingang, wo kreisrund angelegte Steine eine Feuerstelle markieren. Trockenes Stroh liegt darin, nicht mehr als zwei Hände voll, gestohlen aus einem Secker Heustall und unter dem Wams versteckt. Rasch bringt er es mit dem rauchenden Zunder in Berührung und pustet kräftig hinein, so lange, bis das Stroh zu rauchen, zu glimmen und schließlich zu brennen beginnt. Ein Hustenanfall schüttelt ihn. Er wendet den Oberkörper zur Seite, hält schützend einen Arm vor Mund und Nase. Dann wirft er Reisig auf die kleine Flamme. Die dürren Äste knacken, als das Feuer an ihnen leckt. Er sieht der Rauchwolke hinterher, die durch den ins Freie führenden Spalt abzieht. Er setzt sich dicht an die auflodernden Flammen, streckt seine Hände aus. Das Feuer wärmt und erhellt die Höhle. Sie misst nicht mehr als fünf mal fünf Schritte, ist daher nicht geräumig, nicht zu vergleichen mit einem Haus aus Stein, hat keine Fensteröffnung und keinen lehmgestampften Boden, aber sie ist sein Zuhause, seit er im Frühjahr in diese Gegend kam. Der Feuerschein taucht das Innere der Höhle in warmes Licht. Er wirft flackernde Schatten an die Höhlenwände, auf den Boden, auf den dunklen Fleck nur einen Schritt von ihm entfernt. Mit Schnee hat er versucht, ihn wegzureiben, getrieben vom Verlangen, ihn und die damit verbundenen Erinnerungen zum Verblassen zu bringen. Wie einfältig!

Nachdem Theresia auch bei den beiden folgenden Armenspeisungen nicht mit den anderen am Tisch gesessen hatte, beschloss Schwester Lucardis, der Sache auf den Grund zu gehen. Es war um die Mittagszeit, zwei Wochen vor dem Christfest. Im Kloster Seligenstatt befolgte man, wie in jedem Jahr, seit dem fünfundzwanzigsten November die Regeln des Fastens, das erst am Christtag mit der Geburt des Erlösers aufgehoben werden durfte. Die benediktinische Vorschrift für das Maß der Speisen erlaubte keine Unmäßigkeit, erst recht nicht während der Fastentage. Die Brotsuppe, die Lucardis gemeinsam mit ihren Mitschwestern aus den kleinen Holzschüsseln löffelte, war dementsprechend wässrig, da nur eine überschaubare Menge an Brotresten Eingang in den Suppenkessel gefunden hatte.

Als die Stimme der Vorbeterin die Mahlzeit beendete, setzte sich ein Meer aus schwarzen Ordenskleidern in Bewegung, um das Refektorium zu verlassen. Lucardis zupfte ihre Mitschwester Edmunda beim Hinausgehen am Ärmel.

»Ich gehe ins Dorf«, raunte sie ihr zu. Edmundas Augenbrauen hoben sich. »Keine Mittagsruhe?«

»Ich muss nach dem Mädchen sehen«, erwiderte Lucardis. »Es beunruhigt mich, dass sie so lange nicht hier war.«

»Du willst zum Schäfer-Wenzel?«

Lucardis nickte und schob sich vor Edmunda zur Tür heraus.

»Dann geh mit Gott«, flüsterte Edmunda, aber Lucardis war bereits davongeeilt.

Während ihre Mitschwestern sich für die Dauer einer Stunde zur Ruhe oder zum Gebet in ihre Zellen zurückzogen, meldete Lucardis sich bei der Pförtnerin ab – einer uralten Ordensschwester, die wie eine Nebelkrähe auf ihrem Stuhl in einer Nische hinter der Eingangstür saß. Sie nickte nur. Es war nicht unüblich, dass Lucardis, der die Armen und Notleidenden am Herzen lagen, das Kloster bisweilen verließ, um im Dorf nach den Kranken zu sehen.

Lucardis trat ins Freie. Schneegestöber umfing sie. Sie wickelte ihr wollenes, schwarzes Tuch eng um ihren Oberkörper und verbarg beide Hände darunter. Scharf blies der Wind von vorn und zwang sie, sich mit aller Kraft dagegenzustemmen.

Der Weg vom Kloster ins Dorf betrug etwa fünfhundert Schritte. Er führte zuerst leicht bergan und fiel nach halber Strecke ab. Wagenspuren und die Fußabdrücke der Armen hatten den Schnee zerfurcht. Zweimal verlor Lucardis beinahe den Halt auf dem rutschigen Weg und sie dankte ihrem Schutzengel, als sie wohlbehalten das Dorf erreichte.

Das Haus, das Wenzel und Elsbeth bewohnten, unterschied sich durch nichts von den anderen gemauerten und mit Kalk getünchten Fachwerkgebäuden, die dicht beieinander zu beiden Seiten der Gasse errichtet worden waren. Die winzigen Fensteröffnungen ließen schon in den warmen Monaten kaum Licht herein, waren aber im Winter geölte Leinentücher oder Tierhäute zum Schutz vor der Kälte darin befestigt, blieb das Innere der Häuser von morgens bis abends im Dämmerlicht.

Lucardis klopfte. Die hölzerne Türe war kürzlich erneuert worden, wie unschwer zu erkennen war. Von drinnen rief jemand etwas, das sie nicht verstand. Es folgte ein Scharren auf der anderen Seite der Tür, dann öffnete sie sich. Elsbeth – blass wie ein Gespenst, wodurch ihr verhärmtes Gesicht noch kantiger wirkte. An Tagen wie diesen konnte Lucardis ihr die Schmerzen im Gesicht ablesen, bevor sie auch nur ein Wort mit der Schäfersfrau gewechselt hatte.

»Schwester Lucardis?« Elsbeth runzelte die Stirn, als sie die Ordensschwester erkannte. Lucardis hörte das leise Brodeln beim Einatmen.

»Was führt Euch zu uns?«

Elsbeth trug ein einfaches, grob gewebtes Kleid, das ihr bis zu den Knöcheln reichte und etliche Flecken aufwies. Sie war barfuß. Ihr graubraunes Haar hing ihr ungewaschen und in wirren Strähnen über die Schultern. Schwester Lucardis grüßte mit einem Kopfnicken.

»Ich vermisse Theresia seit einiger Zeit bei den Armenspeisungen«, begann sie ohne Umschweife. »Ich mache mir Sorgen um sie. Darf ich kurz mit ihr sprechen?«

»Theresia?« Elsbeth sprach den Namen ihrer Ziehtochter aus, als höre sie ihn gerade zum ersten Mal. »Sie ist schon seit über sieben Tagen nicht mehr hier gewesen.«

»Nicht mehr hier gewesen? Was heißt das?«

»Was soll das wohl heißen? Eine Ausreißerin ist sie! Da tut man alles für dieses undankbare Balg, aber sie schleicht sich aus dem Haus und kommt nicht zurück.«

»Das passt nicht zu Theresia«, murmelte Schwester Lucardis mit dem Anflug eines Kopfschüttelns.

»Manchmal täuscht man sich in den Menschen, Schwester«, erwiderte Elsbeth. »Wollt Ihr in die Stube kommen? Hier draußen erfriert Euch das Fleisch.«

Lucardis nickte ihr zu und trat hinter der Schäfersfrau ins Innere des Hauses. Es roch nach einer Mischung aus Rauch, saurer Milch und abgestandener Luft. Lucardis' Magen krampfte sich zusammen. Sie bemühte sich, dem üblen Geruch keine allzu große Aufmerksamkeit zu schenken.

Elsbeth wies auf einen der zwei Stühle, die zu beiden Seiten eines Tisches standen. Lucardis schüttelte den Kopf.

»Danke, Elsbeth, aber ich bleibe nicht lange. Ist der Wenzel nicht zu Hause?«

»Wo kann er um diese Zeit schon sein? In der Wirtschaft! Da versäuft er das Geld, das er mit dem Schafehüten verdient hat.«

»Habt ihr euch gestritten, du und die Theresia?«

»Warum fragt Ihr das?«

»Ich will dir nicht zu nahe treten, bitte missversteh mich nicht. Aber es könnte ja sein, dass ihrem Fortlaufen etwas vorangegangen ist, ein Streit oder etwas in der Art.«

»Nein, ich kann mich nicht erinnern, dass wir gestritten hätten. Sie ist ohne Grund auf und davon.«

»Ist dir denn sonst irgendetwas aufgefallen, was anders war als sonst?«

»Nein, alles war wie immer. Außer dass sie in der letzten Zeit ständig Löcher in die Luft starrte.«

Lucardis legte den Kopf schräg.

»Wenn ich sie dann rief«, fügte Elsbeth hinzu, »zuckte sie zusammen, als hätte ich sie aus dem Schlaf geweckt.« Sie zog sich einen Stuhl heran und ließ sich, eine Hand als Stütze im Rücken, mit einem leisen Ächzen auf ihm nieder.

»Wie erklärst du dir ihr Verhalten?«

Elsbeth zuckte mit den Schultern. »Was weiß ich. Sie erzählt ja nichts. Hat nie gesagt, wohin sie geht.«

»Ging sie oft aus dem Haus?«

»Fast jeden Tag. Immer nachmittags. Ich wollte sie nicht einsperren, aber geheuer war mir das nie. Wenzel hat immer gesagt, ich soll sie gehen lassen, sie käme schon zurück.«

»Aber ihr wusstet beide nicht, wohin sie ging? Traf sie sich vielleicht mit jemandem?«

»Wer soll das gewesen sein?« Wieder zuckte Elsbeth mit den Schultern. »Möglich ist es, aber beschwören würde ich es nicht. Wenzel sagt, sie wird schon wieder auftauchen eines Tages.« Lucardis nickte und wandte sich zur Tür um. »Ich danke dir, Elsbeth.«

Sie trat ins Freie, ohne sich noch einmal umzudrehen. »Theresia.« Sie hatte geflüstert, als sei es dringend notwendig, um eine Spur sichtbar werden zu lassen, die zu ihr führte. Dass Theresia aus Starrköpfigkeit fortgelaufen war, schloss Lucardis aus. Dazu war das Mädchen zu folgsam.

Lucardis eilte die Gasse hinunter, in Richtung der wuchtigen Kirchenmauern von Sankt Kilian. Um den Saum ihres Habits vor dem schmutzigen Schneematsch zu schützen, hob sie ihr Ordenskleid mitsamt dem Skapulier etwas an. Sie umrundete die dreischiffige Basilika, bis sie vor dem Wohngebäude stand, das sich an der Westseite der Kirche befand. Noch bevor sie den Weg zur Haustür einschlagen konnte, wurde diese von innen geöffnet. Heraus trat Pfarrer Richwin. Er war nicht mehr ganz jung, von untersetzter Gestalt und nicht größer als sie selbst. Sein spärliches Haupthaar war bereits ergraut.

»Schwester Lucardis!«, rief er, sichtlich erfreut, die Ordensschwester zu sehen. Er zog die Tür hinter sich ins Schloss, verriegelte sie und eilte Lucardis mit staksigen Schritten entgegen.

»Bei diesem Wetter wagt Ihr Euch ins Dorf!« Die beiden kannten einander seit vielen Jahren, denn Richwin zelebrierte nicht nur die Messen in der Klosterkirche, sondern diente den Seligenstatter Schwestern auch als Seelsorger.

»Was führt Euch zu mir?«

»Wusstet Ihr, dass Theresia verschwunden ist?«

»Das Mädchen, das ich damals in die Obhut von Wenzel und Elsbeth gegeben habe?«

Lucardis nickte. »Elsbeth berichtete, sie sei fortgelaufen. Aber das glaube ich nicht. Und es ist doch seltsam, dass weder Elsbeth noch Wenzel sich dazu berufen fühlen, nach ihr zu suchen!«

Der Pfarrer wog den Kopf hin und her. Mit ausgestrecktem Arm wies er hinüber zum Kirchenportal. »Ich bin auf dem Weg in die Sakristei, kommt doch mit mir, dann können wir unser Gespräch fortsetzen.«

Lucardis folgte ihm. »Ihr habt Recht«, hörte sie den Pfarrer sagen. »Theresia ist ein ängstliches Mädchen, sie würde niemals fortlaufen, noch dazu allein und im Winter.« Um seine Einschätzung zu bekräftigen, schüttelte er energisch den Kopf. »Wohin sollte sie denn gehen?«

»Ihr besucht doch gelegentlich die Dorfleute«, erwiderte Lucardis. Pfarrer Richwin öffnete einen Flügel der schweren, eisenbeschlagenen Kirchentür und Lucardis betrat vor ihm das Innere des Gotteshauses. »Sicher führten Eure Besuche Euch in der letzten Zeit auch zu Wenzel und Elsbeth.«

Er nickte. »Es ist noch nicht lange her, dass ich bei ihnen war. Ich erinnere mich, dass Theresia mir noch stiller vorkam als sonst.«

Gleichzeitig tauchten Lucardis und Pfarrer Richwin einen Finger in den Marmorkessel mit Weihwasser, bekreuzigten sich und verneigten sich in Richtung des Allerheiligsten am Altar.

»Was hattet Ihr für einen Eindruck?«, flüsterte Lucardis ihm zu, während sie an der geschnitzten Holzfigur des Heiligen Kilian vorbei zur Sakristei gingen.

»Ich sprach sie an, aber sie blieb stumm. Erst als Wenzel sie aufforderte, erwiderte sie etwas auf meine Frage. Sehr einsilbig. Ich konnte sie kaum verstehen. Sie hielt den Kopf gesenkt, sodass mir ihr Gesicht verborgen blieb. Etwas stimmte nicht mit ihr.«

»Habt Ihr eine Erklärung für ihr Verhalten? War sie krank? Oder ist es möglich, dass sie … wie soll ich sagen … dass etwas sie bekümmerte?«

»Ich weiß, dass Wenzel und Elsbeth sich bemühen, ihr gute Eltern zu sein. All die Jahre, in denen sie bei ihnen lebt, ist mir nie etwas Gegenteiliges zu Ohren gekommen.« Der Ring mit den Kirchenschlüsseln klirrte in Richwins Händen, als er ihn im Gehen von einer in die andere Hand wechselte. »Sehen wir davon ab, dass sie hin und wieder ungerechterweise Schelte von Wenzel bekommt. Wir kennen ihn ja. Wenn er aus der Wirtschaft kommt, hat er sein Mundwerk nicht im Griff.«

Lucardis, deren Befürchtungen sich durch das Gehörte verstärkten, nickte zustimmend. »Elsbeth sagte, dass sie keinen Streit hatten.«

»Die Leute reden, Schwester Lucardis, sie reden sich das Leben so, wie sie es gern hätten. Vielleicht macht Elsbeth die Augen zu und verstopft sich die Ohren, damit ihr verborgen bleibt, wenn Wenzel ausfallend wird.«

Lucardis blieb stehen. »Ich hoffe nicht, dass Theresia etwas zugestoßen ist. Es treibt sich ein Gesindel in der Gegend herum, da wird es einem Angst und Bange. Das Leben eines Mädchens zählt da nicht viel.«

Pfarrer Richwin öffnete die Tür zur Sakristei und senkte die Stimme zu einem Flüstern. »Möglicherweise kann Thilde Euch mehr sagen als ich.« Jeder im Dorf wusste, dass er Thilde mit großem Nachsehen duldete. Andernorts galten kräuterkundige Frauen wie sie als schadenbringende Weiber bei den geistlichen Herren und mussten um Leib und Leben fürchten. Seit Thilde aber im vergangenen Frühjahr ein nicht heilen wollendes Geschwür an Richwins Hals mit Auflagen aus Spitzwegerich kuriert hatte, stand sie in seiner Gunst und hatte nichts zu befürchten.

Lucardis dankte Pfarrer Richwin mit einem Kopfnicken, wandte sich um und verließ die Kirche durch den Seitengang.

Die Schneedecke glitzert. Früher sind ihm solche Nichtigkeiten nie aufgefallen. Er bemerkt sie erst, seit sie ihn darauf aufmerksam gemacht hat. Silberne Punkte aus Sonnenlicht auf dem Wesbach. Glitzernder Schnee. Wolkentiere. Tauperlen auf Farnblättern. Die knarzenden Äste der Eichen, wenn sie sich der Kraft des Windes beugen.

Noch ist das Tageslicht der Dämmerung nicht vollständig gewichen, aber schon beginnt der Schnee unter dem Atem des Nachtfrostes zu funkeln.

Er hat keine Fackel bei sich, keine Laterne. Heimatlose wie er finden sich im Dunkeln zurecht. Er kennt den Weg und fürchtet sich nicht.

Um nicht entdeckt zu werden, drängt er seinen Körper dicht an die Wände von Gehöften und Schuppen, dankbar für das Halbdunkel, in dem er sich wie ein Schutz suchendes Tier verbirgt. Fest behält er den Mann im Blick, dem er seit einiger Zeit folgt und der jetzt auf der gegenüberliegenden Seite der Straße ein Haus betritt. Schwacher Lichtschein flutet aus der Türöffnung, wirft ein helles Rechteck in den Schnee, nur kurz. Schon schiebt sich die Gestalt ins Innere des Hauses. Die Tür fällt ins Schloss.

Ein eisiger Windstoß fährt durch die Gasse und beißt ihm in die Haut. Er versucht, die Kälte, die durch seine lumpigen Kleider dringt, nicht zu beachten.

Ein rascher Blick nach rechts und links. Niemand ist zu sehen. Die Gasse liegt im Dunkeln. Mit zwei langen Schritten hastet er auf die gegenüberliegende Seite, gerade so schnell, dass er nicht auf dem gefrorenen Schneematsch ausrutscht. Wieder presst er sich an die Hauswand. Unterhalb der Fensteröffnung verharrt er. Die Leinendecke zum Schutz vor der Kälte schluckt die Stimmen, die gedämpft aus dem Inneren zu vernehmen sind. Die Männerstimme versteht er deutlich, die Frauenstimme ist zu leise. Von ihr dringen nur Wortfetzen zu ihm nach draußen.

»Die Schwester aus dem Kloster? Was wollte sie?«, bellt die Männerstimme. Für einen Moment schweigt sie, um sich gleich darauf wieder zu erheben. »Sie soll für die armen Seelen beten und uns in Ruhe lassen. Sag ihr das, wenn sie wieder kommt!«

Ein Stuhl scharrt, die Männerstimme brummt etwas, eine Tür schlägt zu. Dann ist es still.

Er löst sich aus dem Schatten. Sein Herz hämmert. Mit staubtrockenem Mund hastet er die Gasse entlang und aus dem Dorf heraus, so schnell der gefrorene Schnee es zulässt. Als er Seck hinter sich gelassen hat, hält er inne, legt den Kopf in den Nacken und blinzelt nach oben. Schneeflocken schmelzen auf seinen Wangen. Noch immer wartet er darauf, dass sie sein Herz still machen.

Die Glocke von St. Kilian verkündete die dritte Stunde nach Mitternacht. Lucardis wälzte sich auf ihrer strohgestopften Matratze von einer Seite auf die andere. Die Grübeleien nahmen nicht ab. Die Sorgen um den Verbleib des Mädchens gruben sich in ihr Herz und je tiefer sie darin wurzelten, desto dunkler und bedrohlicher erschienen sie ihr. Ein eisiges Schaudern kroch quälend langsam über ihren

Körper. Wie eine Katze rollte sie sich zusammen, umschlang mit den Armen ihre an den Körper angezogenen Beine. Sie blieb in dieser Haltung, auch wenn sie wusste, dass sich damit die Kälte nicht vertreiben ließ. Mit offenen Augen starrte Lucardis ins Dunkel und als die Glocke eine halbe Stunde später erneut schlug, wusste sie, dass sie nicht aufhören durfte, nach Theresia zu suchen. Sie setzte all ihre Hoffnung auf Thilde, die Kräuterkundige.

Beim Morgenlob in der Klosterkirche bemühte sie sich, ihre Gedanken auf das Gebet zu richten, was ihr trotz aller Anstrengung nur unzureichend gelang. Außerdem machte sich die durchwachte Nacht bemerkbar. Das Gnadenbild der Madonna mit dem Kind verschwamm vor ihren halb geschlossenen Lidern. Sie hätte gern den Rauch der in der Nähe brennenden Talglichter dafür verantwortlich gemacht, wusste aber, dass es in Wirklichkeit dem fehlenden Schlaf geschuldet war.

Eingehüllt in den vielstimmigen Lobpreis ihrer Mitschwestern und in das dämmrige Halbdunkel ringsumher nickte Lucardis ein, wurde jedoch beim Benedictus, mit dem die Schwestern das aufstrahlende Licht aus der Höhe begrüßten, sanft von Edmunda in die Seite gestoßen.

»Mir scheint, du hast die Nacht nicht zum Schlafen genutzt«, raunte sie Lucardis beim Hinausgehen zu.

Lucardis gähnte hinter vorgehaltener Hand. »Ich werde nach ihr suchen«, entgegnete sie wortkarg. Sie durcheilten nebeneinander den zugigen Kreuzgang, an dessen Ende sie durch eine Tür ins Dormitorium gelangten, in dem sich der Zellentrakt befand. In mehreren in die Wände eingelassenen Halterungen brannten Kienspäne, flache, harzreiche Holzstücke, deren Flammen im Luftzug flackerten und ihr schwaches Licht verteilten.

»Suchen? Nach wem?« Edmundas Gesichtsausdruck verriet, dass sie sich redlich mühte, Lucardis' Worten zu folgen.

»Theresia«, erwiderte Lucardis leise. Sie blieb stehen und sah Edmunda fest ins Gesicht. »Ich weiß, dass sie nicht fortgelaufen ist.«

»Weißt du es oder glaubst du es?«

»Ich weiß es.«

»Was macht dich so sicher?«

»Ich weiß es einfach. Bete für sie, Edmunda.«

Lucardis warf ihrer Mitschwester einen letzten, entschlossenen Blick zu, öffnete die Tür zu ihrer Zelle und trat ohne ein weiteres Wort hinein. Obwohl sie nicht an der Richtigkeit ihrer Vorahnungen zweifelte, scheute sie sich davor, sie auszusprechen.

Sie hielt es kaum in ihrer Zelle aus. Die Stunde bis zur Frühmesse diente den Benediktinerinnen zum Gebet oder für die geistlichen Übungen, doch davon war Lucardis so weit entfernt wie ein Sünder vom Himmelreich. Die Schläfrigkeit war wie weggefegt, stattdessen trieb eine sonderbare Unruhe sie auf und ab durch den kleinen Raum. Nicht mehr als zwei lange Schritte waren nötig, ihn von der einen bis zur gegenüberliegenden Wand zu durchschreiten. Zwei Schritte auf, zwei Schritte ab, wieder und wieder, so lange, bis der Plan geschmiedet war.

Als vor dem Zellenfenster das erste Licht des Tages sichtbar wurde, atmete sie auf. Nach Frühmesse und dem gemeinsamen Mahl, das aus einer kleinen Schale Gerstenbrei bestand, den die Schwestern mit gesenkten Köpfen und schweigend einnahmen, schlang Lucardis sich ihr Wolltuch um den Oberkörper und trat ins Freie. Vor der Klosterpforte wickelte sie sich zwei Fetzen aus Sackleinen um die Schuhe und befestigte sie mit zwei Kordeln.

In der Nacht war Neuschnee gefallen. Noch unberührt bedeckte er den vor ihr liegenden Weg. Lucardis unterließ es, den Saum ihres Habits zu raffen – der Schnee war sauber und würde ihr Ordenskleid höchstens durchnässen, aber nicht beschmutzen. Während des Aufstiegs röteten sich ihre Wangen im kalten Wind und sie stieß weiße Atemwölkchen aus. Mehr als einmal geriet sie ins Rutschen und hatte Mühe, den Halt nicht vollends zu verlieren. Auf der Kuppe blieb sie stehen. Sie stemmte die Hände in die Hüften und wartete darauf, dass sich ihr Atem beruhigte. Ihr Blick glitt über das Dorf, eine kleine Ansammlung von Gehöften, Ställen, Gärten und Scheunen, aus deren Mitte sich majestätisch Mauern und Turm von St. Kilian erhoben. Stille lag über den Dächern. Jene, die der Schnee mitbrachte, oder die des frühen Morgens, wenn der Tag noch so müde war wie die Menschen. Lucardis folgte dem Weg ins Dorf. Keine Seele begegnete ihr, der Winter hielt Menschen und Vieh in den Häusern.

Das Gehöft, zu dem sie unterwegs war, befand sich innerhalb eines eingezäunten, schneebedeckten Hofes. Es gab einen Hühnerstall und einen Schuppen, dessen Tür offen stand. Dort, wo Thilde in der wärmeren Jahreszeit hingebungsvoll ihre Kräuterbeete pflegte, ruhte jetzt eine unberührte Schneedecke. Lucardis kannte Thilde und ihren Mann seit vielen Jahren. Es war nicht der erste Besuch bei ihnen.

Sie trat zur Haustür und klopfte. Schneeflocken wirbelten um sie herum. Hinter der Tür vernahm sie Kinderstimmen. Kurz darauf wurde ihr geöffnet. Eine Frau mittleren Alters mit drei quengelnden Jungen an den Rockschößen stand im Türrahmen und trat gleich einen Schritt beiseite, um den Gast eintreten zu lassen.

»Schwester Lucardis! Was treibt Euch bei diesem Wetter ins Dorf?«

Mit einer raschen Handbewegung winkte sie Lucardis herein und scheuchte die Kinder mit einer ebensolchen Geste in den hinteren Teil des Hauses.

»Du wunderst dich zu Recht, Thilde«, antwortete Lucardis, während sie mit beiden Händen die Schneeflocken von ihrem Schleier klopfte. »Aber das, was mich umtreibt, kann ich nicht länger aufschieben.« Thildes Augenbrauen hoben sich. Die Jungen waren still geworden. Sie drückten sich an die Wand und senkten die Köpfe. Den Pfarrer mussten sie grüßen und sich bekreuzigen, sobald sie ihm draußen begegneten. Sie wussten, dass dies bei den Schwestern aus dem Kloster nicht notwendig war, aber wenn sie eine von ihnen in der Stube stehen sahen, mit ihrem schwarzen, wallenden Ordenskleid und dem Schleier, unter dem sie ihre Haare versteckte, konnten sie nicht anders, als vor Ehrfurcht zu verstummen.

»Es geht um Theresia«, begann Lucardis. Ihr Blick streifte die Kinder. Thilde verstand. Eine Kopfbewegung genügte und die Jungen trollten sich in die angrenzende Kammer.

»Ich weiß, dass Elsbeth sich dann und wann Kräuter von dir holt, wenn die Schmerzen sie plagen. Wenn es zu schlimm ist und sie nicht aus dem Haus kann, schickt sie Theresia, nicht wahr?«

Die Kammertür schloss sich. Trotzdem senkten die beiden Frauen ihre Stimmen.

»Sie ist nicht mehr bei ihnen«, sagte Thilde. Sie deutete auf die Bank an der Längsseite des Tisches und nahm ebenfalls dort Platz. Lucardis setzte sich.

»Berichtest du mir, was du weißt?«

»Elsbeth erzählte es mir vor zwei Tagen.«

»Was genau hat sie gesagt?«

»Ich habe Elsbeth noch nie so aufgebracht erlebt. Sie war zornig, weil Theresia sich aus dem Staub gemacht hat. Mehrmals sagte sie, dass es ihr doch immer gut gegangen sei bei ihr und Wenzel und dass Theresia nicht besser sei als ihre Mutter. Aber ...«, Thilde unterbrach sich selbst und suchte Lucardis' Blick. »Theresia ist ein folgsames Mädchen. Es passt nicht zu ihr, einfach fortzulaufen.«

Die beiden Frauen tauschten einen zustimmenden Blick.

»Hast du eine Vermutung?« Die gleiche innere Unruhe wie am frühen Morgen in ihrer Zelle ergriff Lucardis, kroch ihr über den Rücken, den Nacken hinauf und kribbelte unter dem Schleier auf ihrer Kopfhaut. Sie wollte aufspringen, nach draußen laufen und ohne Verzug damit beginnen, jeden Heustall nach Theresia zu durchsuchen. Aber sie holte nur tief Luft und rief sich zur Ordnung.

»Wie soll ich sagen ...«, begann Thilde und trommelte mit zwei Fingern auf den von Messerkerben übersäten Tisch. »Wenzel macht ja keinen Hehl draus, dass die Theresia ihm gefällt.«

»Wie meinst du das?« Lucardis' Augen weiteten sich. »Theresia ist noch ein halbes Kind!«

»Für den Wenzel ist sie wohl keins mehr«, erwiderte Thilde.

»Weißt du das genau?«

»Anfangs kam Elsbeth ein paar Mal zu mir und weinte bitterlich, weil sie bemerkt hatte, mit welchen Stielaugen Wenzel seine Ziehtochter ansah. Aber Elsbeth hat geschwiegen, die ganze Zeit, sogar noch, als er anfing, das Mädchen anzufassen.«

»Woher weißt du es dann?«

»Ich habe Augen im Kopf!« Thilde tippte sich mit dem Zeigefinger an die Schläfe. »An einem Abend vor einigen Wochen bin ich rüber zu ihnen. Wenn das Wetter umschlägt, wenn Regen kommt, kriegt Elsbeth diese Schmerzen. Sie reißen ihr den Rücken auseinander, so nennt sie das. Ich hatte einen Sud aus Weidenrinde für sie angesetzt, davon wollte ich ihr etwas bringen. Und wie ich vor der Haustür stand und klopfte, aber keiner mir aufmachte, ging ich ums Haus herum. Als ich am Heustall vorbeikam, hörte ich Wenzels Stimme. Dass er nicht mit Elsbeth sprach, hab ich gleich begriffen. *Na komm, zier dich nicht,* hat er gesagt und so etwas wie *Du willst doch nicht, dass alle im Dorf erfahren, dass du dich mit Männern im Heu herumtreibst.*«

Lucardis atmete hörbar ein. »Was macht dich so sicher, dass er mit Theresia sprach?«

»Ich hab sie gesehen, als sie aus der Scheune lief, quer über den Hof, das war nur wenig später. Ich weiß nicht, ob sie weinte, es wirkte so, aber vielleicht war es auch der Wind, der ihr ins Gesicht blies. In ihren Haaren hatte sich Stroh verfangen. Sie hat mich nicht gesehen, lief durch die Hintertür ins Haus und ich folgte ihr. Elsbeth hatte sich wegen der Schmerzen schon zum Schlafen hingelegt und von allem nichts mitbekommen.«

Lucardis seufzte auf. Hätte sie doch früher um Theresias Not gewusst! Bilder tauchten auf. Theresia, wie sie blass und stumm über ihrem Napf in der Armenküche saß, die blonden Haare nachlässig zu einem Zopf geflochten, stets in der hintersten Ecke, gegenüber von Lazarus, der ebenfalls ohne ein Wort seinen Brei löffelte. Beide blickten sie während ihrer Mahlzeit weder nach rechts, noch nach links. Wortkarg grüßten und dankten sie und wenn sie die Küche verließen, verabschiedeten sie sich, doch darüber hinaus verloren sie kaum ein Wort. Es war, als lebten sie in ihren eigenen Welten, zu denen sie niemandem Zutritt gewährten. Oder war es gerade die selbst gewählte Verschlossenheit, die die beiden miteinander verband? Ob Lazarus etwas von ihrem Verbleib wusste? Noch im gleichen Augenblick beschloss Lucardis, ihn bei der nächsten Gelegenheit nach Theresia zu fragen.

»Hast du Elsbeth später von deiner Beobachtung erzählt?« Thilde schüttelte den Kopf.

»Nein, ich wollte sie nicht verletzen. Aber ich habe Wenzel darauf angesprochen.«

»Du hast ihn zur Rede gestellt!« Wut stieg in Lucardis auf. Lichterloh brannte sie in der Mitte ihres Brustkorbes und drängte danach, Wenzel für seine schändliche Tat zu bestrafen.

»Nicht direkt«, sagte Thilde. »Aber ich habe ihm gesagt, dass er sich schämen und die Hände von ihr lassen soll.«

Lucardis nickte ihr zu, erhob sich und griff nach ihrem Wolltuch. »Ich danke dir, Thilde. Wenn dir etwas zu Ohren kommen sollte, was Theresia betrifft, lass es mich wissen.«

Es ist erst früher Abend, aber zwischen den Sternen steht schon ein weißer, voller Mond. Er spiegelt sich auf der frostigen Schneedecke und erhellt damit die Dunkelheit.

Die Luft ist so kalt, dass die Härchen in seiner Nase bei jedem Einatmen kurz gefrieren. Er schlägt die Arme um den Oberkörper, um sich etwas Wärme zu verschaffen. Jeden Abend steht er eine Weile hier, am Rand des Ackers, wo der Wald beginnt, vor dem Laubhügel, in dem ein Geheimnis ruht – ein zugeschneites, gefrorenes Geheimnis, das irgendwann ans Licht kommen wird, das weiß er. Aber nicht jetzt, nicht heute, nicht, solange Schnee fällt.

Er wendet sich ab, geht raschen Schrittes zurück in den Wald, zwischen den alten Eichen hindurch, an den Basaltsteinen vorbei zu seinem Höhlenhaus. Er schiebt sich durch den Spalt, riecht, dass das Feuer noch brennt. Wärme umfängt ihn. So muss es in einem Haus sein, in das man nach der Arbeit am Abend zurückkehrt. Er hockt sich nieder, streckt die Arme aus. Es riecht nach Rauch und kratzt im Hals, aber das hält er aus. Wenn es nur warm bleibt. Es soll behaglich für sie sein, sie darf nicht frieren, wenn sie zu ihm kommt. Irgendwann wird er ein Haus für sie bauen, das hat er ihr versprochen. Ein kleines Haus für sie beide, am Rande einer Lichtung, in der Nähe des Waldes. Er wird Holz hacken und Reisig sammeln und er wird auf die Jagd gehen und einen Hasen erlegen, den sie über dem Feuer braten werden. Sie werden es warm und hell haben und er wird sie halten und ihren Nacken küssen, so lange, bis sie in seinen Armen eingeschlafen ist. Er kennt den Zeitpunkt nicht, aber er weiß, dass sein Wunsch stark genug ist, um die Zeit zu überdauern. Er wird auf sie warten, bis zu dem Tag, an dem sie für immer bei ihm bleibt. Er schließt die Augen, weil der Rauch darin brennt.

Ein Scharren von draußen schreckt ihn aus seinen Gedanken. Er springt auf, greift gewohnheitsmäßig mit einer Hand in sein Wams, in dem er ein kleines Messer verborgen hält. Im gleichen Augenblick hört er die vertraute Stimme.

»Bist du da?«

Er atmet auf. Die Hand sinkt herab. Ein Lächeln zuckt in seinen Mundwinkeln. Schon sieht er ihre zierliche Gestalt in der Enge des Höhleneingangs. Sie tritt ein, zieht die weite Kapuze vom Kopf. Ihre Augen strahlen im Lichtschein der tanzenden Flammen. Wie ein Engel auf den Bildern im Kloster wirkt sie in ihrem wallenden Überwurf, der ihr bis zu den Füßen reicht. Ihre Hände finden sich, er zieht sie an sich, umschlingt sie mit beiden Armen.

»Heute werde ich ihn nach Theresia fragen«, raunte Lucardis ihrer Mitschwester zu. Edmunda hatte sich inzwischen an die einsilbigen Mitteilungen gewöhnt, die Lucardis ihr beinahe täglich und ohne jeden Zusammenhang zukommen ließ.

Die Schwestern hatten das täglich wiederkehrende Mittagsgebet beendet und schritten nun mit gesenkten Köpfen, die Hände in den Ärmeln ihrer Ordenskleider vergraben, nebeneinander den Kreuzgang entlang. Vom Innenhof pfiff ein kalter Wind herein, fauchte zwischen Säulen und Eckpfeilern hindurch und zerrte an den schwarzen Kopfschleiern.

»Du meinst Lazarus?« Edmunda schob ihre Hände tiefer in die Ärmel, um sie vor der beißenden Kälte zu schützen.

Lucardis nickte. »Ist dir aufgefallen, dass die beiden einander immer gegenübersitzen? Vielleicht ist das kein Zufall.«

Sie verließen den Kreuzgang und betraten den Westflügel des Konventgebäudes, der in die Armenküche führte.

Mit hochrotem Kopf stand Martha beim Feuer, über dem ein schwerer Kupferkessel an einem Haken hing. Die wässrige Suppe vom Vortag war mit altbackenem Brot gestreckt worden und köchelte. Dampf stieg aus dem Kessel auf und mit einem guten Spürsinn ließ sich ein schwacher Duft von Gewürznelken ausmachen. Die Holznäpfe für die Armen hatte Martha bereits auf einem kleinen Tisch bereitgestellt.

Schon klopfte es an der Tür, die auf der gegenüberliegenden Seite ins Freie führte. Edmunda öffnete und herein strömten die ersten durchgefrorenen Bedürftigen. Martha schöpfte die Suppe in die Schalen, Edmunda und Lucardis verteilten sie. Zusammen mit der Suppe verschenkte Lucardis freundliche Worte, ein Lächeln, einen Vers aus dem Evangelium. Währenddessen vergaß sie nicht,

Ausschau nach Lazarus zu halten. An Theresias plötzliches Wiederauftauchen glaubte sie nicht mehr. Als einer der Letzten betrat der Junge mit dem Karottenschopf den Raum. Er trug eine Weste aus Schafwolle über seinem Wams. Mit einem scheuen Lächeln nickte er Lucardis und Edmunda zu, bevor er sich auf seinen Platz setzte. Ohne ihr Tun zu unterbrechen, behielt Lucardis ihn im Auge. Sie bemerkte, dass er sich nach einer Weile zu Martha umwandte, die nur zwei Schritte schräg hinter ihm stand und ihre Aufmerksamkeit aufs Ausschöpfen der Suppe richtete. Auch ihr nickte er zu und sie erwiderte seinen Gruß mit verhaltenem Lächeln. Lucardis griff sich einen Napf, um ihn von Martha füllen zu lassen. Dann trat sie zu Lazarus, reichte ihm die dampfende Mahlzeit und setzte sich auf den freien Platz neben ihn.

»Der Herr sättigt nicht nur den Leib, sondern auch die hungrige Seele, Lazarus. Lass es dir schmecken!« Er nickte und setzte den Napf an die Lippen. Lucardis wartete, bis er einen Schluck genommen hatte.

»Wie geht es dir bei der Kälte draußen im Wald?«

»Ich habe alles, was ich brauche.«

Wieder hob er den Napf, trank einen großen Schluck Suppe und stellte ihn vor sich auf dem Tisch ab.

»Lazarus, ich rede nicht lange drum herum. Das Mädchen, das hier so oft mit dir saß, weißt du etwas über sie?«

Er schwieg, hielt seinen Blick auf die Tischplatte gerichtet.

»Sie war längere Zeit nicht hier«, fügte Lucardis hinzu. »Bei den Leuten, bei denen sie gewohnt hat, ist sie auch nicht mehr. Ich sorge mich.«

Lazarus' rechte Schulter zuckte. Er sagte nichts, trank den Rest der Suppe und wischte sich anschließend mit dem Ärmel über den Mund.

»Wenn du etwas bemerkst«, sagte Lucardis und das Flehen in ihren Worten beunruhigte sie selbst, »irgendetwas, das mit ihr zu tun hat, komm damit zu mir, Lazarus, bitte.«

Mehr als ein Kopfnicken brachte Lazarus ihr nicht entgegen. Es wirkte gleichgültig. Interessierte ihn Theresia wirklich nicht? Mit einem Seufzen erhob Lucardis sich. Sie hatte gehofft, mehr in Erfahrung bringen zu können.

Auch an jenem Tag war Lazarus der Letzte in der Armenküche. Er verließ sie erst, nachdem alle anderen bereits gegangen und die Schwestern mit dem Abwaschen und Aufräumen beschäftigt waren. Gedankenverloren beobachtete Lucardis ihn, als er nach draußen ging. Mit dem leisen Klacken der ins Schloss fallenden Tür durchzuckte sie ein Gedanke. Sie stellte die Suppennäpfe, die sie von den Tischen eingesammelt hatte, auf der Anrichte ab und sah Edmunda fest ins Gesicht.

»Ich entbinde mich heute vom Dienst. Bitte übernimm meine Arbeit, ich werde es wiedergutmachen.«

»Ist dir nicht wohl?« In einem Ausdruck der Besorgnis hoben sich Edmundas Augenbrauen.

Martha war im hinteren Bereich der Küche dabei, den letzten Rest der Brotsuppe in eine Schüssel zu schöpfen. Die Kelle kratzte über den Boden des Kessels.

»Es ist alles in Ordnung, sorg dich nicht«, erwiderte Lucardis leise. »Ich muss ihm folgen.«

»Verrenn dich nicht in etwas!«, raunte Edmunda ihr zu.

Zum ersten Mal bemerkte Lucardis einen mahnenden Unterton in Edmundas Stimme. Sie nahm ihn wahr, ging aber nicht darauf ein.

Aus Sorge, Lazarus könne sich ihren Blicken entziehen, wenn sie nicht schnell genug im Freien wäre, verzichtete sie darauf, in ihre Zelle zu laufen, ihr warmes Schultertuch zu holen und ihre Schuhe mit Sackleinen zu umwickeln. Sie eilte zur Tür und trat hinaus. In einer Entfernung von etwa zwanzig Schritten entdeckte sie den Jungen. Er stapfte den verschneiten Hang hinauf, der das Kloster mit dem Weg nach Seck verband. Lucardis folgte ihm. Sie achtete darauf, ausreichend Abstand zu halten, um unbemerkt zu bleiben. Auf der Kuppe blieb sie stehen, keuchend vor Anstrengung. Lazarus hielt auf den Acker zu. Der Abstand zwischen ihm und Lucardis hatte sich bereits merklich vergrößert. Wenn sie ihn nicht aus dem Blick verlieren wollte, musste sie sich beeilen.

Sie raffte ihr Ordenskleid und folgte der in den Schnee getretenen Spur, die wirkte, als hätten sich bereits mehrere Menschen hier einen Weg durch das Schneefeld gebahnt. Oder war es Lazarus, der diese Spur immer weiter austrat? Wer von den Dorfleuten begab sich bei diesem Wetter in den Wald?

Winzige Schneeflocken rieselten herab, setzten sich auf Lucardis' schwarzen Schleier. Lazarus war zu einem kleinen dunklen Punkt in der Ferne geworden. Er überquerte eine verschneite Fläche, die eine Lichtung sein konnte. Je weiter Lucardis sich dem Waldrand näherte, desto langsamer wurde ihr Schritt. Dabei war die Erschöpfung, die das Fortbewegen im Schnee mit sich brachte, nur teilweise dafür verantwortlich. Der andere, weitaus wichtigere Grund traf sie in diesem Augenblick wie ein Fausthieb. Was tat sie hier? Misstraute sie ihm? Was würde sie ihm sagen, wenn er sie entdeckte? Warum folgte sie ihm wirklich? Verdächtigte sie ihn am Ende, Theresia etwas angetan zu haben?

Sie blieb stehen, blinzelte sich eine Flocke aus den Wimpern. Der Schnee hatte ihre Schuhe durchnässt, eisigkalt fühlten sich ihre Füße darin an. Das rasche Gehen hatte bisher verhindert, dass ihr Körper auskühlte. Jetzt aber, nachdem sie innehielt und reglos dastand wie die geschnitzte Gottesmutter am Marienaltar, stach die Dezemberkälte ihr wie Dutzende Eisnadeln in die Haut. Mit beiden Armen umschlang sie ihren Oberkörper. Wie sehr sie den warmen wollenen Überwurf vermisste! Was war nur in sie gefahren? Wie konnte sie einen unschuldigen Jungen verdächtigen, etwas getan zu haben, was allein ihrer Vorstellungskraft entsprang? Sie musste nicht ganz bei Verstand sein!

Ohne zu blinzeln richtete sie ihren Blick auf die Umgebung. Der Acker, ruhend unter der weißen Decke. Die Eichen mit ihren winterkahlen Ästen, die sich dem schneegrauen Himmel entgegenreckten. Gestrüpp am Fuß der Bäume. Eine Erhebung unter der Schneedecke, als habe jemand dort etwas aufgeschüttet. »Seltsam …«, murmelte sie, verengte die Augen zu schmalen Schlitzen, fixierte den Hügel. Die Farblosigkeit der Gegend schmerzte beim Hinsehen. Sie hob den Kopf. Dünnes Geriesel flimmerte in der Luft, tanzte herab auf ihre Wangen. Vor Kälte schlugen ihre Zähne aufeinander. Erneut ließ sie ihren Blick über die rätselhafte Erhebung am Ackersaum wandern und suchte gleichzeitig nach Lazarus, stellte jedoch fest, dass er wie vom Erdboden verschluckt war. Der Wald hatte ihn aufgenommen, nichts war mehr von ihm zu sehen. Sie wandte sich um. Die Spur führte sie zurück.

Wortlos warf Edmunda eine Handvoll Reisig in die Glut, als Lucardis wenig später mit bläulich verfärbten Lippen und am ganzen Körper zitternd die Armenküche betrat. Eine Handbewegung, die keinen Widerspruch duldete, bedeutete Lucardis, sich in die Nähe des Feuers zu setzen. Eine weitere Ladung Reisig landete in den aufzüngelnden Flammen. Lucardis zog Schuhe und Strümpfe aus und kauerte sich ans Kochfeuer, in dem es zu knistern begann. Edmunda brachte eine Decke aus Schafwolle, die sie Lucardis über die Schultern legte.

»Hattest du nicht vor, das Christfest in diesem Jahr mit deinen Mitschwestern zu feiern?« Ihre Stimme klang verärgert. »Du lässt dich von deinen Begierden leiten, Lucardis!«

»Es sind keine Begierden!«

»Wie nennst du es dann?«

»Ich mache mir Sorgen!«

»Du mischst dich in das Leben anderer Menschen ein! Möglicherweise stimmt es, was Elsbeth sagt, und Theresia ist wirklich fortgelaufen. Wir werden es vielleicht niemals erfahren, aber das müssen wir auch nicht. Unsere Aufgabe ist es, Arme und Bedürftige zu speisen, sie zu bekleiden und ihnen Gottes Wort zu verkünden. Die Regel des Heiligen Benedikt sagt nichts davon, dass wir unbescholtene Menschen verfolgen und sie verdächtigen sollen!«

»Ach, Edmunda!« Lucardis rieb ihren rechten Fuß mit beiden Händen, um das Blut darin zum Fließen zu bringen. »Du hast ja Recht. Ich weiß nicht, was in mich gefahren ist. Ich habe Lazarus plötzlich misstraut, es tut mir leid.«

»Das musst du nicht mir sagen! Bitte stattdessen den Herrn um Vergebung. Es sind noch vier Tage bis zum Christfest, dir bleibt also nicht mehr viel Zeit, wenn du mit reinem Herzen die Geburt des Gottessohnes feiern willst!«

Beschämt senkte Lucardis den Kopf und ließ Edmundas Schelte über sich ergehen, ohne etwas zu erwidern. Jedes Wort hätte nur auf eine erbärmliche Art rechtfertigend geklungen. Mit Erleichterung registrierte Lucardis, dass Martha ihre Arbeit bereits beendet und die Armenküche verlassen hatte. Die Schwestern hatten den Novizinnen Vorbilder zu sein und in diesem Augenblick fühlte sich Lucardis eher wie das Gegenteil.

Weitere Reisigbündel fanden den Weg ins Feuer, bis die Wärme sich endlich auf Lucardis' ausgekühlten Körper übertrug. Irgendwann verließ Edmunda den Raum. Mit angewinkelten Beinen kauerte Lucardis am Feuer. Sie schämte sich für den Verdacht, den sie insgeheim gegen Lazarus gehegt hatte, konnte aber nicht umhin, wieder und wieder die Bilder des verschneiten Ackers an ihrem inneren Auge vorüberziehen zu lassen. Unberührt, wie ein weißes Laken hatte er vor ihr gelegen, an zwei Seiten vom Wald begrenzt. Sie sah die beiden Eichen mit den blattlosen Ästen und darunter den seltsamen Schneehügel, gute zwei Schritte lang. Jemand musste ihn aufgehäuft haben. Aber warum? Lucardis hob den Kopf. Die letzten Flammen waren verloschen. Sie starrte reglos auf die winzigen roten Punkte, die noch in der Feuerstelle glommen. Ein Stein senkte sich auf ihre Brust, ließ sich nicht wegrollen, nicht wegdenken, blieb dort wie ein unheilvolles Omen und zwang sie dazu, tief Luft zu holen.

Ein Hügel aus Schnee. Ihr Herz begann zu trommeln. Aufgehäufte Erde, bedeckt mit Schnee. Ein Schneegrab. Von Unruhe erfasst sprang sie auf, zwängte ihre Füße in die noch feuchten Schuhe.

Sie verließ die Armenküche durch die Seitentür, lief an der Westseite der Konventgebäude entlang und den ansteigenden Weg hinauf bis zur Kuppe. Von dort schlug sie die gleiche Richtung ein wie zuvor. Sie fand die Spur im Schnee und lief so rasch sie es vermochte. Sie schenkte weder ihren nassen Füßen noch dem Wind Beachtung, der ihr kalt ins Gesicht schnitt und ihr unter die Kleider kroch. Den Waldrand fest im Blick, hielt sie darauf zu. Irgendwann schälte sich die Kontur des Schneehügels aus der weißen Weite. Deutlich erkannte Lucardis seine Umrisse. Obwohl sie sein Geheimnis fürchtete, verspürte sie zugleich den unerklärlichen Drang, sich beeilen zu müssen. Ihre Schritte waren zu lang, sie stolperte, stürzte der Länge nach in den Schnee. Beim Versuch, sich aufzurichten zerrte sie ungeduldig an ihrem Ordenskleid, dabei verhedderten sich ihre Füße im Saum und sie sank erneut zu Boden. Schwerfällig erhob sie sich, kümmerte sich weder um den eingerissenen Saum, noch um ihre durchnässten Schuhe oder ihre vor Anstrengung bebenden Schultern. Nur noch wenige Schritte lagen zwischen ihr und dem Schneegrab. Sie keuchte wie ein Bauer am Ochsenpflug, als sie es endlich erreichte. Mit nach vorn gebeugtem Oberkörper rang sie nach Atem. Ihr Keuchen war das einzige Geräusch in der Stille ringsumher.

Sie kniff die Augen zusammen und musterte den Hügel, der vollständig mit Schnee bedeckt war. Sie umrundete ihn mit kleinen Schritten. *Er wirkt wahrhaftig wie ein Grabhügel!* Lucardis fuhr sich mit der Zunge über die trockenen Lippen. Schließlich blieb sie an einer der beiden schmalen Seiten stehen, beugte sich herunter und begann, den Schnee an einer Stelle wegzuscharren. Sie wünschte sich, nichts anderes als Äste oder Laub oder aufgehäufte Erde darunter zu finden. Aber die Angst, ihre schlimmste Befürchtung könne sich bewahrheiten, lastete so schwer auf ihr, dass dieser Wunsch ihr allzu abwegig erschien. Sie scharrte weiter, mit beiden Händen, die sie vor Kälte kaum noch spürte. Als sie etwa zwei Handbreit Schnee abgetragen hatte, kam etwas Dunkles zum Vorschein. Vorsichtig tastete sie danach. Es fühlte sich weich und kalt an und ihre Finger zuckten zurück, als hätte sie sich verbrannt. Sie starrte auf die dunkle, frei gelegte Stelle. »Heilige Muttergottes, steh mir bei!«, murmelte sie. Behutsam, als könne sie etwas zerstören, vergrößerte sie die zuvor vom Schnee befreite Stelle. Dann erkannte sie, was sich darunter verbarg. Laub. Nasses, vermodertes Laub. Eichenblätter, die der Herbst von den Bäumen geschüttelt hatte. Lucardis schloss die Augen, sank vor Erleichterung auf die Knie und merkte jetzt erst das Zittern in ihren Beinen. Sie schlug beide Hände vors Gesicht und schämte sich mehr als jemals zuvor.

Nach einer endlos scheinenden Zeit ließ sie die Hände langsam herabgleiten und starrte auf die Stelle, die wie eine schwarze Wunde in der sonst unangetasteten Schneeschicht wirkte. Mit einem Mal kehrte die Anspannung zurück. Die Stirn in Falten gelegt beugte sich Lucardis ein Stück nach vorn, um besser sehen zu können. Inmitten der vermoderten Eichenblätter erkannte sie deutlich noch etwas anderes, etwas Helles, Glänzendes, beinahe Weißes, das sich vom Laub abhob. Etwas, das aber nicht ins Laub gehörte, nicht in den Wald, nicht in einen Hügel aus Schnee. Lucardis zögerte. Das Trommeln in ihrem Herzen nahm zu.

Mit beiden Händen scharrte sie den Schnee weiter fort, dieses Mal großflächiger, er flog durch die Luft und in ihren Schoß. Tränen rannen ihr übers Gesicht, heiße Tränen über ihre kalten Wangen, sie leckte sie von den Lippen und schmeckte das Salz. Sie grub beide Hände in das unter dem Schnee liegende Laub, wühlte es auf. Es trudelte durch die Luft und in ihren Schoß wie zuvor der Schnee. Haarsträhnen, weizenblond, noch eine und noch eine, sie berührte jede einzelne, befreite sie vom Laub, vom Schnee, von der Einsamkeit und Kälte des Schneegrabes. Ein Ohr wurde sichtbar, die Schläfe, ein Teil vom Hals, weiße Haut, blutleer, ohne Leben. Außer Atem sank Lucardis zurück, rieb sich mit dem Ärmel über das tränennasse Gesicht.

In ihrem Kopf jagten die Gedanken einander. Wer hatte sie hier vergraben? Wieder drängte sich Lazarus in die nicht enden wollenden Fragen nach dem Schuldigen.

Sie erhob sich. Mit beiden Händen klopfte sie Laub und Schnee von ihrem Skapulier. Blindlings stapfte sie in den Wald, immer tiefer hinein, ohne zu wissen, ob sie Lazarus hier finden würde. Wurzeln drückten sich durch die Erde, mahnten Lucardis dazu, sich mit Bedacht zu bewegen, aber sie achtete nicht auf sie, stolperte und lief weiter. Noch nie war sie in diesem Teil des Waldes gewesen. Basaltbrocken, schroff und grauschwarz, ruhten in der Walderde wie versteinerte Tiere aus einer anderen Zeit.

Plötzlich gewahrte sie mehrere, oben abgeflachte Felsen, mit einem Spalt auf der Vorderseite, der wie der Eingang zu einer Höhle wirkte. Lucardis blieb stehen. Sie versuchte, sich zu beruhigen und gleichzeitig ihre Gedanken zu ordnen. Hatte Lazarus in ihren seltenen Gesprächen nicht einmal eine Höhle erwähnt, die ihm zum Schlafen diente? Oder war die Verzweiflung inzwischen so groß, dass Lucardis ihre Einbildung für wahr hielt? *Wenn ich nicht nachsehe, werde ich es nie erfahren …* Sie näherte sich dem Spalt bis auf zwei Schritte und blinzelte. Sie hatte Dunkelheit erwartet und wunderte sich über das Licht, das sie im Inneren bemerkte. Oder täuschte sie sich? Nach einem weiteren Schritt hörte sie Stimmen, die eines Mannes und dazwischen das helle Lachen einer Frau.

»Lazarus?«

Ihre Stimme klang dünn, als fehle ihr der Mut, seinen Namen auszusprechen, und so leise, dass er sie wahrscheinlich nicht hören konnte. Ein zweites Mal rief sie seinen Namen und legte mehr Nachdruck hinein. Nichts geschah.

Wieder tauchte Theresia in ihren Gedanken auf. Wenn sie hier bei ihm war, wer war dann das Mädchen im Schneegrab?

Lucardis zögerte nicht.

Entschlossen zwängte sie sich durch den Spalt in die Felsenhöhle. Rasch gewöhnten sich ihre Augen an das Dämmerlicht, aber ihr Geist brauchte umso länger, bis er geordnet hatte, was sich ihm hier bot.

Ein Feuer, nah beim Höhleneingang. Wärme. Flackernder Lichtschein an den Wänden. Ein Mann und eine Frau, deren Gesichter im Halbdunkel unerkannt blieben. Der Mann erhob sich, trat aus dem Schatten. Er war noch sehr jung und von schmächtigem Körperbau. Sie erkannte seinen Karottenschopf, seinen bloßen Oberkörper. Rasch wandte sie sich ab.

»Lazarus … ich …« Ihr Stammeln verlor sich im Knistern der Holzscheite. Sie sah zu Boden, um ihre Augen vor dem Anblick des halbnackten Jungen zu schützen. Sie sollte gehen, die Höhle verlassen und sich ihre Gelübde in Erinnerung rufen, mit denen sie sich zu Gehorsam und Keuschheit verpflichtet hatte.

Während Lazarus nach seinem Wams griff, das achtlos auf der Erde lag, nahm Lucardis aus dem Augenwinkel eine Bewegung wahr. Sie drehte den Kopf. Da fiel ihr Blick auf das Gesicht der Frau, die sich nun ebenfalls aus dem Schatten löste. Sie beugte sich nach vorn und zog etwas zu sich heran. Lucardis erkannte ein Kleid, lang und schwarz, das die Frau mit einer hastigen Bewegung bis zum Kinn herauf zog, um ihren unbekleideten Körper darunter zu verbergen. Für die Dauer eines Atemzugs erhellte der Feuerschein ihr Gesicht, die Augen, das kurzgeschorene Haar.

»Martha?« Lucardis fuhr herum. Der Ausdruck auf ihrem Gesicht spiegelte wider, wofür sie keine Worte fand.

Die junge Novizin senkte den Kopf so tief sie konnte. Offensichtlich brachte sie es nicht fertig, Schwester Lucardis in die Augen zu sehen. Dass ihre Wangen sich mit einer tiefen Röte überzogen, blieb im Dämmerlicht der Höhle verborgen. Lucardis rang nach Luft und verspürte das Bedürfnis, diesen Ort der Verderbnis so schnell wie möglich zu verlassen. Sie floh ins Freie, lehnte sich an den Fels und versuchte vergeblich, die vielen Bruchstücke zu einem vollständigen Bild zusammenzusetzen.

»Vergebt ihr, Schwester Lucardis.«

Lazarus. Er trug jetzt ein Wams und darüber seine Weste aus Schafwolle. So kannte sie ihn.

»Ein anderer muss ihr vergeben«, erwiderte sie leise. Es fiel ihr schwer, Lazarus beim Sprechen anzusehen, deshalb lenkte sie ihren Blick über seine Schulter hinweg in den Wald.

»Sie glaubt, Ihr seid hierher gekommen, um sie zu bestrafen«, sagte er.

Ein tiefer Seufzer verließ Lucardis' Lippen.

»Ich habe verzweifelt nach Antworten gesucht, Lazarus. Deshalb kam ich hierher. Aber ich bin verwirrter als zuvor.«

Wenig später standen sie zu dritt neben dem Schneegrab, Lucardis auf der einen Seite, Martha und Lazarus ihr gegenüber. Martha trug nur das Ordenskleid, nicht ihren weißen Novizinnenschleier. Das Schwarz der Benediktinerinnen wirkte plötzlich fremd an ihr, wie eine Farbe, die sie sich selbst niemals ausgesucht hätte.

Mit ihrem geschorenen Haar ähnelte sie einem Kind. Während er sprach, hielt Lazarus Marthas Hand in seiner, so, als gäbe es nichts Natürlicheres für ihn, als die Hand einer Novizin zu halten. Ihre Schultern berührten einander. Der Anblick verstörte Lucardis. Um ihn nicht ertragen zu müssen, bohrte sie ihren Blick entschlossen in den schmutzigen Schnee unter ihren Füßen. Sie weigerte sich, über das gottlose Benehmen nachzudenken, zu dem der Teufel Martha verführt hatte.

»Wer hat sie hier verscharrt?«, hörte sie sich fragen. Ihre Stimme klang, als käme sie von weit her.

»Wenn Ihr erlaubt, erzähle ich Euch die ganze Geschichte«, sagte Lazarus. Lucardis antwortete mit einer knappen Handbewegung, ohne aufzublicken.

»Theresia hatte niemanden, deshalb kam sie zu mir«, begann er. Er starrte geradeaus über die Weite des Ackers. Winzige Flocken tanzten leicht wie Daunen in der Luft.

»Wir kannten uns von den Armenspeisungen. Aber ich wusste nichts über sie, bis zu dem Tag, an dem sie zum ersten Mal mit mir hierher ging. Sie wollte meine Höhle sehen, von der ich ihr erzählt hatte, und ich nahm sie mit. Das war im Herbst. Von da an kam sie häufiger. Zuerst war sie sehr still, aber irgendwann brach es aus ihr heraus. Sie sprach davon, dass Wenzel mit ihr gemacht hatte, was er wollte. So lange, bis sie ein Kind von ihm im Leib trug. Elsbeth war außer sich, als sie es bemerkte. Sie schrie Theresia an und schlug ihr ins Gesicht. Mit einem geschwollenen Auge, aus dem sie kaum etwas sehen konnte, kam Theresia zu mir. Sie weinte sich ihre Verzweiflung von der Seele, ging aber wieder zurück, weil Wenzel ihr gedroht hatte, im Dorf schlecht über sie zu reden.«

Seine Stimme war heiser geworden, er räusperte sich, bevor er weitersprach. Sanft drückte Martha seine Hand.

»Eines Abends kam sie wieder, es war schon dunkel und ich fragte mich, wie sie den Weg hierher gefunden hat. Ich merkte direkt, dass etwas mit ihr nicht stimmte. Dieser trübe Blick ... so kannte ich sie nicht. Ihre Stimme hörte sich kraftlos an und sie brauchte ewig, bis sie einen Satz zusammenbringen konnte. Aus ihrem Gestammel hörte ich heraus, dass Elsbeth sie gezwungen hatte, etwas aus einem Becher zu trinken, was bitter schmeckte, und sie danach aus dem Haus geworfen hat. Ich ließ Theresia hier schlafen, es war das Einzige, womit ich ihr helfen konnte.«

Er erwartete keine Erwiderung, sah Lucardis aber fest ins Gesicht.

»Elsbeth also«, murmelte sie, den Blick abwesend auf die blonden Haarsträhnen in dem vermoderten Laub gerichtet. Sie versuchte, sich an Einzelheiten des Gesprächs mit Elsbeth zu erinnern, an eine Bemerkung, die sie hätte hellhörig machen müssen, der sie aber an jenem Tag keine Bedeutung beigemessen hatte. In einem anderen Licht betrachtet veränderten sich die Dinge oft. Es war müßig, darüber nachzudenken. Nichts an der Schäfersfrau war ihr bei ihrer letzten Begegnung auffällig erschienen. Lazarus fuhr fort. Er sprach jetzt hastig, beinahe ohne Luft zu holen, was den Eindruck erweckte, dass er das Geschehene so rasch wie möglich aussprechen wollte.

»Nachts wachte ich auf, weil sie vor Schmerzen schrie. Ich hatte einen Kienspan brennen lassen, damit die Höhle etwas erleuchtet war und sie keine Angst haben musste. Ich sah sie zusammengekrümmt und von Krämpfen geschüttelt daliegen. Sie atmete schwer und sie glühte. Als ich ihr aufhalf, weil ich sie nach draußen in die kühle Luft bringen wollte, bemerkte ich das Blut, das an ihren Beinen herunterlief. Sie flehte mich an, sie nicht zurück ins Dorf zu schicken, sondern sie hierzubehalten. Im gleichen Moment brach sie zusammen.«

Unwillig stieß er mit einem Fuß in den Schnee, immer wieder an die gleiche Stelle, bis darunter ein dunkler Fleck Walderde sichtbar wurde.

»Ich sah zu, wie sie starb. Bis zum Morgen saß ich neben ihr. Als es hell wurde, trug ich sie hierher.«

Seine Stimme brach. Er warf den Kopf in den Nacken, starrte stumm nach oben, als könne er irgendwo weit über ihnen Vergebung dafür finden, dass er Theresias Leben nicht hatte retten können.

»Wir haben das Grab zusammen ausgehoben«, sagte Martha unvermittelt und so leise, dass sie kaum zu verstehen war. Ihre Worte beschworen Bilder in Lucardis' Kopf herauf, die ihr absonderlich erschienen, fern jeder Vorstellung. Was Martha an jenem Tag getan hatte und wozu sie sich in Lazarus' Höhle hatte hinreißen lassen – wer weiß wie oft, heimlich, unbemerkt von den Benediktinerinnen, die allesamt davon überzeugt waren, mit Martha eine gottgefällige Mitschwester in den Seligenstatter Konvent aufnehmen zu können –, wollte nicht zu der in sich gekehrten, besonnenen Novizin passen. Heftig schüttelte Lucardis den Kopf, als könnte sie die Bilder dadurch zum Verblassen bringen.

»Mit einer Schaufel«, vernahm sie Marthas helle Stimme, »die ich beim Werkzeug im Klostergarten fand und Lazarus mitgab, nachdem er bei der Armenspeisung war. Aber die Erde war hart.«

»Ich wusste, dass die Grube größer sein sollte«, ergänzte Lazarus, »aber ich kam mit der Schaufel nicht so tief in die Erde, wie es nötig

49

gewesen wäre. Wir legten Theresia hinein und häuften Erde über sie. Es genügte nicht, sie vollständig zu bedecken.«

»Da fing ich an, Laub aufzulesen«, fügte Martha hinzu, »und wir verteilten es über ihr, überall da, wo die Erde nicht ausreichte. Ich hatte Sorge, dass der Wind es fortblasen könnte.«

Noch immer umklammerte Lazarus fest ihre Hand. »Tags darauf kam der Schnee«, sagte er leise. »Er deckte alles zu. Er versteckte, was wir nicht verstecken konnten.«

Lucardis lenkte ihre Aufmerksamkeit von Theresias Haarsträhnen weg, weil sie merkte, dass sie ihren Anblick nicht länger aushielt.

»Irgendwann wird der Schnee schmelzen«, sagte sie. »Füchse und Rehe werden das Laub aufwühlen. Spätestens zu diesem Zeitpunkt wird man dich verdächtigen, Lazarus. Du wohnst im Wald, das wird zur Anklage genügen. Hast du daran nicht gedacht?«

»Wenn der Schnee schmilzt, sind wir nicht mehr hier.«

Lucardis bemerkte den Blick, den er und Martha wechselten. Es lag eine Entschlossenheit darin, die jeden Zweifel und jede Frage nach Schuld erstickte. Die Hoffnung, Martha so rasch wie möglich zurück auf den rechten Weg und in den sicheren Schoß der Ordensgemeinschaft führen zu können, erstarb im Nu.

Flocken rieselten auf das Schneegrab, bedeckten nach und nach die frei gelegte Stelle, das noch sichtbare Laub mit den Haarsträhnen dazwischen. Glaubte Lazarus wirklich, das darin ruhende Geheimnis könne bis zum Ende des Winters verborgen bleiben?

»Seht zu, dass ihr woanders eine Bleibe findet«, sagte Lucardis leise. Noch immer hatte ihre Stimme nicht die gewohnte Festigkeit zurückerlangt. Es war, als strenge jedes Wort sie über die Maßen an, aber sie straffte die Schultern und fuhr fort. »Theresias Leichnam soll in Würde beigesetzt werden. Wenigstens das will ich noch für sie tun. Es ist besser, wenn man keine Spuren von euch hier findet, nehmt also alles mit, wenn ihr geht!« Ihre eigenen Worte schnitten ihr ins Herz und sie brachte es nicht fertig, Martha noch einmal ins Gesicht zu sehen.

Müden Schrittes wandte sie sich ab. Sie würde noch heute bei Pfarrer Richwin um das Sakrament der Buße ersuchen und um Vergebung für all die Verfehlungen bitten, die sie in den letzten Tagen auf sich geladen hatte.

»Und Elsbeth und Wenzel?«, rief Lazarus ihr nach. »Was wird mit ihnen? Sie haben zwei Menschenleben auf dem Gewissen!«

Lucardis hielt inne. Zarte Schneeflocken trieben ihr ins Gesicht. Welches Schicksal dem Schäfer und seiner Frau beschieden war, lag im Ungewissen und sie wollte nicht darüber nachdenken, ob sie irgendwann imstande sein würde, für die beiden vom Teufel vergifteten Herzen zu beten. Aber Notzucht und heimtückischer Mord durften bei aller gebotenen Nächstenliebe nicht ungestraft bleiben. Ihre Schultern streckten sich.

»Ich werde selbst beim Vogt vorsprechen«, antwortete sie. Mit einem Anflug von Erleichterung bemerkte sie, dass die plötzlich wieder spürbare Entschiedenheit in ihrem Inneren sich auf ihre Stimme übertrug. Ohne einen Blick zurück setzte sich in Bewegung. »Das bin ich Theresia schuldig.«

Schrei nicht, kleine Schwester

Dierdorf, im Jahr 1871

Es brachte keinen Laut hervor, ruhte reglos in den kräftigen Händen, ein bläulich verfärbtes Häuflein Mensch, dem die Kraft zum Schreien fehlte. Zum Überleben aber reichte sie.

Als die Haut des kleinen Mädchens eine rosige Färbung annahm, zeigte sich das Mal. Feuerrot, scharf abgegrenzt zur übrigen Haut und mit unregelmäßig geformten Rändern zog es sich vom linken Ohr über die Wange bis zum Nasenflügel. Ein entstelltes Gesicht, das niemand ansehen wollte. Nicht einmal die Mutter. Adele hatte bereits vier Kinder zur Welt gebracht, keines aber war derart unansehnlich geraten. Sie setzte ihre Hoffnung auf das zweite Kind, das sie im Leib trug. Mit der letzten Wehe glitt es der Hebamme in die Hände, leblos, blau-fahl und ebenfalls gezeichnet. Adele brach in Tränen aus, nicht wegen ihres toten Kindes, sondern weil in ihrem Leib zur gleichen Zeit zwei Missgeburten herangewachsen waren, von denen eine unglückseligerweise lebte.

Sie weigerte sich, dem Kind einen Namen zu geben. So suchte Alfred einen aus, dem sein kleines Mädchen leid tat und er nannte es Lotte, nach der Großmutter, die eine starke Frau gewesen war und sich vor nichts und niemandem gefürchtet hatte. Er fand, dass es seinem Lottchen nicht schaden könne, wenn diese Eigenschaft in ihr weiterlebte und der Name schien ihm ein guter Anfang dafür zu sein.

Adele vermied es, Lotte zu berühren. Sie sang das Kind nicht in den Schlaf und wechselte seine schmutzigen Windeln erst, wenn sie selbst den Gestank nicht länger aushielt. *Wie hässlich du bist!*, sagte sie manchmal und wandte sich dabei angewidert ab. Die Brüder ahmten nach, was die Mutter ihnen vorlebte, weshalb sie sich angewöhnten, Lotte entweder zu übersehen oder sie wegen ihres Mals zu hänseln.

So wuchs sie unter der Fürsorge ihres Vaters zu einem stillen Kind heran, das früh lernte, für die Mutter wertlos zu sein.

Da sie keinen Spiegel besaßen wie die vornehmen Leute, begriff Lotte nicht, warum ihre Mutter sich vor ihr ekelte. Deshalb tastete sie manchmal, wenn sie sich unbeobachtet fühlte, nach ihrem Mal, um eine Vorstellung davon zu bekommen. Es fühlte sich fast an wie ihre übrige Haut, nur etwas rauer und leicht erhaben. Mit der Fingerspitze fuhr sie an den Konturen entlang, so lange, bis die Gewissheit um das Ausmaß ihrer Hässlichkeit sie zum Weinen brachte. Still schluchzte sie dann in sich hinein und beneidete ihre Schwester, die vor der Geburt gestorben war und sich diesem Kummer damit entzogen hatte.

Als Lotte fünf Jahre alt war, nahm Alfred sie mit in den Wald. Als Sauhirt trieb er von Michaelis bis zum Wintereinbruch jeden Morgen die Dierdorfer Schweine zur Mast in die Eichen- und Buchenforste, wo sie sich die Bäuche mit Bucheckern und Eicheln vollschlugen und die Walderde in matschigen Morast verwandelten.

Lotte lernte das Horn zu blasen. Nach wenigen Tagen brachte sie mit etwas Übung die Töne in der richtigen Abfolge heraus. Ihre Augen strahlten, als die Schweine dem Signal folgten und sie staunte darüber, wie leicht es war, einer Sau beizubringen, in welche Richtung sie zu laufen hatte.

Alfred lehrte sie, die Waldvögel am Gesang zu erkennen, das Tschilpen der Kohlmeise von dem der Buchfinken zu unterscheiden und auf das gleichförmige Getrommel der Buntspechte zu horchen. Er nahm sie mit zur Wolfsbuche, die in seiner Kindheit ihren Namen erhalten hatte, als ein Dierdorfer Major in ihrer Nähe den bislang letzten Wolf erlegt hatte. Jemand hatte in jenen Tagen das Wort WOLF und die Jahreszahl 1845 in die Rinde geritzt. Lotte reckte sich und fuhr mit den Fingerspitzen über die Zahlen, die ersten, die sie lesen lernte. Zur Belohnung schenkte Alfred ihr ein scharfes Messerchen und zeigte ihr, wie man damit Stöcke schnitzte und die Rinde in Spiralen abschälte, sodass ein hübsches, weißes Muster entstand.

Lotte blühte auf. Sie liebte ihren Vater. Sie liebte den Wald. Sie liebte die Schweine, das dumpfe Grunzen im Matsch, wenn die rosigen Rüssel nach Würmern suchten, und das Geräusch, wenn die Eicheln zwischen den Schweinezähnen zerknackten. Sie sprach mit ihnen, kraulte mit beiden Händen die wulstigen Nacken und ahmte ihre Laute nach. Hier störte sich niemand an ihrem Mal, keiner glotzte sie voller Abscheu an und keiner rief ihr »Krüppel-Lotte!« hinterher, wie ihre Brüder es taten.

Als Lotte vierzehn war, starb Alfred. Das Fieber, das in jenem Winter in Dierdorf grassierte, brachte sein Blut zum Kochen und vergiftete ihn von innen. Lotte war bei ihm, als er seinen letzten, schweren Atemzug tat. Als der Pastor kam, schickte ihre Mutter sie mit grimmigem Blick hinaus. Mit fliegenden Zöpfen rannte Lotte zur Wolfsbuche, drückte das Gesicht an die glatte Rinde und weinte, bis ihre Augen so rot waren wie das Mal in ihrem Gesicht.

Am Michaelistag im folgenden Herbst trieb sie die Schweine aus den Ställen und zog mit ihnen an Wohnhäusern und Scheunen entlang, weiter durch die Vordergasse und vorbei am Märkerrathaus mit seinen beiden wuchtigen Säulen. Die Leute standen vor ihren Haustüren. Hohläugig und ohne ein Wort starrten sie Lotte hinterher. Ihre Blicke brannten sich in Lottes Rücken, sie spürte sie wie glühende Funken, drehte sich aber nicht um, sondern schluckte die aufsteigenden Tränen herunter und trieb die Schweine aus der Stadt heraus, so wie ihr Vater es sie gelehrt hatte.

Dreißig Schweine allein zu hüten, setzte Lotte zu. Sie hätte den Rat der Stadt um einen Gehilfen bitten können, aber sie wollte niemanden. Niemanden, der sich vor ihr ekelte oder sie übersah. Sie wollte allein mit den Schweinen sein, Stöcke schnitzen, um ihren Vater trauern und an die Großmutter denken, deren Namen sie trug und die sich vor nichts gefürchtet hatte.

Kurz bevor der Winter einbrach, brachte sie das Säckchen mit den Talern, das die Schweinebesitzer für sie im Märkerrathaus hinterlegt hatten, heim zur Mutter, die es ohne Dank an sich nahm.

Ihren fünfzehnten Geburtstag verbrachte Lotte mit zwei Dutzend Schweinen oberhalb des Schafsweges auf dem Sauplatz. Außer dem Pastor am Morgen hatte niemand daran gedacht, ihr zu gratulieren. Sie hatte den Kopf geneigt, wie sie es immer tat in Anwesenheit anderer Menschen, als sich seine riesige behaarte Hand nach der Frühmesse auf ihren Scheitel gesenkt und er ihr Gottes Segen gewünscht hatte. Segen. Lange hatte sie nicht gewusst, was damit gemeint war, wenn beim Kirchgang der Segen auf die Betenden herabgerufen wurde. Doch was ihr an diesem Tag widerfuhr, war zweifellos nur möglich, weil der göttliche

Segen mit aller Macht über sie hereinbrach. Es war der Tag, an dem sie ihre Schwester fand.

Sie schätzte das Kind auf nicht einmal drei Jahre. Es trug einen ärmellosen, hellen Kittel, der ihm bis zu den Knien reichte und übersät war mit Flecken. Die von der Sonne gebleichten Haare hatte man ihm so kurz geschoren, dass sie in ungleichmäßig geschnittenen Büscheln vom Kopf abstanden. Es ließ sich auf den ersten Blick nicht deuten, ob es sich um einen Jungen oder ein Mädchen handelte. Lotte beobachtete das Kind vom gegenüberliegenden Bachufer aus. Sie hockte unweit der Erle zwischen den Geißbartbüscheln und verharrte dort wie ein Tier, das Witterung aufnimmt. Es war der letzte Tag im September. Die Sonne, die noch einmal mit aller Kraft vom Himmel herab gebrannt hatte, warf nun lange Schatten. Lotte war hierher gekommen, nachdem sie die Schweine zurück in die Ställe getrieben hatte, um sich das erhitzte Gesicht zu kühlen und die Füße ins Wasser zu tauchen, bevor sie heimging.

Die Anwesenheit des Kindes auf der anderen Seite des Bachufers verwirrte sie. Ein so kleines Kind allein am Holzbach? An dieser Stelle war er nicht tiefer als eine Elle, aber durch das Gefälle nahm das Wasser hier Fahrt auf und strömte und rauschte wie ein reißender Fluss. Für ein Kind bedeutete ein Sturz in den Bach den sicheren Tod. Lotte runzelte die Stirn, als sie sah, dass das Kleine auf bloßen Füßen die sanft abfallende Böschung in Richtung Wasser tapste. Angst schien es nicht zu kennen und Lotte nahm an, dass es die von dem gurgelnden Bach ausgehende Gefahr aufgrund seines Alters nicht einschätzen konnte.

Als das kühle Wasser über die Zehen des Kindes schwappte, stieß es einen spitzen Jauchzer aus. Lotte reckte den Kopf, suchte nach der Mutter oder sonst jemandem, mit dem es hierhergekommen sein könnte. In einiger Entfernung lärmten Kinder, ihr Lachen drang zu Lotte herüber, aber zu sehen war niemand.

Sie wandte sich wieder dem Kind zu. Das Kind ... es hatte doch gerade noch dort drüben gestanden!

»Nein!« Lotte sprang auf. Ohne nachzudenken, hastete sie in den Bach, wo das Kind wie eine Strohpuppe mit dem Gesicht nach unten trieb. Im Nu sog sich Lottes Kleid voll Wasser, schwer schmiegte sich der Stoff um ihre Beine. Im Gehen versuchte sie, den Saum zu greifen, um ihn über die Knie zu ziehen und leichter voranzukommen. Voller Ungeduld riss sie an dem durchnässten Stoff und ärgerte sich über ihr Unvermögen, während sie mit Schrecken den kleinen Körper weiter von sich wegtreiben sah. Das Wasser blähte den Stoff des Kittels auf. Die Arme, leicht abgewinkelt zu beiden Seiten, wirkten wie zwei Fremdkörper. Der aus dem Wasser ragende, kahle Hinterkopf des Kindes sah aus wie der eines alten Mannes. Lotte stakste weiter, in einer Eile, die sie ins Straucheln brachte. Ihre Zehen stießen an etwas Scharfkantiges auf dem Grund, ein Stein, wie sie zuhauf im Holzbach zu finden waren. Er zerschnitt die Haut neben dem Nagel und trieb einen durchdringenden Schmerz durch Lottes Fuß. Sie taumelte, ruderte mit den Armen, suchte nach Halt und biss gleichzeitig die Zähne zusammen. Im letzten Moment fand sie das Gleichgewicht wieder. Weiter, nur einen Schritt noch! Sie beugte sich nach vorn. Mit beiden Händen griff sie nach dem kleinen Körper, bekam zuerst das rechte Bein zu fassen und danach ein Stück Stoff. Sie zog es heran, wollte ihm nicht weh tun, nicht zu fest zupacken, merkte aber, dass ihr keine Wahl blieb. Die Strömung besaß mehr Kraft, als sie geglaubt hatte, und konnte ihr das Kind spielend leicht aus den Händen reißen. Sie suchte sicheren Stand zwischen den Kieseln im Bachbett und stemmte ihre Fußsohlen fest in den unebenen Grund. Dabei jagte der Schmerz erneut in die Stelle, wo der Stein zuvor ihre Haut verletzt hatte. Gleichzeitig zerrte sie das Kind aus dem Wasser – es war schwerer, als sie es sich vorgestellt hatte – und drehte es in ihren Armen, um es an sich zu drücken, damit es ihr nicht entglitt. So stand sie im strömenden Holzbach, mit durchnässtem Kleid, außer Atem, mit einem fremden, triefenden Kind in den Armen, das sich nicht bewegte und keinen Laut von sich gab. Die Wangen des Kindes waren von einer beängstigenden Blässe, der Mund stand halboffen. Es hielt die Lider geschlossen und auf den zarten, hellen Wimpern glitzerten Wassertropfen. Die Haarbüschel standen nassglänzend wie kleine Stachel in alle Richtungen. Lotte unterdrückte einen Schrei, als sie in das puppenhafte Gesicht starrte. Ein Rinnsal suchte sich seinen Weg über Stirn, Nase und die linke Wange, die zur Hälfte von einem kirschroten Mal bedeckt war. Unregelmäßig geformt zog es sich bis zum Ohr des Kindes.

Die Leute, die Lotte später durch das Tor in die Stadt laufen sahen, wunderten sich, dass sie sich so spät noch einmal außerhalb der Stadtmauern herumgetrieben hatte. Aber da sie die Schweine bereits vollzählig in die Ställe zurückgebracht hatte, sagten sie nichts. Das Mädchen hütete die Tiere allein, ohne einen Beihirten, wie es üblich war. Sie wussten nicht, wie sie es schaffte, die Herde den ganzen Tag zusammenzuhalten, aber bislang war ihr kein Schwein verloren gegangen und sie brachte sie an jedem Abend wohlbehalten und sattgefressen zurück, weshalb sie sie gewähren ließen.

Sie wirkte anders heute Abend, das entging auch Dora nicht, als sie Lotte im Thies-Gässchen begegnete, das Vorder- und Hintergasse miteinander verband. Dass Lotte nach dem Schweinehüten im Bach gewesen war und deshalb, wie meistens, mit nassem Kleid heimkam, war nicht ungewöhnlich. Sonderbar schien es Dora aber, dass Lotte so viel später als sonst erschien. Und auch der gehetzte Ausdruck in Lottes Augen machte Dora stutzig.

Die beiden hatten bis zum vorigen Jahr nebeneinander im Schulunterricht gesessen – Lotte mit dem entstellten Gesicht, die dank ihrer Brüder zum Gespött fast aller Dierdorfer Kinder, vor allem der Jungen, geworden war, und die dunkelhaarige Dora, die wusste, wie man denselben Jungen Kopf und Herz verdrehte.

Dora kannte verschwiegene Winkel auf den Heuböden, wo sie sich gern küssen ließ. Sie war nicht wählerisch, es fand sich immer ein Junge, dem sie gefiel. Wenn sie nicht geküsst wurde, hütete sie die Kinder ihrer ältesten Schwester Fine. Diese half währenddessen im Schloss dabei, die Kriegsverletzten zu versorgen – Franzosen und eigene Soldaten, da machten die Dierdorfer keine Unterschiede. Im Frühjahr hatte man das Ende des Krieges gefeiert, der Alptraum war vorbei, das Reich geeint und wer verletzt war und Hilfe brauchte, der erhielt sie, einerlei woher er stammte. Die erste Etage des Schlosses war zu einem Lazarett umfunktioniert worden, einem Siechenhaus, in dem tagaus, tagein eiternde Wunden verbunden und blutbesudelte Laken gewaschen wurden und der stinkende Inhalt der Bettschüsseln in die Aborte gekippt wurde.

»Dass du das freiwillig machst!«, sagte Dora oft mit gefurchter Stirn zu ihrer Schwester, wenn diese am Abend erschöpft, mit schmerzenden Füßen und glänzenden Augen vom Schloss den Weg nach Hause gefunden hatte. Fine lächelte dann nur, lehnte sich mit ausgestreckten Beinen im Stuhl zurück und strich stumm über die Wuschelköpfe ihrer vier Kinder, die sich um sie scharten, um sich eine Ration Zuneigung zu erbetteln. Willi, der Älteste, war gerade acht geworden und Leni, das Jüngste, nicht einmal drei.

»Ich muss die Kinder holen!«, rief Dora, als sie schon beinahe an Lotte vorbei war. Gerade schlug die Uhr im Turm sechsmal. Sie hatte die Zeit auf dem Heuboden vergessen, das war ihr noch nie passiert. Hoffentlich kam Fine nicht zurück, bevor sie mit den Kindern im Haus war. Wie sollte sie ihrer Schwester erklären, dass sie alle vier mit den Nachbarskindern zum Spielen an den Holzbach gezogen waren? Fine würde außer sich sein.

Dora sah Lottes knappes Kopfnicken und eilte weiter, an den Wohngebäuden und Scheunen zu beiden Seiten der engen, gepflasterten Gassen entlang und um den Vorbau des Märkerrathauses herum. Ihre Wangen röteten sich und ihr Zopf wippte beim Laufen von einer Seite auf die andere.

Zielstrebig hielt sie auf den Holzbach zu. Sie wusste, wo sich das Gestrüpp teilte und den Weg zu der seicht abfallenden Uferstelle freigab, wo die Kinder so gern spielten. Im Frühjahr ragten hier die Büschel der Sumpfdotterblumen mit ihren gelben Köpfen bis ins Wasser hinein. Schon von Weitem erkannte Dora die Erle auf der gegenüberliegenden Uferseite. Kinderstimmen drangen zu ihr herüber.

Als sie sich dem Lärmen bis auf wenige Schritte genähert hatte, bemerkte sie, dass einige der Jungen mit bis zu den Knien aufgekrempelten Hosenbeinen im Bach standen, stolze kleine Baumeister, die aus Stöcken, Wurzeln und Laub ein Dämmchen errichtet hatten und nun mit strahlenden Gesichtern beobachteten, wie sich das Wasser dahinter staute. Willi war bei ihnen, breitbeinig stand er in der Nähe des Dämmchens bis zu den Waden im gurgelnden Bach, mit Wasserflecken auf Hemd und Hose. Ein paar Schritte bachaufwärts waren seine Schwestern und zwei Nachbarskinder damit beschäftigt, mit beiden Händen Laub in den Bach zu werfen, das mit der Strömung in Richtung Dämmchen trieb. Am Ufer lagen Kleidungsstücke der Kinder, Hosen, Holzschuhe, eine fadenscheinige Schürze, achtlos abgestreift, in einem großen Durcheinander. Dora kniff die Augen zusammen, ließ ihren Blick über die Kindergesichter wandern. Willi, die Mädchen, die Kinder der Nachbarschaft … aber wo steckte Leni? Plötzlich erfasste eine Schwere ihre Beine, als klebten Bleigewichte unter ihren Füßen. Sie fuhr sich mit der Zunge über die trockenen Lippen.

»Leni …« Sie hatte geflüstert, ihre Blicke irrten umher, glitten über die Schar der Kinder, an der Böschung herauf und wieder herunter, hinüber zum jenseitigen Ufer, zur Erle, über die Büschel aus Geißblatt und wieder zurück zu den Kindern, über das Dämmchen, die Böschung, das Sammelsurium an Kleidungsstücken. Wo war Leni?

»Willi!«, vernahm sie ihre Stimme, die sich anfühlte, als gehöre sie zu jemand anderem. Der Junge blickte auf. Er winkte ihr zu und strahlte sie an, dabei zog er seine sommersprossige Nase kraus und entblößte zwei unvollständige Zahnreihen.

»Guck mal, Dora!« Er reckte die Schultern und deutete auf seinen Staudamm.

»Wo ist Leni?« Sie versuchte, ruhig zu bleiben, obwohl ihr Herz in einen unnatürlichen Rhythmus verfiel und ein leises Sirren in ihren Ohren ihr signalisierte, dass etwas nicht stimmte.

Willi sah sich um, deutete auf seine Schwestern, die noch immer bunt gefärbtes Laub in den Bach trudeln ließen. Dora schüttelte den Kopf. »Wo ist sie, Willi?«

In einem einzigen Augenblick gefror das Lachen auf seinem Gesicht. Die soeben verspürte Ausgelassenheit schlug um. Die Jungen im Bach hielten inne, starrten von Willi zu Dora und wieder zurück. Ohne dass Dora etwas sagen musste, begannen sie, nach Leni zu suchen. Sie wateten mit langen Schritten durch den Bach, liefen auf der Kuppe der Böschung entlang, riefen ihren Namen, schauten hinter jeden Strauch, in jedes noch so dichte Gestrüpp.

Irgendwann raffte Dora mit einer Hand ihren Rock und watete in die Mitte des Holzbachs. Wie gern hätte sie sich davon überzeugt, dass er an dieser Stelle nicht tief und die Strömung nicht stark genug war, um ein Kind mit sich fortzureißen. Kühl umspülte das Wasser ihre Waden. Sie schloss die Augen. Für einen flüchtigen Moment wollte sie glauben, dass Lenis Verschwinden nur ein böser Traum war, und sie beruhigte sich damit, dass die Kleine kaum unbemerkt in den Bach gefallen sein konnte. Von neun Kindern hätte doch wenigstens eins etwas bemerken müssen.

Die Uhr im Turm schlug siebenmal. Sieben harte, erbarmungslose Schläge. Widerwillig öffnete Dora die Augen. Sie hatten fast eine Stunde nach Leni gesucht. Fine war inzwischen bestimmt zuhause. Wie sollte sie ihr erklären, wofür es keine Erklärung gab?

Sie rief die Kinder zusammen, die gleich herbeiliefen, stumm ihre Habseligkeiten aufsammelten und Dora schweigend nach Hause folgten.

Mit einem leisen Klacken drückte Lotte die Haustür hinter sich ins Schloss. In ihrem Zeh pochte der Schmerz, aber inzwischen hatte die kleine Wunde aufgehört zu bluten. Im Haus roch es nach Fäulnis, Schweiß und Exkrementen. Gerüche, die an Siechtum erinnerten und kaum auseinanderzuhalten waren. Sie tränkten Wände, Möbel und Luft und führten dazu, dass sie beim Eintreten unwillkürlich den Atem anhielt.

Gedanklich wappnete Lotte sich für das, was in den nächsten Augenblicken unweigerlich auf sie niederprasseln würde, Abend für Abend dasselbe, seit vielen Monaten. Lotte zählte sie nicht. Während sie langsam auf das Zimmer zuging, aus dem sie das Stöhnen ihrer Mutter vernahm, versuchte sie, das Geschehen der letzten Stunden aus ihren Gedanken auszublenden.

»Wo bleibst du denn?«, bellte Adele, ohne Lotte den Kopf zuzuwenden. Lotte trat ins Zimmer, hielt aber zwei Schritte Abstand zur Schlafstatt, einem schmalen, aus Holz gezimmerten Kasten mit hochgezogenem Kopf- und Fußende. Mit bleichem Gesicht starrte ihre Mutter an die Zimmerdecke. Ihre Arme ruhten zu beiden Seiten des ausgemergelten Körpers, dessen Konturen sich unter der verschlissenen Decke abzeichneten.

Die Krankheit war schleichend gekommen. Zuerst hatte sie sich in Adeles Hände gesetzt. Kochgeschirr, der Korb mit dem Hühnerfutter, die Flickwäsche, all das war ihr immer häufiger zu Boden gefallen. Bald hatte sie die Kraft vollends verloren und mit ihr die Fähigkeit, Gegenstände ergreifen und festhalten zu können. Rasch hatten die Lähmungen sich ausgebreitet, war die Krankheit in Beine, Füße, Arme und Rumpf gekrochen und hatte geschwächt, gelähmt und zerstört, was Adele für unzerstörbar gehalten hatte. In einer Nacht ein paar Tage vor Pfingsten war sie beim Gang zum

Abort im Hof gestürzt. Lotte hatte ihre Mutter unter Aufbringung aller Kräfte zurück ins Haus und zum Bett geschleift, ohne zu ahnen, dass Adele dieses fortan nie wieder verlassen würde.

Erna, die Nachbarin, eine fromme und gutherzige Seele, sah nach Adele, wenn Lotte ihre Arbeit als Sauhirtin verrichtete. Sie stopfte Adele ein Kissen in den Rücken, reichte ihr etwas von der Milchsuppe, die Lotte in der Frühe, bevor sie die Schweine zum Sauplatz trieb, zubereitete und betete anschließend einen Rosenkranz für die Kranke.

»Bin ja da«, erwiderte Lotte. Sie unterdrückte den Widerwillen, der sich angesichts der dahinsiechenden Mutter immer häufiger in ihr regte.

»Ich bin deine Mutter. Sorg für mich!«

Eine Verpflichtung, eine Mahnung, hundertfach gehört. Wie sehr wünschte Lotte sich, unempfänglicher für solchen Befehlston zu sein, aber als einzige Tochter hatte sie ihre Mutter zu umsorgen, auch wenn sie für sie von Anfang an nichts weiter als ein hässliches Anhängsel ohne Nutzen gewesen war.

Lenis Puppengesicht formte sich in ihrer Erinnerung. Ein nutzloses Ding wie sie selbst. Durch das Mal miteinander verbunden. Schwestern.

Unbeteiligt begann Lotte, ihre Mutter mit einem feuchten Lappen zu säubern, tauschte ihr vom Schweiß durchnässtes Hemd gegen ein trockenes, wechselte das Laken und klopfte das Federkissen auf. Adele beschimpfte und maßregelte Lotte unentwegt. Dabei hielt sie die Augen geschlossen, als könne sie Lottes Anblick nicht ertragen.

Als sie fertig war, schob Lotte eine Fensterhälfte zur Seite, um Luft von draußen ins Zimmer zu lassen. Ohne ein Wort nahm sie die Wäsche auf die Arme und trug sie in die Waschküche, einem nicht mehr als zwei mal zwei Schritte messenden Raum, der an die Küche grenzte.

Als sie kurz darauf neben dem Blechbottich kniete und aus heißem Wasser und Asche eine Lauge anrührte, sog sie den Dampf tief in die Lungen und tauchte ihre Hände ein, bis sie sich röteten, als ließe sich damit der Atem der Krankheit auslöschen.

»Was ist los da draußen auf der Gass'?«, hörte sie die Stimme ihrer Mutter. Die Neugierde war Adele geblieben. Mit einem Holzstab drückte Lotte die stinkenden Laken in die Lauge, bis die Flüssigkeit sie vollständig bedeckte.

»Sieh nach, was los ist!« Der fordernde Unterton begleitete Lotte, seit sie denken konnte. Wie sehr sie ihn verabscheute! Sie erhob sich, folgsam wie eine Leibeigene und trat in die Schlafstube. Ein leichter Luftzug blähte den fadenscheinigen Vorhang vor dem Fenster. Von draußen waren Stimmen zu vernehmen. Lotte spähte ins Freie, ohne sich hinauszulehnen. Die Gasse lag im letzten Licht der untergehenden Sonne. Hier und da standen Nachbarn in kleinen Grüppchen zusammen. Sie erkannte Erna unter ihnen. Einige tuschelten miteinander, andere wiegten besorgt die Köpfe und diejenigen, die stets mehr wussten als die übrigen, hasteten die Gassen herauf und herunter und trugen laut und vernehmlich die Meldung weiter, die der Polizeiwachtmeister soeben herausgegeben hatte.

»Gütiger Himmel!«, rief Erna, als sie die Nachricht vernahm. Lotte sah, wie sie die Hände vor der wogenden Brust rang und sich bekreuzigte, als sei dies das sicherste Mittel, das Unheil abzuwenden.

»Sag schon, was da los ist!«, fuhr Adele ihre Tochter an. Ihr blieb verborgen, dass Lotte alle Farbe aus dem Gesicht gewichen war und sie starr und schreckensbleich auf der Stelle verharrte, außerstande, sich zu bewegen oder einen Laut von sich zu geben.

Als es gleich darauf an die Haustür hämmerte, schreckte Lotte zusammen, als erwache sie aus einem tiefen Schlaf.

»Du erzählst mir jetzt sofort, was da vorgeht!«, schrie ihre Mutter sie an. Ein Hustenanfall schüttelte sie, bevor sie den Satz beendet hatte, sodass die beiden letzten Worte darin untergingen.

»Lautes Sprechen strengt dich an, hast du das vergessen?«, fragte Lotte ungerührt. Sie wandte sich vom Fenster ab und ging zur Tür, um zu öffnen.

»Dora?« Lotte trat einen Schritt zur Tür heraus.

Mit rot geweinten Augen und heftig zuckenden Schultern erinnerte Dora an ein Kind, das man beim Äpfelstehlen im Garten des Pfarrhauses erwischt hatte und das nun seine Strafe erwartete.

Hatte Dora jemals an ihre Tür geklopft? Kinder holten einander zum Spielen ab und liefen Hand in Hand zum Pfarrhaus, wo sie unterrichtet wurden. Lotte war nie Hand in Hand mit einer Freundin zum Schulunterricht gegangen. Ein Kind mit entstelltem Gesicht holte niemand zuhause ab.

Dass Dora auf eine Begrüßung oder einleitende Worte verzichtete, zeigte die Schwere dessen, was sie auf dem Herzen trug.

»Lotte, du bist doch jeden Tag im Wald unterwegs, vielleicht hast du etwas gesehen?« Ungewohnt hastig stieß sie die Worte über ihre Lippen, verschluckte die letzten Silben, schniefte zwischendurch und hielt nur mit großer Mühe die Tränen im Zaum. Unablässig ließ sie ein kariertes Männertaschentuch von einer Hand in die andere wandern. Lotte schluckte an dem Kloß, der sich mit einem Mal in ihre Kehle setzte, während ihr Herz in ein wildes Hämmern verfiel. Sie zwang sich zur Ruhe und hob die Augenbrauen.

»Wovon redest du?« Sie hoffte, ihre Stimme möge sich fester anhören, als sie sich anfühlte.

»Die Leni ist verschwunden, hast du es noch nicht gehört? Wir suchen seit Stunden nach ihr. Bitte sag, dass du sie gesehen hast!«

Die Trommelschläge in Lottes Brust verstärkten sich, hämmerten bis hinauf in ihre Schläfen. Sie fürchtete, Dora könne sie hören, ihre Mutter könne sie hören und im schlimmsten Fall könne gar die ganze Stadt den Aufruhr in ihrem Herzen bezeugen. *Die Leni ist verschwunden …*

»Du weißt doch, wie sie aussieht …« Doras Stimme kippte, die Worte verloren sich in heftigem Schluchzen. »Aber vielleicht würdest du sie nicht auf den ersten Blick erkennen, Fine hat ihr die Haare geschoren wegen der Läuse, sie sieht aus wie ein kleiner Junge, und sie ist gezeichnet wie du, das weißt du doch, Lotte, oder? Daran erkennt man sie. Jeder erkennt sie daran.«

Lotte wich Doras Blick aus. Sie nickte schwach und senkte den Kopf. *Daran erkennt man sie …* Hart hämmerten die Worte in Lottes Ohren. Hinter ihrer Stirn tauchte das Puppengesicht auf, die hellen Wimpern, das Mal, scharf abgegrenzt von der bleichen Haut. *Und dafür wird man sie eines Tages verstoßen!*, hätte sie Dora am liebsten ins Gesicht geschrien. *Die Jungen werden ihr Krüppel-Leni hinterherrufen und ihre eigene Mutter wird ihr sagen, dass sie besser bei der Geburt verreckt wäre!* Aber sie verbiss sich jedes Wort, weil sie wusste, dass Dora es nicht verstehen würde. Niemand würde es. Nur sie, Lotte, sie allein war dazu imstande, weil nur sie den Spott kannte, den Leni bald schon würde aushalten müssen, und weil nur sie um das Leid wusste, an dem Lenis Herz zerbrechen würde. Schwerfällig hob sie den Kopf. Mit größter Anstrengung fixierte sie ein beliebiges Astloch im Scheunentor gegenüber.

»Hast du sie heute irgendwo gesehen?«

Lotte wusste, dass sie Dora ins Gesicht sehen sollte, aber sie fürchtete, dem Flehen und der abgrundtiefen Verzweiflung in ihren Augen nicht standhalten zu können. Es dennoch zu tun, kostete sie eine schier unüberwindbare Kraft.

»Nein, Dora, ich bin ihr nicht begegnet.«

Gemeindediener Nußbaum sorgte mit seiner Glocke dafür, dass die Nachricht von dem vermissten Kind in Windeseile innerhalb der Dierdorfer Stadtmauern ausgerufen wurde und ebenso flugs durch Gassen und Straßen fegen konnte. So wunderte es nicht, dass an jenem Abend die Gaslampen im Märkerrathaus noch bis Mitternacht brannten, denn hier hatten sich Bürgermeister Prestinari, Gendarm Schickerling sowie einige Ratsmitglieder eingefunden, um auf die Männer des Suchtrupps zu warten. Mit brennenden Fackeln waren sie vor zwei Stunden unter der Führung des Forstwartes losgezogen, um die Holzbachufer und die angrenzenden Forstgebiete zu durchkämmen. Eine große Anzahl Bürger war herbeigeströmt, Männer, Frauen, sogar Kinder, die längst unter ihren Federbetten hätten liegen müssen. Sie alle standen im Schein ihrer Öllampen und Fackeln vor dem Säulenvorbau des Rathauses beisammen. Selbst Vinzenz, der Nachtwächter, ein stämmiger Kerl, der mit seinem knielangen dunklen Umhang und dem breitkrempigen Hut aus der Menge der Bürger herausragte, kehrte nach jeder Runde, die er durch die Gassen der Stadt zog, dorthin zurück, um sich nach dem Verlauf der Suche zu erkundigen.

Auch Lotte schlüpfte, nachdem sie sich davon überzeugt hatte, dass ihre Mutter gleichmäßige Atemzüge von sich gab, noch einmal aus dem Haus. Geschickt schlang sie sich das Tuch um die Schultern, das Erna für sie aus dunkelroter Wolle gehäkelt hatte, damit sie es im Herbstwind auf dem Sauplatz warm hatte. Mit einem Korb im Arm und brennender Öllampe in der Hand trat sie auf die Gasse. Die Anzahl der Menschen, die sich vor dem Märkerrathaus versammelt hatten, trieb ihr einen Schrecken in die Glieder, der sich jedoch verflüchtigte, als sie begriff, dass sie unter all den Leuten nicht auffallen würde. Sie suchte nach Leni, warum sollte jemand etwas anderes vermuten?

Am nächsten Tag erschien der Urbacher Müller in Schickerlings Amtsstube, in den Händen ein durchnässtes, am Saum zerfranstes Kittelchen. Ein Kittelchen, wie kleine Mädchen sie trugen, mit Knöpfen im Rücken und einem Bindegürtel, der auf einer Seite aus der Naht gerissen war.

»Ich war mit dem Fuhrwerk unterwegs und musste ein paar Mal anhalten. Mein Gaul ist nicht mehr der Jüngste, schafft den Weg von Urbach bis Dierdorf nicht mehr ohne Pause. Also hab ich am Holzbach Halt gemacht«, berichtete der Müller. Schickerling nahm den Fund in Empfang. Mit der freien Hand zog er ein Leinentuch aus dem Regal, bedeckte damit den Tisch an der Längsseite des Raumes und breitete das Fundstück darauf aus. Mit gefurchter Stirn nahm er es in Augenschein, während der Müller weitersprach. »Und wie ich so da stehe, sehe ich was Weißes im Gestrüpp hängen, das da ins Wasser ragt. Dachte zuerst, es wäre ein Lappen, den sie beim Auswaschen im Lazarett in den Bach haben fallen lassen und der sich verfangen hat. Aber dann hab ich mich an die Beschreibung erinnert, wie das Kindchen aussieht, das gesucht wird, und bin näher dran. Dachte im Moment, ich hätte es gefunden, das Kind, und war … also, ich war erleichtert, dass es nur das hier war.«

Bei den letzten Worten deutete er mit einer Handbewegung auf das Kleidungsstück. Schickerling nickte ihm zu. Er hatte jeden Zentimeter des durchtränkten Stoffs begutachtet: Vorderseite, Rückseite, sogar die Form der schimmernden Perlmuttknöpfe hatte er in Augenschein genommen. Alles passte haargenau zu Fines Beschreibungen.

Er wartete nicht, sondern ließ gleich nach ihr schicken.

Nach Atem ringend stürzte sie nur wenig später in die Amtsstube. Schickerling öffnete den Mund, um etwas zu sagen, schloss ihn aber wieder, als er ihren Blick bemerkte. In einer Geste der Verzweiflung schlug Fine beide Hände vors Gesicht. Sie heulte auf wie ein gepeinigtes Tier, riss an sich, was ihr von ihrem Kind geblieben war und presste es an die Brust, während ihr die Tränen in Sturzbächen übers Gesicht rannen.

Wie ein Lauffeuer verbreitete sich die Neuigkeit. An den Straßenecken, beim Melken in den Ställen, beim Tratsch vor den Haustüren, vor allem aber beim abendlichen Treffen vor dem Märkerrathaus fand kaum ein Thema größeres Interesse als das vermisste Kind und das gefundene Kleidungsstück. Dass Leni im Holzbach ertrunken war, zweifelte niemand an, aber es auszusprechen wagte man nur hinter vorgehaltener Hand. Dafür schmückten an den Haaren herbeigezogene Einzelheiten die Tatsachen aus, ohne dass jemand hätte sagen können, woher sie stammten. Fine, so hieß es, sei vor Gram und Kummer über den Tod ihres Kindes von einem Augenblick zum nächsten verstummt und verlasse das Haus nicht mehr.

Erna raunte den Leuten die Schauergeschichte vom Schatten des Teufels zu, der sich über Fine herniedergesenkt und ihr das Kind geholt habe, damit sie ihre Seele behalten könne. Dabei bekreuzigte sie sich mehrmals und begann gleich darauf, halblaut das Vaterunser zu murmeln.

Lotte begriff nicht, wieso Fine derart um ihr unnützes Kind trauerte. Kinder mit entstellten Gesichtern, wie sie selbst oder Leni, waren nicht gewollt, am wenigsten von ihren Müttern. Warum quälte Fine sich dann wegen des Verlustes? Lotte zweifelte keinen Augenblick daran, dass ihre eigene Mutter ein Dankopfer am Kirchenaltar dargebracht hätte, wenn ihr hässliches Kind im Holzbach ersoffen wäre.

Sie stellte die Öllampe neben sich auf die Erde. Mit beiden Händen hebelte sie den Querriegel von der Tür, lehnte ihn hochkant ans Mauerwerk und öffnete. Die Scharniere jammerten, es klang gespenstisch im Dunkeln, doppelt so laut und verzerrt wie bei Tag. Sie griff nach dem Tragbügel der Lampe und hielt sie am ausgestreckten Arm nach oben. Der Lichtkegel erhellte einen begrenzten Bereich im Inneren der Schutzhütte. Übler Gestank schlug ihr entgegen. Ihre Blicke tasteten sich an den Wänden entlang, über die unverputzten Mauersteine, aus deren Zwischenräumen der Mörtel bröckelte, und über die mit einer löchrigen Decke abgedeckte Pritsche an der Seite. Leises Wimmern drang von dort zu ihr herüber. Sie platzierte die Öllampe etwas erhöht auf einem gemauerten Sims an der Seite und stellte den mitgebrachten Korb neben sich ab. Sie folgte ihrer Nase, fand den Eimer mit der Notdurft und trug ihn hinaus. Dann trat sie wieder ins Innere der Hütte. Während sie das Geschirrtuch zurückschlug, das den Inhalt in ihrem Korb verbarg, begann sie leise ein Kinderlied zu singen.

»Wer hat die schönsten Schäfchen? Die hat der gold'ne Mond …«

Leicht floss ihr der Text über die Lippen. Ihr Vater war der Einzige gewesen, der ihr Lieder vorgesungen hatte. Wie sie es gemocht hatte, ganz nah bei ihm zu sein und seinen starken Arm zu spüren, den er um sie geschlungen hatte, den Kopf an seine Schulter geschmiegt, und seiner Stimme zu lauschen, die so weich geklungen hatte beim Lied von den Schäfchen und dem goldenen Mond.

»… der hinter unsern Bäumen am Himmel droben wohnt.« Sie wickelte ein gekochtes Ei aus einem Stück Papier und eine dick abgeschnittene Scheibe Brot, die sie zuhause mit Griebenschmalz bestrichen hatte. Zuletzt griff sie nach der mit einem Einsteckdeckel verschlossenen Blechkanne, in die sie etwas von der Milchsuppe abgefüllt hatte, die sie jeden Morgen für ihre Mutter zubereitete.

»Er kommt am späten Abend, wenn alles schlafen will, hervor aus seinem Hause zum Himmel leis und still.« Im Flammenschein näherte sie sich der Pritsche. Etwas bewegte sich. Das Wimmern nahm zu.

»Da bist du«, flüsterte sie, als sie zwei glänzende Augen im Halbdunkel leuchten sah. »Ich habe Essen für dich.« Sie setzte sich auf die Kante der Pritsche und lächelte, als der Lichtschein die Gestalt des Kindes einfing. Es trug nur ein Unterhemd mit kurzen Ärmeln, das einzige Kleidungsstück, was nicht verloren gegangen war.

»Dann weidet er die Schäfchen auf seiner blauen Flur, denn all die weißen Sterne sind seine Schäfchen nur.«

Ob Leni das Kinderlied kannte? Lotte wünschte sich, ihr mit der vertrauten Melodie die Angst zu nehmen. Sie sollte sich doch nicht fürchten. Mit einem scharrenden Geräusch zog Lotte den Deckel von der Milchkanne.

»Hier ist Milch für dich. Komm trinken.«

Ein kleiner weißer Arm reckte sich ihr entgegen. Lotte sang weiter.

»Und soll ich dir eins bringen, so darfst du niemals schrei'n, musst freundlich wie die Schäfchen und wie ihr Schäfer sein …«

Auf den Knien rutschte Leni näher heran. Die Pritsche gab quietschende Geräusche von sich. Lotte half ihr, die Milchkanne zu halten und freute sich, als sie kurz darauf Schluckgeräusche vernahm.

»So darfst du niemals schrei'n …«, wiederholte Lotte leise. »Du bist hier sicher. Hier ist niemand, der sich lustig über uns macht oder sich wegdreht, wenn er uns ansieht. Wir halten zusammen, wie Schwestern.« Sie setzte die Milchkanne ab, stellte sie neben sich auf den Boden und breitete beide Arme aus. »Komm zu mir, kleine Schwester, ich zeige dir den Mond.«

Zwei Ärmchen reckten sich ihr entgegen. Lotte zog das Kind an sich, drückte es sanft, wiegte es und strich ihm über die stoppeligen Haare. Mit den Lippen berührte sie seine Stirn und das Mal auf seiner Wange, das sich im Halbdunkel nur undeutlich von der umgebenden Haut abhob. Warm und weich schmiegte sich die Kleine in Lottes Umarmung. Lotte erhob sich, schälte sich aus

ihrem Häkeltuch, schlang es mehrmals um den mageren Kinder-
körper und verknotete die Enden so, dass sie Leni nicht daran hin-
derten, sich zu bewegen. Mit dem Kind auf dem Arm trat sie ins
Freie. Sie trug es zu den Buchen, ging mit ihm unter ihnen umher,
sang dabei von den Sternen und erzählte Leni die Geschichte von
den Schwestern, die einst getrennt wurden und viele Jahre später
wieder zusammenfanden.

Zwei Stunden Schlaf in jeder Nacht genügten nicht, um am folgenden Morgen ausgeruht zu sein, wenn die Schweine aus den
Ställen geholt und zum Sauplatz getrieben werden mussten.

Lottes Sorge, verschlafen zu können, war grundlos, denn ihre
Mutter rief nach der Bettschüssel, lange bevor es hell wurde. Bisweilen betrat Lotte erst kurz zuvor das Haus, außer Atem und mit
verschwitztem Kleid, weil sie von der Schutzhütte quer über die
Wiesen bis zum Eulenturm gerannt war. Müde stand sie dann am
Bett ihrer Mutter und verrichtete mit mechanischen Handgriffen,
wonach diese verlangte.

Trotz der Müdigkeit konnte sie es kaum erwarten, sich Tag für
Tag in den Schutz des Waldes zu begeben und die Freiheit auszu-
kosten, die er ihr schenkte.

Die Schutzhütte hatte man am Rande des Sauplatzes errichtet,
verborgen unter einer mächtigen Eiche, die ihre Äste wie behü-
tende Arme über ihr ausbreitete. Es zerriss ihr das Herz, Leni drinnen weinen zu hören, wenn sie morgens zu ihr zurückkehrte, auch
wenn es immer nur wenige Stunden waren, die sie das Kind allein
lassen musste.

»Schrei nicht, kleine Schwester, ich bin doch bei dir«, flüsterte sie ihr ins Ohr, sobald sie neben ihr auf dem staubigen Boden kniete und sie in den Armen wiegte. Leni beruhigte sich rasch, aß, was Lotte ihr mitbrachte, meistens schwarzes Brot mit Schmalz, manchmal lauwarme Milchsuppe, die sie in einem Zug aus der Milchkanne trank.

Lottes Herz begann zu tanzen, als Leni nach ein paar Tagen ihre Scheu vor den Schweinen verlor und zum ersten Mal lachte – ein winziges, glucksendes Lachen, das ihre Augen zum Leuchten brachte.

Lotte wusste, dass sie aufpassen musste. Auf die Schweine, dass sie sich nur innerhalb des vorgeschriebenen Bereiches bewegten. Auf Leni, dass sie sich nicht zu weit vom Sauplatz entfernte. Und darauf, dass sie geschützt waren vor ungebetenen Beobachtern. Die Signale des Horns hielten die Tiere zusammen, aber Leni erschrak jedes Mal, wenn sie die eigenwilligen Laute vernahm.

Bisweilen befiel Lotte eine Müdigkeit, der sie nur widerstehen konnte, indem sie ein paar Bissen Brot aus ihrem Proviant und einen Schluck vom mitgebrachten Malzkaffee zu sich nahm. Die Schläfrigkeit ließ sich damit nicht vollends vertreiben, aber für kurze Zeit verdrängen.

Nach sieben Tagen übermannte Lotte der Schlaf. Es war um die Mittagsstunde. Lotte wusste inzwischen, was es bedeutete, wenn Leni sich um diese Zeit mit beiden Fäustchen in den Augen rieb und zu jammern begann. Sie ließ sich, das Kind in den Armen, unter einer Eiche auf die Erde sinken und lehnte ihren Rücken an den rissigen Stamm. So saßen sie eine Weile im Baumschatten, ringsherum die Schweine, grunzend und Eicheln knackend. Mit leiser Stimme sang Lotte von den Schäfchen und dem goldenen

Mond und ohne dass sie es bemerkte, trat der Schlaf zu ihnen und umarmte sie beide.

»Komm rein, Vinzenz!«

Schickerling unterbrach seine Schreibarbeit und hob den Kopf, als der Nachtwächter in die Amtsstube trat. Man sah ihn nur selten in gewöhnlicher Straßenkleidung. Ohne seinen Nachtwächtermantel und den breitkrempigen Hut wirkte er nur halb so robust wie in der Nacht bei seinen Rundgängen. Beim Nähertreten zog Vinzenz seine Kappe vom Kopf. Auf einen Wink des Gendarmen nahm er auf dem einzigen Stuhl Platz, der in der Nähe des Schreibtischs stand, hinter dem Schickerling saß.

»Ich weiß nicht recht, wie ich anfangen soll«, begann der Nachtwächter. Sein Blick glitt durch den Raum und blieb an dem Tisch hängen, auf dem das Kittelchen des vermissten Kindes ausgebreitet lag. Die ganze Stadt sprach darüber.

Schickerling legte den Füllfederhalter nieder. Auf seiner Stirn, genau zwischen den Augenbrauen, erschienen zwei senkrechte Falten. Mit Daumen und Zeigefinger übte er einen kurzen Druck auf die Stelle aus, dabei schloss er für einen Moment die Augen, um sie sogleich wieder zu öffnen.

»Gab's wieder Prügeleien vor der Stadtmauer? Die Jungen wissen schon, warum sie sich nachts prügeln und nicht am Tag.«

Rasch schüttelte Vinzenz den Kopf. »Nein, nein, das ist es nicht.«

Schickerling musterte das Gesicht seines Gegenübers, aus dem er gern etwas gelesen hätte, und die sich in nervöser Unruhe miteinander verschränkenden Finger.

»Was hast du auf dem Herzen, Vinzenz?«, fragte er, ohne den Blick abzuwenden.

Vinzenz füllte seine Lungen mit einem tiefen Atemzug. »Es ist … Es geht um … Ich will ihr doch nichts anhängen, die Kleine hat mir immer leid getan und wir kannten alle den Alfred, er war ein anständiger Kerl, hat sie in Schutz genommen, von Anfang an. Allein wegen ihm, Gott sei seiner Seele gnädig, will ich ihr doch nichts, sie hat's nicht leicht, die Kleine, und sie brauchen doch das bisschen Geld, was sie mit dem Schweinehüten verdient, aber …«

»Vinzenz!« Schickerling hob eine Hand und unterbrach damit den Redefluss des Nachtwächters. »Aus deinem Durcheinander wird ja keiner schlau, sammel dich und erzähl so, dass ich verstehe, was du mir sagen willst.«

Vinzenz schluckte den begonnenen Satz herunter. »Du hast Recht, ja, ich fange noch mal an.« Er reckte die Schultern und räusperte sich.

»Ich beobachte sie, seit ein paar Nächten schon, die Kleine von der Adele und dem Alfred. Viermal hab ich sie gesehen, wie sie spät abends aus der Stadt lief und dreimal, wie sie morgens in aller Herrgottsfrühe zurückkam. Ich vermute, dass ich es nicht immer mitgekriegt habe und sie vielleicht jede Nacht aus der Stadt läuft.«

»Hast du sie mal aufgehalten und befragt?«

Betreten schüttelte Vinzenz den Kopf, senkte den Blick und starrte auf die Kappe in seinen Händen.

»Warum nicht?«

Vinzenz schwieg, zuckte mit den Schultern.

»Mann, Vinzenz, als Nachtwächter bist du berechtigt, verdächtige Personen zu befragen, zur Not auch festzuhalten!«

Jetzt hob er den Kopf, sah Schickerling offen ins Gesicht. »Sie hat's schwer genug und soll nicht glauben, ich hätt' was gegen sie.«

»Aber jetzt kommst du damit zu mir.«

Vinzenz nickte, sagte aber nichts.

»Du weißt, dass ich das überprüfen muss.«

Wieder nickte er. »Ich mache mir Sorgen, das ist alles. Nicht, dass ihr was zustößt.«

»Hast du eine Vermutung?«

»Naja, es könnte ja sein, dass sie sich mit irgendeinem Herumtreiber im Wald oder sonstwo trifft. Und so lange das Kind nicht gefunden ist … Ich meine, es ist nicht ungefährlich, wir wissen ja, dass sich Pack aus aller Herren Länder da draußen aufhält, ganze Räuberbanden und Durchziehende, die keine Heimat haben. Das weiß keiner besser als du.«

Schickerling schob seinen Stuhl zurück und erhob sich. »Gut, dass du's mir gesagt hast. Danke für den Hinweis, Vinzenz.«

Wenig später klopfte Schickerling an die Tür eines kleinen Fachwerkhauses, das in unmittelbarer Nachbarschaft zu dem errichtet worden war, in dem Adele und Lotte lebten.

Mit vor Überraschung geweiteten Augen öffnete Erna dem unerwarteten Besuch die Tür. »Der Gendarm persönlich?«

Mit zwei Fingern der rechten Hand tippte Schickerling sich grüßend an die Stirn. »Dir auch einen guten Tag, Erna. Ich würde dir gern ein paar Fragen stellen.«

Erna trat aus dem Haus und wies auf die aus einfachen Holzlatten zusammengezimmerte Bank neben der Haustür. Sie setzten sich.

»Mir wurde gesagt, dass du jeden Tag rüber zur Adele gehst. Schafft die Kleine das nicht mehr allein?«

»Die schafft mehr, als ihr zugetraut wird! Ich sehe nach Adele, wenn Lotte mit den Schweinen auf dem Sauplatz ist.«

»Wie geht's der Adele?«

»Wie es einer geht, die nach und nach die Gewalt über ihre Knochen verliert. Sie kann nicht mehr aufstehen und braucht eine Menge Hilfe.«

»Ihre Söhne haben sich verheiratet, heißt es. Schaut von denen keiner nach ihr?«

»Die führen eigene Haushalte und verlassen sich auf Lotte. Sag mal, ist da irgendwas mit der Adele? Willst du sie selbst fragen?«

»Nein, das ist nicht nötig. Erzähl mir was über Lotte.«

»Was soll ich da erzählen? Sie hat's nicht leicht, seit der Alfred nicht mehr lebt.«

»Wann verlässt sie das Haus?«

»Du meinst, zum Schweinehüten? Morgens, kaum dass es hell ist. Sie bleibt den ganzen Tag draußen und kommt erst zurück, ehe es dunkel wird. Sie treibt die Schweine mutterseelenallein rauf zum Sauplatz, Hilfe will sie nicht. Der Herrgott weiß, wie sie das schafft, aber sie bringt die Schweine abends immer alle zurück, deshalb sagt keiner was. Sind ja alle froh, dass es jemand macht, seit der Alfred das Zeitliche gesegnet hat.« Sie bekreuzigte sich.

Dann sah sie Schickerling offen ins Gesicht. »Warum gehst du nicht rauf zum Sauplatz und überzeugst dich davon, dass sie ihre Arbeit ordentlich macht?«

»Du hast Recht, dank dir, Erna.«

Etwas Feuchtes berührte ihre Wange, wie Atem, warm auf die Haut gehaucht. Sie versuchte, sich zu bewegen. Der Nacken schmerzte und ihr linker Arm fühlte sich an, als liefen tausend Ameisen auf ihm herauf und herunter. Sie blinzelte ins Licht, schloss die Hand ein paar Mal zur Faust und öffnete sie wieder, um das Kribbeln zu vertreiben. Eine Schweineschnauze strich dicht an ihrer Wange entlang. Sie drehte den Kopf weg, spürte Tannennadeln, Erde, Moos und Rindenstückchen unter ihrer der Erde zugewandten Gesichtshälfte. Allmählich begriff sie, dass sie im Schlaf zur Seite geglitten sein musste. Sie stützte sich auf den anderen Arm, richtete ihren Oberkörper auf und sah sich um. Hatte sie nicht Leni gehalten, um sie in den Schlaf zu singen? Ihre Blicke irrten umher, streiften die Schar der Schweine, die sie nicht zählen musste, um zu erkennen, dass sich etliche nicht mehr im Bereich des Sauplatzes befanden. Sie nahm die offenstehende Tür der Schutzhütte wahr und hob den Kopf, sah zum Himmel hinauf, wo sie senkrecht über sich die Sonne suchte und feststellen musste, dass sie bereits gewandert war. Wie lange hatte sie geschlafen?

Als säße ihr ein Hornissenstachel im Fleisch, sprang sie auf. Wild trommelte ihr Herz, jagte die Angst durch ihre Adern bis hinunter zu den Füßen und wieder hinauf.

»Leni!« Sie raffte ihren Rock und rannte los, kreuz und quer über den Sauplatz, der ihr plötzlich dreimal so groß und wie ein undurchdringliches Labyrinth erschien mit den mächtigen Eichen, die nie zuvor so dicht beisammen gestanden hatten. Hinter jeder hoffte sie, das Kind zu entdecken, das dunkelrote Häkeltuch, die in Büscheln abstehenden Haare. Sie rief nach ihr, so laut sie konnte, achtete nicht auf die Schweine ringsherum, stolperte über einen herumliegenden Ast und eine Baumwurzel, die die Walderde durchbrach, schrammte sich dabei das rechte Knie auf, erhob sich und lief weiter, ohne sich darum zu kümmern. Sie merkte nicht, dass der Schweiß ihr auf der Stirn perlte und sich feuchte Flecken unter den Armen ihres Kleides bildeten. Es war, als habe jemand sie aufgezogen, wie eins von diesen neumodischen Spielzeugen aus Blech, die nicht imstande waren, stehen zu bleiben, solange das Laufwerk ratterte.

»Lotte!« Eine Männerstimme, volltönend und mit nachdrücklichem Unterton. »Bleib doch stehen!«

Lotte erstarrte. Sie hörte nichts außer ihren eigenen, viel zu lauten Atem. Ihre Beine zitterten, die Arme, die Lippen, alles an ihr, bis in ihr Innerstes. Die Stimme war nah, nur ein paar Schritte hinter ihr, wahrscheinlich hatte sie schon mehrere Male ihren Namen gerufen.

»Lotte, keine Angst. Ich bin es.«

Sie kannte die Stimme. Schickerling, der Gendarm. Warum war er hier? Der Illusion, dass der Zufall ihn zum Sauplatz geführt haben konnte, gab Lotte sich nicht hin. Zögernd wandte sie sich zu ihm um. Noch immer hatte sich ihr Atem nicht beruhigt.

»Lotte, was ist mit dir? Warum bist du so in Aufruhr?« Er streckte eine Hand nach ihr aus. Unwillkürlich zuckte sie und wich einen Schritt zurück. Wie lange mochte er sie beobachtet haben? Er sollte nicht sehen, dass sie vor Angst zitterte. Sie starrte ihn an wie einen Geist, unfähig den Mund zu öffnen, um zu antworten.

*Das hier ist mein*s, *was suchst du hier?*, hätte sie am liebsten gerufen, aber sie schluckte die Worte herunter. Wo steckte das Kind? Angesichts der Anwesenheit des Uniformierten verspürte Lotte mit einem Mal eine eigentümliche Art von Erleichterung, dass Leni offensichtlich nicht in der Nähe war. Getragen von dieser Hoffnung warf sie einen Blick an Schickerling vorbei in den sich hinter ihm öffnenden Wald. Sie wusste nicht, wie verstört sie wirkte, mit den angstweiten Augen, dem offenstehenden Mund und den Haarsträhnen, die sich aus den Zöpfen gelöst hatten und ihr nun wirr in die Stirn fielen.

»Komm mit und setz dich einen Moment«, versuchte Schickerling sie zu beruhigen. Erneut griff er nach ihrem Arm, doch wieder wich Lotte ihm aus. Er ging ihr voran, setzte sich auf einen entwurzelten Baumstamm in der Nähe und wartete. Lotte näherte sich ihm mit zögerlichen Schritten. Sie ließ sich neben ihm nieder, darauf achtend, dass ein gebührender Abstand zwischen ihnen blieb.

»Wovor hast du Angst?«, fragte er.

Sie atmete tief ein und strich sich ein paar Haarsträhnen hinters Ohr.

»Ich habe keine Angst«, erwiderte sie fest und dachte dabei an ihre Großmutter Lotte, die eine furchtlose Frau gewesen war.

»Lotte, ich muss dir eine Frage stellen«, begann er umständlich. »Was machst du nachts?« Aus den Augenwinkeln sah sie, dass er ihr sein Gesicht zuwandte, sie aber starrte geradeaus ins Leere.

»Schlafen, so wie jeder.«

»Und wo schläfst du?«

»Da, wo mein Bett steht. Im Haus.«

Sie wünschte sich, er würde seinen Blick abwenden. Es verunsicherte sie, seine ganze Aufmerksamkeit auf sich gerichtet zu wissen.

»Du wurdest gesehen, Lotte.«

Ruckartig wandte sie ihren Kopf.

»Du weißt, dass der Nachtwächter verdächtige Personen melden muss.«

»Bin ich verdächtig?« Sie räusperte sich, als sie merkte, dass ihr die Stimme versagte. »Welchen Verdacht hängt er mir an?« Sie wollte nicht laut werden und ärgerte sich, dass sie sich dazu hatte hinreißen lassen. Einem Wachtmeister gegenüber hatte man gehorsam zu antworten.

»Du machst dich verdächtig, wenn du dich nachts außerhalb der Stadtmauern aufhältst.«

»Das war ich nicht, er muss mich verwechselt haben.« Wo konnte der Nachtwächter sie entdeckt haben? Sie achtete doch immer darauf, sich vorsichtig im Schatten der Stadtmauer zu bewegen.

»Vinzenz ist sich sicher.«

»Ich bin mir auch sicher.« Sie klang wie ein trotziges Kind.

»Gut, Lotte, ich glaube dir. Pass auf dich auf, wenn du allein unterwegs bist.« Er erhob sich, glättete mit beiden Händen die dunkelblaue Uniformjacke und wandte sich zum Gehen. Lotte sah, dass er noch einmal innehielt und sich langsam zu ihr umwandte, so als müsse er überlegen, ob er gehen oder bleiben sollte.

»Eine Frage noch, Lotte.« Jetzt hatte er sich zu ihr herumgedreht. »Wir suchen immer noch nach dem vermissten Mädchen. Du kennst sie sicher, die Leni. Ihre Mutter hört nicht auf zu hoffen, dass sie lebend gefunden wird. Aber sie wird noch verrückt, weil es keine Spur von ihrem Kind gibt. Dir ist nicht zufällig etwas aufgefallen, das uns bei der Suche helfen könnte?«

Heftig schüttelte sie den Kopf. Sie wollte nichts davon hören, wie sehr Fine sich quälte, es war gelogen, das wusste niemand besser als sie.

»Nein, hier ist alles wie immer«, sagte sie rasch und wich dem Blick des Gendarmen aus. Warum ließ er sie nicht endlich in Frieden?

»Gut«, erwiderte er mit einem flüchtigen Kopfnicken, »wenn du etwas bemerkst, behalt es nicht für dich, du weißt ja, wo du mich findest.«

Lotte verharrte regungslos, bis die Uniformjacke vollends zwischen den Eichen verschwunden war. Sie blies den Atem aus. Ihre Nasenflügel bebten, als sie tief die Luft einsog. Sie ging ein paar Schritte, drehte sich zweimal um sich selbst, schloss die Augen und hoffte, Leni käme lachend zwischen den Eichen hindurch auf sie zugelaufen, sobald sie die Augen wieder öffnete. Sie tastete nach dem Horn, das sie an einer Kordel um den Oberkörper geknotet trug. Kühl und glatt schmiegte es sich in ihre Handfläche. Sie setzte es an die Lippen. Das den Schweinen bekannte, lang gezogene Signal erfüllte die Luft und sie setzte das Horn nicht einmal ab, als sich schon die ersten Tiere um sie scharten. Auch Leni kannte den eigentümlichen Laut, vielleicht ließ sie sich davon herbeilocken. Lotte blies unverdrossen. Erst als es um sie herum quiekte und scharrte, bemerkte sie die Tränen, die ihr übers Gesicht strömten und die Hoffnung auslöschten.

Mit abwesendem Blick trieb Lotte am Abend die Schweine in die Stallungen zurück. Wie durch ein Wunder waren sie alle dem Signal gefolgt und keines war verloren gegangen. Die Leute scherten sich nicht um das vor Erschöpfung gezeichnete Gesicht der Sauhirtin. Dass sie darauf bestand, die Schweine jeden Tag ohne einen Beihirten zu hüten, grenzte für die meisten weniger an ein Wunder als an eine nicht nachvollziehbare Dummheit.

Mit hängenden Schultern schlich Lotte ins Haus. Ein Blick durch die offen stehende Tür zur Schlafstube verriet, dass ihre Mutter schlief. Zumindest hielt sie ihre Augen geschlossen und ihr Brustkorb hob und senkte sich schwach. Lotte verharrte im Türrahmen, betrachtete ihre schlafende Mutter, das ausgezehrte Gesicht, die Augen in schattigen Höhlen, die Arme zu beiden Seiten ihres abgemagerten Körpers, der nicht mehr gehorchte. Ein Körper, der einst jung und kräftig gewesen war und Kinder geboren hatte. Kinder und Missgeburten. Lotte wandte sich ab. Sie trat in die Küche und wusch sich Hände und Gesicht mit dem Rest Wasser, das sich noch in dem Blecheimer befand. Erna, die gute Seele, füllte ihn jeden Tag am städtischen Brunnen, damit Lotte nicht abends noch zum Wasserholen laufen musste.

Sie tauchte beide Hände tief ins kalte Wasser, spreizte die Finger und ballte sie zur Faust. Leni. Immer und immer wieder. Das schmale, von dem feurigen Mal entstellte Puppengesicht hatte sich in ihre Gedanken eingebrannt, unauslöschlich, wie es schien. Ob es stimmte? Empfand Fine wirklich so etwas wie Zuneigung zu ihrem Kind?

Wo bist du, kleine Schwester? Etwas Hartes, Unbewegliches schnürte Lotte die Kehle zu. Sie streckte sich, bog das Rückgrat durch. Grau und schläfrig tastete sich die Dämmerung durch das Fenster in die Stube. Die erste Nacht ohne Leni.

Wirre Träume suchten sie heim. Dunkle, in den Himmel emporstrebende Bäume, deren Wipfel sich wie eine Kuppel über ihr schlossen, den Blick auf den Himmel verbargen, die Sonne fernhielten und alles Leben unter sich begruben. Im Traum hetzte Lotte zwischen ihnen umher, suchend, rufend, ohne Ziel. Sie erwachte schweißgebadet, setzte sich auf und brauchte einen Augenblick, um sich zu orientieren. Die Konturen ihres Federbettes türmten sich bedrohlich vor ihr auf. Mit der flachen Hand schlug Lotte auf sie ein.

»Bring mir die Schüssel!«

Lotte stöhnte leise auf, schlug die Decke zurück und schwang die Beine aus dem Bett. Verschlafen blinzelte sie ins erste Licht des Morgens, das sich fahl vor dem Fenster zeigte.

»Beeil dich!«

Kaum imstande, einen Fuß vor den anderen zu setzen, verließ Lotte kurz darauf schleppenden Schrittes wie eine alte Frau das Haus. Sie fror und wusste nicht, ob es an der abgekühlten Luft oder an der Kälte lag, die ihr Herz einzufrieren drohte. Sie trieb die Schweine aus den Ställen durch die Vordergasse und zog mit ihnen aus der Stadt heraus, über die Wiesen, an den Äckern vorbei, bis hinauf zum Sauplatz, wo der Wind in der Nacht Laub, neue Eicheln und Bucheckern von den Bäumen geschüttelt hatte.

Lotte wusste um die Sinnlosigkeit, nach Leni zu suchen. In den ausgedehnten Waldgebieten rund um Dierdorf konnte sich ein kleines Mädchen von nicht einmal drei Jahren immer tiefer verirren. Dennoch streifte Lotte ruhelos zwischen den Bäumen umher, in der stillen Hoffnung, ein Wunder könne geschehen und ihr die kleine Schwester zurückbringen.

Am Mittag aß sie ein paar Bissen Brot, mehr brachte sie nicht hinunter.

Nachmittags zogen graue, tiefhängende Wolken heran. Lotte blies früher als sonst ins Horn, sodass sie jedes Schwein vor dem Einsetzen des Regens im jeweiligen Stall untergebracht hatte. In der Nacht fauchte der erste Herbststurm über das Land, peitschte kalten Regen gegen die Fensterscheiben und jagte das Laub durch die Gassen, über Dächer und Höfe hinweg.

Die Ungewissheit um Lenis Schicksal raubte Lotte beinahe den Verstand. Während die Schweine sich nicht an Regen und Kälte störten, hielt sie selbst sich beinahe den ganzen Tag in der Schutzhütte auf, wodurch der Schmerz noch zunahm, denn in der Erinnerung sah Lotte das kleine Mädchen mit der Milchkanne auf der Pritsche sitzen.

Als sie am Abend auf dem Weg nach Hause am Märkerrathaus vorbeilief, gewahrte sie die ungewöhnlich große Menschenmenge, die sich vor dem Säulenvorbau versammelt hatte. Schulter an Schulter drängten sich die Leute im strömenden Regen. Kaum einer besaß einen Mantel, der die Nässe abhielt, und von den Hutkrempen tropfte der Regen herab, aber es waren Leute, die an derlei gewöhnt waren.

Lotte blieb stehen, etwas abseits, um sich vor den Blicken zu schützen. Sie spitzte die Ohren, versuchte durch das Rauschen des Regens aufzuschnappen, worüber gesprochen wurde. Wenige Wortfetzen genügten, sie in einen schmerzlichen Zusammenhang zu bringen. Lotte streckte den Arm aus, weil sie fürchtete, den Halt zu verlieren, wenn sie sich nicht am Mauerwerk der Hauswand abstützte.

Man hatte Leni gefunden. Zwischen dem Schöwer Holzweg und dem Rotherberg, mitten im Wald, am Fuß einer Rotbuche, bedeckt von nassem Buchenlaub, mit grauen Flecken auf der Haut, einer tiefen Wunde am rechten Oberschenkel und ohne jedes Lebenszeichen. Ein Fuchsbiss, wie der Forstwart nach der Entdeckung des leblosen Kinderkörpers mit kundigem Blick festgestellt hatte.

Frauen begannen zu schluchzen, Gemurmel erfüllte die Luft, die Menge zerteilte sich in kleine Grüppchen. Lotte stand wie erstarrt, bemerkte weder die Kälte, die ihr unter die nassen Kleider kroch, noch den Regen, der sich als kaltes Rinnsal vom Nacken den Rücken herunter seinen Weg suchte. Eine Gestalt trat auf sie zu. Lotte hob den Kopf, blinzelte die Regentropfen aus den Wimpern. Sie erkannte etwas Dunkles, einen Schatten, vielleicht den des Teufels, von dem Erna sprach. Aber es war Erna selbst, mit weit aufgerissenen Augen. Ihr Gesicht war nass vom Regen und glänzte im Halblicht der Dämmerung.

»Was hast du getan?«

Lotte zuckte zusammen. Ihre Hand glitt von der Hauswand ab. Ohne es zu wollen, wich sie zurück, spürte das Mauerwerk im Rücken, kalt und feucht.

»Sie hatte ein Häkeltuch um sich gewickelt, Lotte, dunkelrot!«

Lotte wollte schreien, Schmerz, Angst, Schuld und die Verzweiflung, die sie in diesem Augenblick mit aller Macht ergriff, aus sich herausbrüllen, aber die Schwäche hinderte sie daran. Sie schmeckte das Salz ihrer Tränen auf den Lippen. Ernas Gesicht nahm sie wie durch eine Nebelwand wahr. *Was hast du getan, du hässliches, unnützes Ding?* Wie ein erbarmungsloses Echo hallte Ernas Anklage in Lottes Ohren nach und es war Lottes Herz, das auch das Ungesagte hörte, und ihr Geist, der es ihr zuflüsterte.

Plötzlich scharten sich Leute um sie, steckten die Köpfe mit den regennassen Hüten zusammen, tuschelten miteinander, jemand hustete, dazwischen immer wieder Ernas Stimme. Lotte presste ihren Rücken fester gegen die Wand. Angesichts der Feindseligkeit in den auf sie gerichteten Blicken verspürte sie den Wunsch, sich klein zu machen, so klein, dass sie in einer Mauerritze verschwinden könnte. Mit einem Mal war Dora neben ihr. »Lasst sie in Ruhe!« Sie griff nach Lottes Hand und zog sie beiseite, um die

Häuserecke herum und ein paar Schritte weiter unter einen überdachten Hauseingang. Der Regen prasselte über ihnen, aber sie standen trocken und dicht beieinander.

»Ich glaube ihnen kein Wort«, sagte Dora mit zitternden Lippen. Sie legte beide Hände auf Lottes Schultern und zwang sie dazu, ihr ins Gesicht zu sehen. Lotte bemerkte Doras vom tagelangen Weinen verquollene Augen. »Das würdest du niemals tun, Lotte.«

Lotte schloss die Lider. Wo sollte sie nach Worten suchen, die ihr Tun erklären könnten? Sie allein kannte die Wahrheit, aber so lange sie schwieg, galt sie als Kindsmörderin.

»Wir waren Schwestern«, flüsterte sie. Sie wünschte sich, es könnte genügen, als Entschuldigung und zugleich als Rechtfertigung dienen. Dora zog die Brauen zusammen und legte den Kopf schräg. »Was meinst du damit?«

»Leni und ich gehörten zusammen, so wie meine Schwester und ich zusammengehörten. Das Mal verband uns. Ich hätte meine Schwester beschützt und ich wollte Leni beschützen. Wie eine große Schwester.«

»Beschützen? Aber wovor, Lotte?« Quälend langsam setzten sich die Bruchstücke in Doras Kopf zusammen und ein lähmendes Entsetzen grub sich in ihr Innerstes. Sie wollte sich die Hände auf die Ohren pressen, um nicht hören zu müssen, was sie nicht hören wollte, doch zugleich drängte es sie nach der Wahrheit. Lotte drehte ihr Gesicht zur Seite, starrte in den unaufhörlich niedergehenden Regen, der in silbernen Schnüren vom Himmel fiel.

»Vor dem, was die anderen ihr mit Worten antun könnten.« Sie hatte leise gesprochen, ohne Dora dabei anzusehen, so, als sei die Antwort einzig für Lotte selbst bestimmt.

»Und darum hast du sie in den Wald gelockt und …?«

»Nein, Dora, nein! So war es nicht!« Mit einem Ruck wandte Lotte sich ihr wieder zu.

»Aber wie war es dann?« Mit jedem Wort schraubte Doras Stimme sich höher. Der Griff um Lottes Schultern verstärkte sich und es war, als übertrage sich durch diese Berührung Doras ganzer Kummer auf Lotte und als öffne sich endlich die verschlossene Tür. Die Wahrheit war nicht länger aufzuhalten. Sie brach aus Lotte heraus wie die Wassermassen einer Strömung, die einen Damm überfluten. Während der Regen gleichförmig auf das Vordach des Hauseingangs klopfte, drängten die Worte aus Lotte heraus. Sie erzählte ohne Pause und durchlebte ein zweites Mal, wie Leni bäuchlings im Holzbach trieb, sie sie im letzten Moment herausgezogen, ans Ufer getragen und ihr das Kittelchen ausgezogen hatte, das nass und kalt an ihrer bleichen Haut klebte. Ihre ungeschickten Versuche, dem Kind das Wasser aus dem Bauch zu drücken und ihre Erleichterung, als Leni endlich gehustet und sich in einem Schwall erbrochen hatte. Der Augenblick, als sie das Mal in Lenis Gesicht entdeckt und sie dadurch erkannt hatte und sie damit zu ihrer Schwester, ihrer Verbündeten geworden war.

»Für ein paar Tage hatte ich ein anderes Leben, Dora. Ich hatte eine Schwester, eine Hütte, die Schweine, den Wald. Alles, was ich mir immer gewünscht habe.«

Doras Hände waren von Lottes Schultern geglitten. Ihre Stimme klang seltsam hohl. »Für Kindsraub gehst du ins Zuchthaus, Lotte.«

Lotte zwang sich dazu, ihr fest ins Gesicht zu sehen.

»Verzeih mir.«

Ohne auf eine Antwort zu warten, drehte sie sich um. Mit hängenden Schultern schleppte sie sich durch den Regen davon.

Kaum dass sie ins Haus getreten war und begonnen hatte, sich aus den tropfenden Kleidern zu schälen, hörte sie die Stimme ihrer Mutter aus der Schlafstube: »Herrgott noch mal, wo bleibst du denn heute?«

Lotte antwortete nicht. Gedankenlos griff sie nach einem Handtuch, trocknete ihr Haar, kämmte und flocht es zu zwei Zöpfen. Dann hängte sie Kleid, Strümpfe und Mantel auf die Leine in der Waschküche, schlüpfte in trockene Unterwäsche und zog ein altes, geflicktes Kleid an.

Das Gezeter ihrer Mutter ertrug sie ohne eine Regung. Stumm schlug sie die Decke zurück, half ihr auf die Bettschüssel, wartete vor der Tür bis sie rief und säuberte sie danach mit einem feuchten Lappen. Ohne ein Wort schüttelte Lotte das Kissen in ihrem Rücken auf, nahm die Bettschüssel und trug sie zum Abort, wo sie sie leerte und ausspülte. Danach trat sie wieder in die Schlafstube, blieb im Türrahmen stehen und sagte: »Ich muss gehen.«

»Gehen? Was erlaubst du dir? Bleib gefälligst hier und kümmere dich um mich! Ich bin deine Mutter!«

Lotte wandte sich um, zog ihren nassen Mantel von der Leine und schlüpfte hinein.

Der Regen hatte nachgelassen, aber die Luft war geschwängert von Feuchtigkeit und dem Geruch nach nassem Holz und Rauch. Lotte kramte in ihrer Manteltasche nach den Zündhölzern. Sie hatte mit dem Entzünden des Dochtes gewartet, bis die Stadtmauer ein gutes Stück hinter ihr lag. Dem Nachtwächter wollte sie auf keinen Fall begegnen. Vinzenz' Auftauchen hätte ihr Vorhaben zunichte gemacht, das durfte sie nicht riskieren. Dass man sie morgen in Schickerlings Amtsstube befehligen würde, um eine Aussage zu tätigen, stand für Lotte außer Frage. Daher blieb ihr nur diese eine Nacht.

Der Lichtkegel malte einen hellen Kreis auf die Erde. Lottes Füße, die den Weg zur Wolfsbuche unzählige Male gelaufen waren, fanden ihn auch in dieser Nacht wie von selbst.

Sie stellte die Öllampe an den Fuß der Buche und tastete in ihrer Manteltasche nach dem Messerchen, das sie bei sich trug, seit ihr Vater es ihr vor Jahren geschenkt hatte. Die Klinge fühlte sich kühl an, erst vor wenigen Tagen hatte sie sie mit dem Wetzstein geschärft.

Die in die Baumrinde geritzte Jahreszahl ließ sich trotz des Halbdunkels erkennen. Sie setzte ihr Messer auf der gegenüberliegenden Seite des Stammes an. Leichter als gedacht ließen sich die Ziffern in die Rinde kerben, nur für die Acht benötigte sie etwas länger und mehrere Anläufe. Als sie fertig war, glitt ihr Zeigefinger über die Zahlen. Eins. Acht. Sieben. Eins. Lotte lächelte. Dann schlüpfte sie aus dem Mantel, breitete ihn unter der Buche aus und setzte sich darauf, den Stamm im Rücken. Im Nu begann sie zu frösteln, aber sie störte sich nicht daran. Es würde nicht lange dauern. Durch den Mund atmete sie tief die feuchte Nachtluft ein. Ruhig schlug ihr Herz. Sie heftete den Blick auf die Flamme in der Öllampe. Geschützt vor jedem Luftzug glomm sie golden hinter dem Glasgehäuse, wie ein Grablicht.

Lotte schob beide Ärmel bis zu den Ellenbogen nach oben, nahm das Messer in die rechte Hand und setzte die Klinge an der Innenseite des linken Unterarms an, unterhalb der Handwurzel.

Die Klinge öffnete die Haut, drang ihr ins Fleisch und ließ ein dunkles Rinnsal austreten, genauso wie sie es sich gewünscht hatte. Von fern hörte sie eine Stimme, ein Lied, so leise, dass sie die Worte beinahe nicht verstand. Aber sie kannte die Melodie, kannte den Text, stimmte ein, es war ein Wiegenlied, Lenis Wiegenlied.

»Und soll ich dir eins bringen, so darfst du niemals schrei'n …«

Der Fingersammler

Sie hieß Babette und war die jüngste Tochter des Flickschusters. Man fand ihren leblosen Körper unweit der Kapelle am Heilborn, bäuchlings unter einem Holunderstrauch, das Gesicht grau-bleich verfärbt, mit Würgemalen am Hals, die rechte Hand in einer Lache aus geronnenem Blut.

Einer der beiden Hunde hatte sie aufgespürt, als bereits die Dämmerung aufgezogen war und nachdem die Männer Stunde um Stunde die Wälder durchkämmt hatten. Vom Dorf aus hatten die schwankenden Leuchtpunkte der Laternen und Fackeln, die sie in erhobenen Händen vor sich her getragen hatten, gespenstisch gewirkt.

»Babette.«

Paul wusste nicht, wer von ihnen ihren Namen geflüstert hatte. Aber es klang richtig, als sei es notwendig, ihn zu nennen, weil er das einzige war, was ihnen von ihr geblieben war. Zu fünft umringten sie ihren toten Körper, mit offenen Mündern, außer Atem, das Entsetzen in den weit aufgerissenen Augen. Sie waren die Jüngsten und hatten sich dem Suchtrupp freiwillig angeschlossen, weil sie es den Männern gleich tun wollten.

Gregor hatte sie an den Füßen unter den weiß blühenden Dolden hervorgezogen, wagte aber nicht, sie umzudrehen. Sie wussten, dass es Babette war, das vor drei Tagen verschwundene Mädchen, obwohl sie auf dem Bauch lag. Im Dorf kannte man einander. Von vorn und von hinten. An der Art des Gangs oder wie jemand sein Haar trug. Babettes geflochtener Zopf, hell wie der Weizen auf dem Feld, ruhte exakt in der Mitte ihres Rückens, entlang der Wirbelsäule, als hätte jemand ihn mit Sorgfalt dort drapiert.

Der Fackelschein warf zitternde Schatten auf ihre Gesichter. Stumm blickten sie einander an, aber keiner brachte ein Wort heraus. Es war, als habe sich das Grauen in ihre Kehlen gesetzt und sie verschlossen. Gregor feuerte einen Schuss in die Luft, das vereinbarte Signal.

Die Hundeschnauze schnüffelte unaufhörlich an Babettes blutleerer, seltsam verdrehter Hand und hörte erst damit auf, als Paul energisch an der Leine zog.

Er wollte Babette nicht ansehen, weigerte sich zu begreifen, dass kein Lebensfunke mehr in ihr glomm, sie wirklich mausetot war; er wollte glauben, dass sie nur so tat, sich im gleichen Augenblick auf den Rücken und ihnen eine lange Nase drehen könnte.

Babette und er waren im gleichen Jahr geboren, sie war ein hübsches Ding. Ihm gefiel, wie sich ihre Nase beim Lachen krauste und er mochte das Leuchten ihrer Augen. Hellgrün, wie gefärbtes Glas, bei keinem anderen Menschen hatte Paul je eine solche Augenfarbe gesehen.

Als Bruno Kadenbach eintraf, mit vom Laufen gerötetem Gesicht und bebenden Schultern unter der perfekt sitzenden Uniformjacke, rückten sie auseinander, um ihn zu ihr durchzulassen. Der Gendarm ging neben dem Mädchenkörper in die Knie. Mit einem routinierten Handgriff drehte er ihn aus der Bauchlage auf den

Rücken. Babettes Augen starrten in die Dämmerung. Das Leuchten in ihnen war erloschen, gerade so, als habe es nie existiert. Paul schloss die Lider, öffnete sie, spürte einen dumpfen Druck unterhalb seines Rippenbogens. Er straffte die Schultern und füllte seine Lungen mit ein paar tiefen Atemzügen, um die aufsteigende Übelkeit zu unterdrücken.

»Was ist mit ihrer Hand?«, fragte Gregor. Wie auf ein unhörbares Kommando senkten sich zwei Fackeln nach unten. Ihr Schein tauchte Babettes Körper in ein warmes Licht. Paul vermied es, ihr ins Gesicht zu sehen. Niemand sagte etwas, aber sie kannten die Antwort, bevor Bruno Kadenbach die rechte Hand des getöteten Mädchens aus dem Gras löste und behutsam anhob. Das Blut war geronnen, dunkelrot, bräunlich fast, selbst im Dämmerlicht zu erkennen – an der Stelle, an der normalerweise der Mittelfinger seinen Platz hatte.

»Wieder derselbe!«, raunte Paul. Wut stieg in ihm auf, ein heißes Beben in seiner Brust, das den Hals hinauf bis in sein Gesicht kroch. Unwillkürlich biss er die Zähne aufeinander.

»Das gleiche Muster, wie befürchtet«, murmelte Bruno Kadenbach. »Und es bestätigt unsere Annahme.«

Er hatte seine Stimme gesenkt, wie zu sich selbst gesprochen, aber die Jungen hatten jedes Wort vernommen. Unwillkürlich richteten sie ihre Blicke auf das Gesicht des Gendarmen, der ihnen an Lebensjahren, Erfahrung und Wissen überlegen war und sie gierten nach einer Erklärung.

»Was meinst du damit?«, fragte Gregor.

»Die Reihenfolge der Finger, die er ihnen abtrennt.«

Kadenbach richtete sich auf, zog ein sorgfältig geplättetes Stofftaschentuch aus der Hosentasche und rieb sich damit gewissenhaft über die Hände. Die Fackeln hoben sich. Babettes Körper versank wieder im Dämmerlicht.

»Der Korbflechter-Anna hat er den kleinen Finger genommen«, erwiderte Kadenbach und stopfte das Taschentuch zurück in die Hosentasche, »der Liesel den Ringfinger. Und von der Babette …« Er senkte den Blick, als müsse er sich davon überzeugen, dass Babette noch immer zu seinen Füßen neben dem Holunderstrauch lag, »brauchte er den Mittelfinger.«

»Wozu?« Paul brachte die beiden Silben kaum heraus. Er wünschte sich so dringend eine Antwort auf das Unbegreifliche, dass er glaubte, verrückt zu werden, wenn nicht bald jemand mit einer plausiblen Erklärung käme. Gleichzeitig wusste er, dass es keine geben konnte. Kein Beweggrund der Welt wäre imstande, den Morden und Verstümmelungen einen Sinn beizumessen. Paul wünschte sich, seinen Verstand ausschalten zu können.

»Sie sieht so hübsch aus, die Babette«, murmelte Theo, der Jüngste in der freiwilligen Suchmannschaft. Er hatte es abgelehnt, mit den Frauen, Kindern und Alten zu Hause zu warten, während sich die Männer auf die Suche nach dem vermissten Mädchen gemacht hatten. Theo hatte schmale Hände und ein zartes Gesicht mit dem Anflug eines mickrigen Flaums über der Oberlippe. Er war ein schlaksiger Kerl, der die anderen um Haupteslänge überragte, sein Verstand hinkte allerdings hinterher. Im Dorf brachte man ihm Mitleid entgegen, nicht nur, weil er nicht gescheit im Kopf war, sondern auch, weil seine Mutter, die ihn abgöttisch geliebt hatte, im letzten Jahr bei einem Unglück ums Leben gekommen war. Seither lebte er allein mit seinem Vater, dem Leichengräber.

Gregor hatte es nicht übers Herz gebracht, Theos Bitte abzuschlagen. So war der Junge einer von ihnen geworden, einer, den man, so wie Paul, Gregor und die anderen fortan immer mit dem Fund des gemordeten Mädchens in Verbindung bringen würde.

Ohne einen Lidschlag betrachtete Theo den leblosen Körper zu seinen Füßen und sein Gesicht wirkte im Fackelschein starr wie eine Maske.

»Eine Hand hat fünf Finger«, sagte Bruno Kadenbach, ohne auf Theos Aussage einzugehen. Wie so oft, wenn er laut dachte, zupfte er mit Daumen und Zeigefinger an einem überlangen Haar seines Schnäuzers, der seine Oberlippe fast vollständig verdeckte.

Die Worte des Gendarmen hallten in Pauls Ohren nach. Wie eine Prophezeiung erschienen sie ihm. Sie alle hatten Schwestern, Cousinen, Nachbarinnen, kannten Mädchen, die mit ihnen im Schulhaus unterrichtet wurden, so wie bis vor kurzem Anna, Liesel und Babette.

Die Gesichter seiner Schwestern tauchten vor Pauls innerem Auge auf. Vor ein paar Wochen vierzehn geworden, glichen sie einander wie ein Ei dem anderen und die wenigsten wussten zu sagen, wer von den beiden Mina und wer Margarethe war.

Paul rief sich den Anblick ihrer feingliedrigen Mädchenhände ins Gedächtnis. Er verdrängte die Vorstellung, dass irgendein Unmensch ihnen einen Finger abtrennen könnte.

Er wandte sich ab, starrte ins Leere. Hinter seiner Stirn formten sich die Bilder, die sich unauslöschlich in sein Gedächtnis eingebrannt hatten. Es war nach der Schneeschmelze gewesen, als er den gefrorenen Körper von Korbflechters Anna entdeckt hatte. Ihr Mörder hatte ihn in der Nähe des Eingangs zum Silberstollen abgelegt, wie einen unnützen Gegenstand, im Dickicht oben im Wald, wo die Männer mit Spitzhacken nach Silber und Blei gruben.

Ihr kalkweißes Gesicht war Paul unnatürlich verändert erschienen, aufgedunsen, als sei es unter der Haut mit Wasser gefüllt, sodass die Augen fast in den aufgeblähten Zügen verschwanden. Es hatte so wenig mit einem menschlichen Antlitz gemein, dass es Paul Mühe bereitet hatte, es in Verbindung mit der Korbflechter-Tochter zu bringen. Dass ihr Hals bläuliche Würgemale aufwies und ihrer Rechten der kleine Finger fehlte, war ihm nicht aufgefallen, weil er auf dem Absatz kehrt gemacht hatte und, schneller als er jemals im Leben gelaufen war, ins Dorf zur Amtsstube gehetzt war, um den Bruno zu holen. In den nächsten Tagen kamen zwei Kriminalinspektoren aus der Stadt, sie stellten den Dorfleuten Fragen, durchkämmten Ställe, Scheunen und Wohnhäuser. Schwester Klara von der Klostergemeinschaft ging zum Korbflechter und seiner Frau, um mit ihnen zur Muttergottes zu beten. Dabei versicherte sie ihnen, dass Anna auch mit neun Fingern ins ewige Reich Gottes aufgenommen würde, denn die Unversehrtheit des Leichnams sei, entgegen der Meinung der meisten Leute, nicht entscheidend für den Eingang ins göttliche Himmelreich. Und weil Annas Mutter sich davon nicht vollends überzeugen ließ, rezitierte Schwester Klara einen Vers aus dem Matthäusevangelium, der besagte, dass jemand, wenn ihn seine Hand, sein Fuß oder sein Auge zum Bösen verführe, er oder sie diesen Körperteil ausreißen solle, weil es besser sei, verstümmelt ins Himmelreich zu kommen, als körperlich unversehrt in die Hölle geworfen zu werden. Dies endlich beruhigte Annas Mutter. Mit einem stummen Nicken dankte sie Schwester Klara, die ihr damit eine Zentnerlast vom Herzen genommen hatte. Niemand hatte zu jenem Zeitpunkt geahnt, dass der Mord an Anna erst der Anfang war.

Im Juni war die Liesel verschwunden. Sie trug einen Korb mit gesponnener Wolle bei sich, die sie auf dem Hofgut bei der ehemaligen Burg gegen Honig eintauschen wollte. Dazu war es aber nicht gekommen. Eine halbe Woche hatte man nach ihr gesucht, bevor man sie einen Tag nach dem Johannisfest im Flachsfeld auffand, unweit der Laurentiuskapelle, mit blutunterlaufenen Striemen am Hals und glatt abgetrenntem Ringfinger. An diesem Tag legte sich eine lähmende Angst auf das Dorf.

Die Anwesenheit der Ermittler, die daraufhin erneut eintrafen und dieselben Fragen stellten wie nach dem Mord an Anna, verstörte die Dorfleute. Warum gelang es nicht, den Mörder der Mädchen aufzuspüren und ihn seiner gerechten Strafe zuzuführen?

Mit einem unwilligen Kopfschütteln wehrte Paul sich gegen die Bilder in seinem Kopf: abgetrennte Finger, getrocknetes Blut, aufgequollene Gesichter, der Tod, der sich nicht um die Zurückbleibenden scherte, dem deren Angst und Trauer einerlei waren. Anfangs hatte Paul geglaubt, dass diese Schreckensbilder mit der Zeit verblassen und ihn weniger ängstigen würden. Inzwischen aber waren sie ein Teil von ihm geworden. Wie zäher Schlamm klebten sie in seinem Geist und riefen stets aufs Neue das immer gleiche Entsetzen und die gleiche Ohnmacht hervor. Er trat zurück zu den anderen, die um die Leiche herumstanden und auf sie herabblickten, als könnten sie durch bloße Willenskraft Babettes Atmung wieder in Gang setzen. Nur schwach erhellte der Fackelschein das Gesicht des Mädchens. Paul zwang sich, hinzusehen, ein letztes Mal in das Hellgrün ihrer Augen. Ihr Blick war ins graue Nichts gerichtet, fern, leer, farblos, ohne Leuchtkraft. Erloschene Augen, deren Anblick Paul einen Schauder über den Rücken trieb.

»Tötet er sie nur wegen der Finger?«, fragte Gregor. Kadenbach nickte zaghaft, es wirkte unschlüssig. »Möglich. Die Mädchen sind bis auf die fehlenden Finger unversehrt.«

Eine Hand hat fünf Finger. Kadenbachs Orakel dröhnte in Pauls Kopf und wieder dachte er an Mina und Margarethe.

»Theo, lauf heim!«, hörte er in diesem Augenblick die Stimme des Dorfgendarmen. »Sag deinem Vater Bescheid, dass er mit dem Wagen kommt und sie abholt!«

Theo setzte sich in Bewegung und Paul war Kadenbach fast dankbar für die Worte, weil sie die Kraft hatten, die qualvollen Bilder in seinem Kopf für einen Augenblick zu vertreiben.

Am folgenden Tag schickte Bürgermeister Paulus seinen Gehilfen zum Ausschellen ins Dorf und so war bald überall bekannt gegeben, dass aufgrund der schrecklichen Geschehnisse alle Familien mit Töchtern zu einer Versammlung auf dem Platz beim Bürgermeisteramt bestellt waren.

Zur ausgerufenen Zeit ließen die Dorfleute ihre Arbeit im Haus, auf dem Feld, in Werkstatt und Stall ruhen, legten beiseite, was sie in den Händen hielten, und strömten aus ihren windschiefen Fachwerkhäusern dem Versammlungsort zu. Paul hatte einen Platz auf dem Mäuerchen vor dem Spritzenhaus der Brandwehr ergattert, neben Gregor, Theo und den anderen, mit denen er am gestrigen Abend um Babettes toten Körper herum gestanden hatte.

Von hier aus sah er, dass sich die Tür des Amtsgebäudes öffnete. Bürgermeister Paulus erschien im Türrahmen, blieb auf der obersten Treppenstufe stehen und ließ seinen Blick über den Platz wandern, der sich mehr und mehr füllte und über dem ein dumpfes Murmeln waberte. Neben Paulus tauchten jetzt Bruno Kadenbach und eine weitere Person auf, die Paul zwar nicht oft zu Gesicht bekam, aber augenblicklich zuordnen konnte.

Johann Jakob Wittayer war erst vor wenigen Wochen vom Limburger Bischof Blum zum Superior, dem geistlichen Leiter der hiesigen Ordensgemeinschaft ernannt worden. Im Schwarz seines makellosen Ornats und mit dem raubvogelartigen Gesicht wirkte Wittayer neben dem untersetzten, fast kahlköpfigen Bürgermeister wie ein Kolkrabe. Dass er beide Arme wie zwei anliegende Flügel hinter seinem Rücken hielt, unterstrich diesen Eindruck, auch wenn dies von ihm selbst vermutlich nicht beabsichtigt war. Paul musterte ihn mit zusammengekniffenen Augen. Die Körperhaltung und der harte Ausdruck im Gesicht des Geistlichen bestätigten, was kein Geheimnis im Dorf war. Um einen Priester hatten die Klosterschwestern den Bischof gebeten, einen, der ihnen regelmäßig die Messe lesen und als Seelsorger tätig sein sollte. Mit Wittayer war ihnen jedoch ein nach Macht strebender Kleriker gesandt worden, dem das Trachten nach Einfluss und Ansehen am Gesicht abzulesen war.

Paul löste sich vom Anblick der drei Amtsmänner und suchte im bunt zusammengewürfelten Dorfvolk nach seinen Eltern. Er entdeckte seine Mutter mit dem gleichen verschreckten Gesichtsausdruck, wie ihn alle Mütter in jenen Tagen zeigten. Aber Paul wusste, dass es sie in einem stillen Winkel ihres Herzens beruhigte, Mina und Margarethe beschützt hinter den Mauern der klösterlichen Gemeinschaft zu wissen. Als Postulantinnen standen sie unter dem Schutz der Kirche und waren dort in Sicherheit.

Jetzt reckte sich Bürgermeister Paulus, soweit es seine gedrungene Statur zuließ, und erhob die Stimme. Das Raunen der Menge verstummte, alle Blicke richteten sich auf ihn. Paul beobachtete, dass der Kolkrabe sich bei den ersten Worten des Bürgermeisters mit zwei spitzen Fingern einen unsichtbaren Krümel von der Schulter kehrte und es anschließend vermied, jemanden in der Menge anzusehen. Seine Überheblichkeit widerte Paul an.

»Das Unheil, das über unser Dorf hereingebrochen ist, erschüttert einen jeden von uns!«, rief der Bürgermeister und lenkte damit die Aufmerksamkeit auf sich. »Aber wir sind nicht allein. Nach dem Mörder wird gesucht und ich bin fest davon überzeugt, dass man ihn schon bald fassen wird!«

Bruno Kadenbach nickte zustimmend, der Bürgermeister fuhr fort.

»Die furchtbaren Taten zwingen uns dazu, Vorsicht walten zu lassen und Vorsorge zu treffen. Als euer Vorsteher sehe ich mich in der Pflicht, unsere Mädchen und Frauen zu beschützen, damit wir kein weiteres Opfer beklagen müssen!«

Das Raunen in der Menge schwoll wieder an. Unmut und Angst vermischten sich, trieben an die Oberfläche und entluden sich in lauten und drängenden Rufen, die über den Platz gellten. Sie trafen Bürgermeister Paulus, ohne ihm die Möglichkeit einer Antwort zu lassen.

»Was sollen wir tun? Wir können sie nicht in den Häusern einsperren!«

»Warum findet man ihn nicht?«

»Wie lange sollen wir sie zu Hause festbinden?«

»Dass dieser Unmensch immer noch frei herumlaufen darf! Was wird getan, um ihn zu stellen?«

»Wollen wir zusehen und warten, bis er sich das nächste Mädchen holt?«

»Dem Pack in den Wäldern habe ich noch nie über den Weg getraut!«

Mit beschwichtigenden Gesten mühte sich Kadenbach, sie zu beruhigen, während die Stimme des Bürgermeisters ungehört im Geschrei der Leute verhallte.

»So hört doch zu!«, rief Paulus mehrmals, so laut er konnte, und der Gendarm hob und senkte seine Arme ohne Unterlass, bis zumindest diejenigen, die den Amtsträgern am nächsten standen, verstummten und sich ihnen zuwandten. »Der geistliche Leiter unseres Klosters hat uns auf unser Ersuchen seine Hilfe angeboten!«, donnerte die Stimme des Bürgermeisters über die Köpfe hinweg. Dabei wies er mit einer angedeuteten Handbewegung in Richtung des Superiors. Dieser stand an der Seite ohne eine Regung, schweigend, mit zusammengepressten Lippen und hinter dem Rücken verschränkten Armen. Als das Stimmengewirr allmählich verebbte, hob Wittayer wie beim Segensgebet beide Arme und brachte damit die Menge zum Schweigen. Eine Brise blähte seine Soutane auf, wodurch sich der Stoff für einen Augenblick leicht bewegte und an ein schwarzes Segel erinnerte. Fasziniert beobachtete Paul die respekteinflößende Wirkung des Kirchenmannes.

»Acht von ihnen können wir bei uns aufnehmen.« Wittayers Worte peitschten über den Platz. Im Nu erstarb auch die letzte Stimme in der Menge. In der Nähe gurrte eine Taube.

»Bischof Blum wurde informiert und hat sein Einverständnis gegeben. Die Kirche will zum Schutz der jungen Frauen unseres Dorfes beitragen, aber mehr als acht von ihnen können wir nicht unterbringen. Ihr wisst alle, dass die Schwestern auch Waisenkinder bei sich beherbergen, daher ist der Raum begrenzt. Die Mädchen können nach der Versammlung bei mir angemeldet werden.«

Er stieg die Treppenstufen herunter, alles war gesagt. Seine Worte klebten in der kühlen Luft, über den Köpfen der Leute und sickerten nur langsam in sie hinein. Niemand sagte etwas. Acht Mädchen. Nicht einmal ein Viertel aller. In den hintersten Reihen begann eine Frau zu schluchzen. Hier und da wurde geflüstert. Schließlich erhob sich eine Männerstimme.

»Sollen wir etwa um das Schicksal unserer Töchter würfeln?«

Die Trauer um Anna, Liesel und Babette hatte alle, die an diesem Nachmittag auf dem Bürgermeisteramt-Platz beieinander standen, bisher eng miteinander verbunden. Jetzt aber genügte die Autorität des Superiors, ein paar Worte, eine Zahl, dieser Verbundenheit ein jähes Ende zu setzen.

Die hineingerufene Frage hing noch immer wie ein giftiger Pfeil in der Luft, aber längst hatte jeder sie für sich beantwortet und die Antwort brachte Bewegung in die Versammlung. Keiner wollte seine Tochter benachteiligt sehen. Die ersten Reihen lösten sich auf. Väter, Mütter, ältere Brüder drängten nach vorn, schoben beiseite, wer ihnen im Weg stand, stürzten zum Bürgermeisterhaus, nannten dem Superior die Namen ihrer Mädchen. Andere riefen ihm Namen aus der Menge zu, doch schnell erkannten sie, wie aussichtslos ihre Bemühungen waren.

»Kadenbach, sieh zu, dass der Mörder gefasst wird!« Eine kraftvolle Männerstimme erhob sich aus der Mitte. Alle Köpfe wandten sich dem Sprecher zu. »Vielleicht ist es ja einer von uns! Habt Ihr mal darüber nachgedacht, dass das gar nicht so abwegig sein könnte?«

Paul reckte sich, konnte aber nicht herausfinden, wer diese Ungeheuerlichkeit von sich gegeben hatte und die Unverfrorenheit besaß, jeden einzelnen Dernbacher Bürger zu beschuldigen. Die Anklage schloss alle ein, sogar Paul selbst! Heiße Wut stieg in ihm auf. Doch nicht nur ihn hatte die Verunglimpfung verletzt.

»Du verdächtigst uns samt und sonders als Totschläger?«, rief eine ältere Frau, die in der Nähe des Bußkreuzes beim Backhaus stand.

»Es wär nicht das erste Mal, dass einer sich an den eigenen Leuten vergreift!«, bellte die Männerstimme zurück.

»Ach, halt doch dein lästerliches Maul!«, schrie jemand ihm zu. Zwei weitere Frauen, in ihrer Ehre gekränkt, begannen vernehmbar zu schimpfen. Mehrere Männerstimmen erhoben sich und feindeten den Unruhestifter an, Kadenbach mischte sich ein, ein Mädchen begann zu kreischen und Bürgermeister Paulus ließ die Arme sinken.

In einem einzigen Augenblick öffnete sich durch die laut geäußerte Vermutung eines Einzelnen ein Abgrund aus Zwietracht und Misstrauen in den Herzen der Dorfleute. Ihre Gedanken wurden schwarz und schwärzer. Sie verwandelten sich zu einem stinkenden Schlamm, einem prächtigen Nährboden für Verleumdungen, Verdächtigungen und haltlose Anschuldigungen. Zuerst im Stillen gedacht, tags darauf hinter vorgehaltener Hand den Nachbarn zugeflüstert, wurden sie von Haus zu Haus getragen, zusammen mit der Kanne Milch oder dem frisch gebackenen Brot, bis schließlich niemand mehr zu sagen wusste, wer der Urheber der Behauptung gewesen war. Keinen kümmerte es, dass sie aus der Luft gegriffen war und jeden Beweis entbehrte. Der Hufschmied geriet unter Verdacht, weil er regelmäßig mit Gaul und Karren von Dernbach nach Wirges fuhr, um im Nachbarort die Pferde beschlagen zu lassen. Irgendwer wollte ihn gesehen haben, wie er in der Morgendämmerung eine Last vom Wagen gehoben und ins Flachsfeld geworfen hatte. Auch der alte Jupp konnte sich nur unter Aufbringung größter Anstrengung gegen die grundlos hervorgebrachten Verdächtigungen wehren. Dass er allein auf seinem Hof hauste und niemand je einen Fuß ins Innere seiner vom Verfall bedrohten Behausung gesetzt hatte, genügte den Leuten, ihm die Mädchenmorde anzuhängen. Dass Jupp fast vollständig erblindet war und sich mit seinen von der Gicht geplagten Gelenken nur notdürftig bewegen konnte, blendeten sie aus.

Sogar Theos Vater, dem Leichengräber, traute man die abscheulichen Taten zu. Man erinnerte sich an seine Frau, die sich im vergangenen Herbst durch eine Unachtsamkeit beim Wetzen der Sense vier Finger der linken Hand abgeschnitten hatte und wenige Wochen später am Wundbrand verstorben war. Mit einem Mal zweifelte man an, dass es sich seinerzeit um einen Unfall gehandelt hatte. Zuweilen hieß es gar, der Leichengräber habe das Abtrennen der Finger an der eigenen Frau geübt.

Paul hätte sich am liebsten die Ohren zugestopft. Er fragte sich, wie sich die Eltern der getöteten Mädchen in ihrer Trauer angesichts des üblen Geredes fühlen mochten.

Von all dem erfuhren Mina und Margarethe nur Bruchstücke. Schwester Klara befolgte die Anweisung des Superiors und berichtete ausschließlich in knappen Sätzen vom Geschehen im Dorf. Auf seine und auf die Anordnung der Ehrwürdigen Mutter hin sollte vermieden werden, die jungen Frauen, die ihre Probezeit in der Gemeinschaft verbrachten, zu ängstigen.

»So lange sie als Postulantinnen bei uns sind, verlassen sie das Haus ohnehin nicht ohne Begleitung«, hatte Wittayer in aller Schärfe zu Schwester Klara gesagt, nachdem er zufällig Zeuge eines Gesprächs zwischen ihr und den Mädchen geworden war. »Ihre Eltern haben sie zu uns geschickt, damit sie Einblicke ins Wirken der Gemeinschaft erlangen und wir Einsicht darüber gewinnen, ob sie sich für ein gottgeweihtes Leben eignen, weiter nichts. Ihre Gedanken und Herzen sollen auf den Herrn, nicht auf das Verdorbene in der Welt gerichtet sein.«

»Heute werde ich es tun«, raunte Mina ihrer Schwester nach dem Frühgebet zu, als sie nebeneinander hinter den Schwestern und den fünf Novizinnen von der Kapelle am Heilborn zurück ins Dorf eilten. Die Köpfe in Demut gesenkt, die Hände vor der Brust gefaltet, fügten sich die Mädchen mustergültig ins Bild der klösterlichen Gemeinschaft ein. Einzig der fehlende Habit, den sie, ebenso wie den Schleier und den klösterlichen Vornamen, erst beim Eintritt ins Noviziat erhalten würden, unterschied die Postulantinnen äußerlich von den Schwestern, die bereits die Profess abgelegt hatten.

»Die acht Auserwählten werden heute bei uns einziehen. Da wird niemand auf mich achten.«

Bei Minas Worten zuckte Margarethe zusammen. Ruckartig hob sie den Kopf, um ihre Schwester mit einem strengen Seitenblick zu streifen.

»Bist du verrückt?«, entfuhr es ihr und sie biss sich auf die Zunge, weil sie für einen Moment vergessen hatte, dass sie nicht unter sich waren. Der Superior, der dem Zug der Schwestern in gebührendem Abstand folgte, räusperte sich auffallend laut.

»Wie macht er das nur immer?«, presste Mina zwischen den Lippen hervor. Innerlich verwünschte sie den Superior. Seit sie ihm zum ersten Mal begegnet war, fragte sie sich, warum der Herrgott ihn mit Augen und Ohren ausgestattet hatte, die mit ihrer Aufmerksamkeit überall gleichzeitig sein konnten. Zugleich bat sie Gott um Vergebung für ihre sündigen Gedanken, ohne sie jedoch von Herzen zu bereuen. Die Eignungsprüfung würde sie nicht bestehen, darüber war Mina sich von Beginn des Postulates an im Klaren. Ihr mangelte es an allem, was das Wesen einer Ordensschwester kennzeichnete, insbesondere verspürte sie eine unbändige Lust am Leben, am weltlichen Leben. Eine Braut Christi kletterte nicht mit geschürztem Rock und zerzausten Zöpfen auf die höchsten Äste der Kirschbäume, um sich einen Spaß daraus zu machen, so viele Kirschkerne wie möglich im Mund zu sammeln und sie dann alle auf einmal auszuspucken. Sie watete auch nicht mit Paul und seinen Freunden auf bloßen Füßen durch den Waldbach. Am allerwenigsten aber durfte sie fühlen, was Mina fühlte. Dieses beglückende Sirren in Herz, Kopf, Fingerspitzen, auf der schweißnassen Haut und im Schoß, ausgelöst durch nichts weiter als Gedanken an ihn, zumeist in Nächten ohne Schlaf, selbst in der klösterlichen Schlafkammer.

Viktor. Ein Herumtreiber, der im Wald hauste und von der Gnade der Leute lebte, die ihm hier einen Kanten Brot, dort ein Hühnerei und an guten Tagen ein Stück durchwachsenen Speck zusteckten. Äpfel stibitzte er von den Bäumen, meistens im Dunkeln, um nicht erwischt zu werden. Woher er kam, wusste niemand. Irgendwann war er aufgetaucht, hatte sich aus Ästen einen Verschlag im Wald gebaut, weit genug fort vom Dorf, wo er nicht gern gesehen war, aber so nah, dass Mina ihm eines Tages begegnet war.

»Du wirst nicht gehen!«

Margarethe zog Mina am Handgelenk in eine Nische, in der ein aus Holz geschnitzter Christus an der Wand hing und mit traurigen Augen auf sie herab sah. Mit einem Seitenblick beobachtete sie die Schwestern, die bereits den kleinen Raum betreten hatten, der der Bezeichnung Refektorium nicht gerecht wurde, ihnen aber als solches diente.

»Das wirst du mir ganz gewiss nicht ausreden!«, erwiderte Mina mit gedämpfter Stimme, wand ihre Hand aus Margarethes Griff und funkelte sie an. »Niemand wird es bemerken, ich verspreche, vorsichtig zu sein.«

»Mina, sei vernünftig! Wenn Wittayer dich erwischt, ist dein Postulat zu Ende, willst du das? Willst du, dass unsere Eltern sich deinetwegen grämen?«

»Nein, das will ich nicht, aber ich bin es leid, immer nur gehorsam zu sein und zu tun, was jemand mir sagt. Ich möchte wissen, wie das Leben sein kann, ich will es ausprobieren, verstehst du das nicht?«

»Und dazu gehört, sich heimlich aus dem Kloster zu stehlen, Regeln zu missachten, Absprachen nicht einzuhalten und sich in Gefahr zu begeben?«

Mina verdrehte die Augen. »Warum bist du immer so schrecklich vernünftig? Ich muss aufpassen, dass deine Vernunft nicht auf mich abfärbt.«

»Es wäre gar nicht so falsch, wenn sie das manchmal täte«, seufzte Margarethe. Sie warf einen weiteren Blick über die Schulter, stelle fest, dass sie unbeobachtet waren, und wandte sich wieder ihrer Schwester zu.

»Wir wissen nicht genau, was dort draußen geschieht, Mina! Aber es sind drei Mädchen aus dem Dorf getötet worden. Mädchen, die wir kannten. Und sie wurden verstümmelt! Ihr Mörder ist vielleicht noch auf freiem Fuß. Das bedeutet, er kann jederzeit wieder töten.«

Mina schwieg. Sie kannte ihre Schwester. Diskussionen führten zu nichts, denn Margarethes Vernunft würde immer über Minas Wünsche siegen, die aus Sicht ihrer Schwester unüberlegt und albern waren.

»Außerdem …«, sagte Margarethe zögernd, »woher weißt du, dass dieser Junge im Wald nicht der ist, nach dem sie suchen?«

»Du bist ja nicht bei Trost!«, rief Mina etwas zu laut und Margarethe zischte ihr ein kurzes »Pscht!« zu. Mit zusammengezogenen Augenbrauen blitzte Mina ihre Schwester an. »Er würde keiner Maus etwas tun! Untersteh dich, ihm so etwas Widernatürliches anzuhängen!«

Margarethe senkte den Blick. »Ich kenne ihn nicht und möchte nur, dass dir nichts passiert, das ist alles, Mina. Ich wollte dich nicht kränken.«

In diesem Augenblick trat eine Novizin aus dem Refektorium und sah zu ihnen herüber. Margarethe nickte ihr zu, bedachte ihre Schwester mit einem letzten eindringlichen Blick und eilte dann den Flur entlang in den Speiseraum. Mina folgte ihr. Während eine der Schwestern das Tischgebet sprach, wanderten ihre Gedanken zu Viktor.

Sie wusste nicht viel über ihn. Da sie nicht die gleiche Sprache sprachen, bedienten sie sich eines umfangreichen Sortiments an

Gesten und ihre Unterhaltungen beschränkten sich auf die wenigen Worte, die sie einander bisher gelehrt hatten. Oder auf ihre gemeinsame Sprache, die ohne Worte auskam. Wenn sie einander in die Arme nahmen, drehte sich Minas Welt in die andere Richtung, und wenn er mit der Spitze seiner Zunge ihre Lippen liebkoste, fiel sie in ein sanftes, weiches Nest, aus dem sie nie wieder heraus wollte und in dem Worte überflüssig waren. Nie und nimmer war er in der Lage, einem Mädchen die Finger abzuschneiden.

Nach dem Mittagsmahl stahl sie sich fort. Es war die Zeit, in der die Schwestern der Gemeinschaft sich für eine Stunde in ihre Kammern zurückzogen, um im stillen Gebet die Übungen des Geistes zu absolvieren, die der Superior ihnen auferlegte. Im Anschluss würden die acht Neuankömmlinge ins Haus der Schwestern einziehen. Bis jemand Minas Fehlen bemerken könnte, war es Zeit für die Vesper und bis dahin wäre sie längst zurück.

Schwester Klara war die einzige, die von der klösterlichen Regel der mittäglichen Kontemplation entbunden war. Sie betreute die Kranken und Sterbenden im Dorf und man hatte nach ihr rufen lassen, weil es mit Michels Gretchen zu Ende ging. Mina wartete ab, bis Schwester Klara mit Rosenkranz und Gebetbuch aus der Tür und um die Ecke war, dann schlich auch sie ins Freie.

Eiligen Schrittes folgte sie der Straße, die zum Dorf herausführte. Dabei betete sie im Stillen zur Muttergottes und allen Heiligen, die ihr einfielen, um Schutz vor ungebetenen Beobachtern.

Bald ließ sie das letzte Haus, den letzten Gemüsegarten, den letzten Hühnerstall hinter sich.

Es war ein ungewöhnlich warmer Tag, ihre Wangen glühten von der Anstrengung und unter ihren Achseln bildeten sich feuchte Flecken. Schon tauchte das Gestrüpp vor ihr auf, das den Beginn des Waldes markierte. Von hier aus war es nicht weit bis zu Viktors Verschlag. Hoffentlich hielt er sich in der Nähe auf. Bei dem vereinbarten Pfiff, den er ihr beigebracht und den sie heimlich geübt hatte, würde er wissen, dass sie auf ihn wartete.

Der Wald empfing sie kühl und schattig. Die Nadelbäume verströmten ihren würzigen Duft, der sich mit dem von Harz, feuchtem Moos und Walderde mischte. Ein Specht klopfte. Der Waldboden war übersät von Tannennadeln und knackte leise unter ihren Schuhen. Ein Eichhörnchen huschte neben ihr am Stamm einer Tanne herauf. Mina lächelte, befeuchtete die Lippen mit der Zunge und legte die beiden kleinen Finger zwischen die Lippen, so wie Viktor es sie gelehrt hatte. Wie lebendig sie sich hier fühlte! Und wie ermüdend und fad ihr das Leben im Kloster dagegen erschien.

Da berührte plötzlich eine Hand ihre linke Schulter. Vor Schreck stieß sie einen spitzen Schrei aus. Der Ärger darüber, warum Viktor ihr solche Furcht einjagte, wich jedoch im gleichen Atemzug einem tiefen Zweifel, der sie lähmte und unfähig machte, sich zu ihm umzudrehen.

Die Hand krallte sich in ihre Schulter, grob und kalt.

Es war nicht das erste Mal, dass eine Ahnung Margarethe in höchste Beunruhigung versetzte. Als sie noch Kinder gewesen waren, hatte sie irgendwann festgestellt, dass sie in der Lage war, die Befindlichkeit ihrer Schwester zu teilen, auch wenn sie sich nicht in ihrer unmittelbaren Nähe aufhielt.

Minas fehlende Anwesenheit beim Vespergebet an jenem Abend verstärkte Margarethes Angst, die sie seit dem Nachmittag quälte. Bis vor einer Stunde hatte sie sich damit zu trösten versucht, Mina könne nur die Zeit vergessen haben. Doch seit Jakob Wittayer auf der Suche nach der Postulantin wie aufgescheucht durch den Flur des Schwesterntraktes gefegt war und damit seinem Ruf als Kolkrabe alle Ehre gemacht hatte, herrschte eine Besorgnis unter den Schwestern und Neuankömmlingen, die sich auf Margarethe übertrug und es ihr schwer machte, das Schlimmste auszublenden.

»Wo steckt sie?«, schrie Wittayer sie an, als sie mit hängenden Schultern und auf den abgewetzten Fußboden starrend vor ihm stand, nachdem er nach ihr hatte rufen lassen. Unentwegt schritt er hinter seinem Arbeitstisch auf und ab, die Arme hinter dem Rücken, als wolle er eine Spur in die Bodendielen ziehen. Die Adern an seinen Schläfen traten hervor, in ihnen pochte der Zorn im Rhythmus seiner Schritte.

»Schwestern achten aufeinander! Du bist deiner Pflicht nicht nachgekommen! Wie soll ich dem Bischof erklären, dass eine Postulantin am helllichten Tag verschwunden ist? Hast du denn überhaupt keine Ahnung, wo sie sein könnte? Was geht nur in ihrem Kopf vor? Sie sollte wissen, dass ein solches Verhalten nicht ohne Folgen für sie geduldet wird!«

Unter seinen Tiraden begann Margarethe zu schrumpfen. Sie wagte weder, den Kopf zu heben, aus Sorge, der Superior könne ihre Tränen bemerken, noch auf seine zusammenhanglos hervor-gebrachten Fragen zu antworten. Der Zwiespalt in ihr wuchs. Sie wollte Mina unter keinen Umständen verraten, doch am Ende siegte die Angst, ihre Schwester könne in Bedrängnis sein und Hilfe brauchen.

»Doch«, wisperte sie.

Abrupt unterbrach Wittayer seinen Schritt und zugleich seinen Redeschwall. Er bohrte den Blick ins Gesicht des vor Angst zitternden Mädchens.

»Du hast etwas gesagt?«

Margarethes Nicken war als solches kaum zu deuten, sie hielt den Kopf weiter gesenkt und rang mit der Zerrissenheit in ihrem Inneren.

»Du weißt, wo sie steckt?«

Margarethe schluchzte auf, wischte sich mit dem Handrücken die Tränen aus dem Gesicht und hob den Kopf.

Noch am gleichen Abend schwärmten die Männer aus dem Dorf in die umliegenden Wälder aus. Frauen und Kinder verbarrikadierten die Türen ihrer Häuser und zündeten in den Stuben Kerzen für die vermisste Mina an. Alle fürchteten das Schlimmste, doch keiner sprach es aus. Paul verkroch sich in der Scheune, hockte sich in einer Ecke ins Stroh, mit angewinkelten Beinen und auf den Knien verschränkten Armen, in denen er seinen Kopf verbarg. Er wollte nichts denken, nichts fühlen, sich nicht an eingetrocknetes Blut oder leblose grüne Augen erinnern. Doch je mehr er sich anstrengte, desto weniger gelang es ihm. Die Sorge um seine Schwester lastete schwer wie ein Kornsack auf ihm. Die Klosterschwestern zogen im Dunkeln zur Kapelle am Heilborn, wo sie im Rauch der Opferlichter auf den harten Fußbänken knieten und Gebete für die vermisste Postulantin sprachen. Die Ehrwürdige Mutter setzte sich gegen den Willen ihres Superiors durch und beurlaubte Margarethe bis auf Weiteres. Sie begleitete das Mädchen selbst bis zum elterlichen Haus, wo sie außer der Mutter und der Großmutter etliche

Verwandte vorfanden, die das Warten und Hoffen allein nicht ausgehalten hatten.

Um Mitternacht setzte ein kalter Regen ein, der die Wege aufweichte und die Fackeln löschte. Bruno Kadenbach ließ die Suche abbrechen und erst am nächsten Morgen wieder aufnehmen.

»Ich kann nicht«, sagte Paul am folgenden Morgen. Er hatte die Nacht in der Scheune verbracht und so gut wie keinen Schlaf gefunden, weshalb seine Augen klein und müde wirkten. Margarethe setzte sich zu ihm ins Stroh.

»Du hast geholfen, die Anderen zu finden, das ist mehr als genug«, erwiderte sie leise. Es sollte wie ein Trost klingen, aber sie wusste, dass es das nicht war. Er machte sich Vorwürfe, die Suchmannschaft nicht zu unterstützen. Er hätte in vorderster Reihe gehen müssen. An der Seite seines Vaters.

»Ist es wahr, dass sie sich mit diesem Kerl aus dem Wald getroffen hat?«, fragte er. Man erzählte viel, vielleicht stimmte es gar nicht. Margarethe nickte und schloss die Augen. »Ich hätte hartnäckiger sein müssen. Sie wollte nicht auf mich hören.«

»Ich halte es hier nicht aus.« Er sprang auf, ging ein paar Schritte, kam zurück.

»Ich auch nicht!«

Mit einem Satz war Margarethe ebenfalls auf den Füßen, so rasch, dass es schien, sie habe nur darauf gewartet, dass Paul die Untätigkeit endlich beenden würde. Wortlos kreuzten sich ihre Blicke. Die Angst um Mina erstickte jedes Wort, bevor es den Weg über ihre Lippen hätte finden können. Sie klopften sich das Heu aus den Kleidern und verließen die Scheune. Schweigend folgten sie der Straße bis zur Steinsmühle und von dort dem schmalen Pfad, den die Leichenzüge für gewöhnlich bei den Begräbnissen nahmen, und der bis nach Wirges führte. Hier schlugen sie den Weg zum Gottesacker ein. Paul zeigte seiner Schwester die Gräber, in denen man Anna, Liesel und Babette beigesetzt hatte. Drei Grabstätten nebeneinander. Schlichte Holzkreuze mit Namen, Geburts- und Sterbejahr. Der Wind trieb eine Handvoll trockene Ahornblätter über die Grabhügel.

»Ich sterbe, wenn sie nicht mehr bei uns ist«, sagte Margarethe leise. Sie kämpfte gegen die Vorstellung eines vierten Grabhügels. Paul legte den Kopf in den Nacken. Wolkenfetzen gaben einen klaren Himmel preis. Zwei Schwalben kreisten über dem Kirchhof, der übersät war mit gefärbtem Laub, von Wind und Regen in der Nacht von den Bäumen gerissen. Sein Blick wanderte. Nichts denken. So lange niemand kam und ihm sagte, dass sie Mina gefunden hatten, lebte sie. Für ihn lebte sie, in seinen Gedanken, in seinem Herzen.

Der Kirchhof war um diese Zeit meist menschenleer. In einer Entfernung von etwa zwanzig Schritten erkannte Paul jedoch eine Gestalt. Er hatte sie vorher nicht bemerkt, weil sie auf der Erde hockte, wo sie sich an einem der Gräber zu schaffen machte. Etwas an ihr zog Pauls Aufmerksamkeit auf sich, er kniff die Augen zusammen und konnte nicht aufhören, hinüberzuspähen.

»Wohin gehst du?«, hörte er Margarethe fragen und da erst merkte er, dass er sich in Bewegung gesetzt hatte. Als er bis auf drei Schritte an die Gestalt herangekommen war, stutzte er.

»Theo?«

Der Junge schien ihn nicht gehört zu haben. Paul näherte sich ihm einen weiteren Schritt. Jetzt erkannte er, dass Theo etwas aus einem Stück Zeitungspapier wickelte. Einen schmalen, länglichen Gegenstand, hell mit bräunlich-roten Flecken, etwa von der Länge eines Fingers.

»Nein!« Der Schrei brach aus Paul heraus, ohne dass er ihn aufhalten konnte, ein langgezogenes Kreischen aus der Tiefe seiner Brust, wo er schon viel zu lange auf seine Befreiung wartete. Im Nu war Margarethe bei ihm.

»Theo? Was tust du hier?«, fragte sie, als sie den Sohn des Leichengräbers erkannte. Er kniete auf der vom Regen aufgeweichten Erde am Grab seiner Mutter und antwortete, ohne Paul und Margarethe anzusehen.

»Ich bringe ihr den vierten.«

»Du bringst ihr was?« Vor Entsetzen weiteten sich Margarethes Augen. Sie wollte nicht, dass der Gegenstand, den Theo gerade aus dem Zeitungspapier wickelte, das war, für was sie ihn hielt.

»Den Zeigefinger«, erwiderte Theo ungerührt, »er fehlt ihr noch.« Aus der Tasche seiner verschlissenen Jacke zog er eine kleine Metallschaufel. Mit ihr begann er ein Loch in der Mitte der Ruhestätte zu graben. Die Erde war weich und lehmig, er häufte einen kleinen Hügel neben dem Grab auf. Margarethe schwankte. Sie tastete nach dem Arm ihres Bruders, weil sie fürchtete, den Halt verlieren zu können.

»Sie musste ohne ihre Finger begraben werden. Ich bringe ihr neue. Schöne Finger von Händen, die nicht viel gearbeitet haben. Sie werden ihr gefallen.«

»Wo … wo hast du sie her?« Pauls Stimme klang verzerrt, so, als habe er vor jedem Wort mit größter Anstrengung Luft holen müssen.

Der Junge schwieg, verbissen grub er weiter. Paul ließ nicht locker. »Hat jemand sie dir gegeben? Oder hast du sie gefunden? Wo? Sag es uns!«

Margarethe beobachtete, wie Theo den Finger aus dem Zeitungspapier nahm und in das gegrabene Loch legte. Sie erkannte den rund geschnittenen Fingernagel, die kleinen weißen Flecken über der Nagelfalz, sauber, ohne Blutreste. Sie wich zurück, presste eine Hand auf ihre Brust und versuchte, die Übelkeit zu unterdrücken, konnte es aber nicht.

»Ich habe sie ihnen abgeschnitten.«

Paul zuckte zusammen, Margarethe wandte sich ab, sie wollte nicht sehen, was Theo dort tat und nicht hören, was sie längst ahnte.

»Du?«, fragte Paul. Er fixierte das Gesicht des Jungen, dem noch etwas Kindliches, etwas Unschuldiges anhaftete.

»Mit dem kleinen Messer aus der Schublade. Ist nicht schwer. Es muss gewetzt sein. Nur beim ersten Mal war es schwer. Sie war nicht richtig tot, sie hat gezappelt. Bei den anderen habe ich aufgepasst, dass sie sich nicht mehr bewegen. Dann geht es einfacher.«

In Pauls Ohren begann es zu klopfen. Harte, erbarmungslose Schläge, die das Blut durch seine Adern pressten und sich in seinem Kopf vervielfachten. Ein Strom aus Bildern trieb heran, angestoßen durch die kalte Grausamkeit in Theos Worten und den Anblick der kleinen Grube, die die Metallschaufel ins Grab gebohrt hatte und in der jetzt der abgetrennte Finger eines Mädchens lag, das noch keinen Namen hatte. Paul ballte beide Hände zu Fäusten, um das Zittern darin zu bekämpfen. Hinter ihm erbrach sich Margarethe ins Gras.

»Warum, Theo?« Pauls Stimme klang so schwach wie er sich fühlte.

Mit der Schaufel drückte der Junge die ausgehobene Erde zurück in die Öffnung. In seinen Handgriffen lag eine Ruhe, die Paul verstörte, weil sie ihn an ein feierliches Ritual erinnerte, das er nicht in Verbindung mit der vorausgegangenen Tat bringen wollte. Theo begrub einen Teil des Mädchens, dessen Körper – ermordet – irgendwo in der Umgebung darauf wartete, entdeckt zu werden. *Es ist nicht Mina, nicht Mina ...* klopfte es unentwegt in Pauls Ohren.

»Versprechen muss man halten«, erwiderte Theo.

Die Ungeduld begann an Paul zu zerren, er spürte sie als Kribbeln im ganzen Körper und rief sich zur Ruhe, bevor er die Beherrschung verlor.

»Was für ein Versprechen meinst du?«, fragte er. Dass er in der Lage war, gefasst zu bleiben und einen zusammenhängenden Satz herauszubringen, befremdete ihn.

»Ich hab es ihr versprochen«, antwortete Theo. »Als das Fieber kam. Und der Brand sich in ihre Hand setzte. Sie hat geweint. Weil sie Angst hatte, dass sie nicht ins Himmelreich aufgenommen wird, wenn ihre Hand nicht vollständig ist.«

Paul legte seine Stirn in Falten. Theos Erklärung genügte ihm nicht.

»Was genau hast du ihr versprochen?«, fragte er.

»Dass sie neue Finger haben wird. Dass sie mit ihnen bestimmt in den Himmel kommt. Da war sie ruhig und hat mich auf die Stirn geküsst.«

Paul wusste, dass es einem gesunden Geist nicht möglich war, Theos Gedankengänge nachzuvollziehen. Wahrscheinlich hatte auch seine Mutter es nicht immer gekonnt. Dennoch bemühte er sich, zu begreifen. Vier Mädchen, vier Finger. Warum hatte es Theo nicht genügt, sein krankes Werk an Anna zu vollenden?

»Warum nicht nur ein Mädchen, Theo, warum vier?«

Theo erhob sich. Er betrachtete sein Werk, nickte zufrieden. Mit den Fingerspitzen berührte er die Inschrift auf dem Holzkreuz. Über sein Gesicht zog ein breites Lächeln, das ihm den Ausdruck eines Kindes verlieh, das im Schulhaus für eine gute Leistung gelobt wird. Er rieb das Schaufelblatt über den Ärmel seiner Jacke.

»Wenn ich einem Mädchen vier Finger abgeschnitten hätte, wäre es nicht in den Himmel aufgenommen worden.« Er trat an Paul vorbei, ohne ihn anzusehen. »Ein einzelner fehlender Finger macht nicht so viel aus. Das sagt auch Schwester Klara.«

Warum Paul noch immer hoffte, wusste er nicht. Vielleicht war dies das Beständigste an der Hoffnung. Dass ihr eine unwahrscheinlich lange Lebensdauer innewohnte und im Herzen selbst dann ein Hauch von ihr existierte, wenn der Verstand sie längst aufgegeben hatte.

»Wem gehörte der Finger, den du gerade vergraben hast?«, rief Paul ihm nach. Die Angst vor der Antwort hätte seine Sinne betäuben müssen, aber stattdessen weckte sie ihn aus seiner Starre. Nach wenigen Schritten hatte er Theo eingeholt. Er griff nach seinem Arm, sodass der Junge sich zu ihm umdrehen musste. Theo überragte Paul, weshalb dieser den Kopf etwas anhob. Noch immer lag ein Lächeln auf Theos Lippen. Erneut ballte Paul die rechte Hand zur Faust. Da hörte er Margarethe hinter sich keuchen und spürte ihre Hand, die sich zitternd in seine schob.

Jäh veränderte sich der Ausdruck auf dem Gesicht des Jungen. Sein Lächeln verschwand. Das Weiß seiner Augen wirkte plötzlich groß und beängstigend. Mit verkniffenem Mund starrte er Margarethe an, als nehme er ihre Anwesenheit erst jetzt wahr. Seine

Kiefer mahlten unaufhörlich, Paul hörte wie seine Zähne aufeinander rieben. Theos wirrer Blick tastete sich über Margarethes Erscheinung, ihr Gesicht, ihre Hände. Er stieß Laute zwischen den fast geschlossenen Lippen aus, die Paul und Margarethe ängstigten. Als er seine Arme nach ihr ausstreckte, wich Margarethe zurück. Beherzt trat Paul einen Schritt nach vorn, baute sich zwischen Theo und seiner Schwester auf. Theo öffnete den Mund. Ein wildes Flackern lag in seinen Augen.

»Du kannst ... nicht ... hier sein!«, stammelte er, ohne sie aus den Augen zu lassen. In seinen Mundwinkeln bildeten sich weiße Schaumbläschen. »Ich hab dich totgemacht!«

Die Schaufel glitt ihm aus der Hand, schlug auf der Erde auf. Theo kümmerte sich nicht darum. Er drehte sich um und stürzte wie besessen davon.

Als Margarethe die Tragweite seiner Worte erfasst hatte, schlug sie beide Hände vors Gesicht. Der Schmerz traf sie mit aller Wucht, obwohl sie vorbereitet hätte sein müssen. Etwas in ihr verdorrte in einem einzigen Augenblick und sie wusste, dass nichts es je wieder zum Leben erwecken könnte.

Von Schluchzern geschüttelt warf sie sich ihrem Bruder in die Arme und er hielt sie wie ein Trost suchendes Kind. Tränen stiegen in seine Augen. Sie brannten, er wollte sie fortblinzeln, aber sie rannen über sein Gesicht und seine Lippen schmeckten nach Salz. Über Margarethes bebende Schultern hinweg glitt sein Blick zum Grab von Theos Mutter, in dem die Ernte eines mörderischen Versprechens ruhte. Dabei strich er seiner Schwester sanft übers Haar.

»Wir konnten nicht verhindern, dass er seinen Plan vollendet«, sagte er leise, »aber wir werden dafür sorgen, dass er seine Schuld büßt.«

Josephines Vermächtnis

Lange habe ich gewartet. Auf den Mut. Den richtigen Augenblick. Oder darauf, dass sich der Schleier des Vergessens über die Erinnerungen senkt und mich erlöst.

Eine alte Frau bin ich geworden, die mehr Lebensjahre zählt, als ich es mir jemals habe vorstellen können. Die Burg ist indessen unbewohnt und dem Verfall preisgegeben.

Meine Hand zittert, während ich die Feder in das tönerne Fässchen mit der Tinte tauche, und wenn der Tag schwindet, so wie jetzt, und das Kerzenlicht zuckende Schatten auf das Papier wirft, beginnen meine Augen zu tränen. Aber es ist an der Zeit, die Zeilen niederzuschreiben, weil ich nicht weiß, wie lange mir noch bleibt.

Am Ende werde ich die Seiten zusammenfalten und sie zur Burg bringen, dorthin, wo mein Geheimnis seine Wurzeln hat. Vielleicht werde ich sie in einer Mauerritze im unterirdischen Gewölbe verbergen, in den Kasematten, die heute zu nichts mehr nutze sind, oder in der ehemaligen Kapelle, dort, wo wir die Totenwache für ihn gehalten haben.

Irgendwann wird jemand mein Vermächtnis finden und sollte es auch viele hundert Jahre dauern.

Mein Name ist Josephine. Ich stamme aus der Region Dauphiné, einem französischen Landstrich zwischen Savoyen im Norden und der Provence im Süden. Die Menschen meiner Heimat sind dafür bekannt, dass sie die Güter, die ihr Land ihnen schenkt, mit Verstand und Herz zu nutzen wissen. Sie verstehen etwas vom Weinanbau und der Schafzucht, sind Wollspinner und großartige Tuchmacher. Mit Geschick und Fleiß fertigen sie Hüte, Schuhe, Papier, Klingen und Kupfergeschirr.

Mit meinen Eltern und meinem Bruder Etienne lebte ich in einem Dorf, das umgeben war von einem Rausch aus Grün und Violett. Im Sommer zog der Duft der Lavendelfelder bis in die Häuser und wenn die Hitze uns in den Schatten der Kiefernwälder trieb, suchten wir nach den herabgefallenen Zapfen und drückten unsere Nasen zwischen die harten Blättchen, weil wir den würzigen Geruch so mochten.

Doch die Idylle währte nicht.

Im Jahr des Herrn 1685 hob König Ludwig XIV. das gut neunzig Jahre zuvor von Heinrich IV. erlassene Edikt von Nantes auf, das uns protestantischen Gläubigen in Frankreich Religionsfreiheit gewährte. Mit einem Mal war es uns nicht nur verboten, Gottesdienste zu feiern, nein, man riss sämtliche Kirchen nieder, vor unseren Augen! Wer sich mit dem Gedanken trug, auszuwandern, riskierte ein Leben in Gefangenschaft. Es hieß, das Land sei an den Grenzen so scharf bewacht, dass ein Entkommen unmöglich sei. Doch davon ließen sich meine Glaubensschwestern und -brüder nicht abschrecken.

Eine Unzahl an Menschen verließ in jenen Tagen die Heimat. Aus allen Städten und Dörfern zogen sie aus. Meine Eltern entschieden sich schweren Herzens zu bleiben. Vater litt an einer Lungenkrankheit. Er hätte sein Ziel nie erreicht und die Flucht stattdessen mit dem Leben bezahlt. Meine Mutter vergoss so viele Tränen, dass ich Angst hatte, sie könne an gebrochenem Herzen sterben.

Etienne versprach ihnen wortreich, mich zu hüten wie seinen Augapfel und so packten wir das Nötigste zusammen und schlossen uns, ein paar Tage nach meinem fünfzehnten Geburtstag, einer Gruppe an und verließen die Dauphiné. Wir schlugen uns in nördlicher Richtung durch die Wälder und gelangten nach vielen Wochen ins Heilige Römische Reich Deutscher Nation. Die Entbehrungen und Dramen, die sich während dieser Zeit abspielten, würden ein eigenes Heft füllen, aber ich will die schwarzen Erinnerungen ruhen lassen.

Ob meine Mutter an ihrem gebrochenen Herzen gestorben ist und wie lange mein Vater noch lebte, habe ich nie erfahren, denn ich kehrte nie zurück in meine Heimat.

Ein glücklicher Umstand wollte es, dass Graf Wilhelm Moritz zu Solms-Greifenstein unsere Gruppe mit offenen Armen aufnahm. Er gab uns Dach, Brot und Kleidung und siedelte uns überdies in Daubhausen an, einem Dorf unweit seiner Burg. Etienne und mir wurde ein kleines Haus zugeteilt, in dem wir uns versuchten einzuleben. Etienne, einundzwanzig Jahre alt, ein kräftiger Kerl mit breitem Kreuz und Händen, die mit Steinen und Mörtel umzugehen wussten, fand Arbeit im Dorf, denn es mussten Häuser, Scheunen und Ställe errichtet werden. Aus Ermangelung eines eigenen Gotteshauses war es uns erlaubt, den Gottesdienst im Kirchensaal der Burg zu besuchen.

Nach einem dieser Gottesdienste, nur wenige Wochen nach unserer Ansiedelung, verlangte der Graf alle Hugenottinnen zu sehen, die jünger als zwanzig Jahre und unverheiratet waren. Mir zitterten die Knie, als ich mich in meinem verschlissenen Kleid einreihte. Was es zu bedeuten hatte, dass er langsam an uns vorbeischritt und uns dabei aus prüfenden Augen von oben bis unten musterte, wussten wir nicht. Wenn er hübsche Mädchen zu seinem Vergnügen suchte, würde er mich gewiss nicht auswählen. Meine Haare waren von einer undefinierbaren Farbe, nicht braun, aber auch nicht blond, sondern irgendetwas dazwischen und so kraus, dass ich jeden Morgen eine halbe Ewigkeit brauchte, um sie mit einem grobzinkigen Kamm zu bändigen. Außerdem hatte die Sonne mein Gesicht und meine Arme aufs Unschicklichste gebräunt und mein Gesicht mit winzigen, braunen Punkten verunstaltet.

Ich richtete den Blick auf meine schmutzigen Schuhe mit den abgestoßenen Spitzen und versuchte sie unter dem Saum meines Kleides zu verbergen, als sich mit einem Mal ein Paar blank polierter Lederstiefel in mein Blickfeld schob. Mein Herz trommelte so wild und laut, dass ich fürchtete, der Graf könne allein deshalb auf mich aufmerksam werden.

Ich hörte seine Stimme, beherrschte aber seine Sprache damals noch nicht. Jemand, den ich nicht sehen konnte, übersetzte seine Frage. Zaghaft hob ich den Kopf und sah in seine blitzenden, grauen Augen, die freundlich wirkten. In seinen Mundwinkeln zuckte ein Lächeln. Ich merkte, wie ich ruhiger wurde, und nannte meinen Namen. Jemand winkte mich aus der Reihe.

An jenem Tag im Frühling wurde das vertriebene, französische Hugenottenmädchen in den Kreis der angehenden Zofen Ihrer Durchlaucht Gräfin Magdalene Sophie zu Solms-Greifenstein aufgenommen.

128

Als ich sie zum ersten Mal zu Gesicht bekam, erschrak ich. Sie war von kränklichem Aussehen mit ihren verhärmten Zügen und den stumpf wirkenden Augen. Niemand hätte mir sagen müssen, dass sie eine von Traurigkeit gezeichnete Frau war. Die Schwermut bedeckte sie wie ein Mantel, wohin sie sich auch wandte. Ich begriff nicht, warum eine vom Glück gesegnete Frau wie sie nicht den ganzen Tag mit einem Strahlen im Gesicht durchs Leben tanzte. In einer herrschaftlichen Burg zu leben, umgeben von Dienern, die ihr jederzeit alle Wünsche erfüllten, keinen Hunger zu leiden, in einem Bett mit warmen Decken zu schlafen und die prachtvollsten Kleider nach der neuesten Mode zu tragen, erschien mir nach den entbehrungsreichen Monaten meiner Flucht wie ein Segen des Herrn. Es wollte nicht in meinen Kopf, dass sie all dies besaß und dennoch vor Niedergeschlagenheit nicht das kleinste Lächeln zustande brachte. Erst als ich von ihrer Kammerfrau erfuhr, dass innerhalb von sechs Jahren vier ihrer Kinder gestorben waren – das letzte, ein kleines Mädchen von drei Monaten, hatte man erst vor wenigen Tagen neben seinen Geschwistern in der Gruft beigesetzt – verstand ich, dass all jenes, was mir zuvor als das reine Glück erschienen war, für die Gräfin seine Bedeutung verloren hatte. Der Schmerz des Verlustes trübte ihr Leben und schwächte sich nur etwas ab, wenn die Kinderfrau ihren kleinen Sohn brachte, das einzige ihrer Kinder, das das vierte Lebensjahr erreicht hatte.

Noch während der Zeit meiner Ausbildung zur Zofe ließ die Gräfin häufig nach mir rufen. Rasch beherrschte ich die ersten

Worte in der neuen Sprache, was die Verständigung zwischen uns erleichterte. Sie wünschte meine Begleitung immer öfter und nach kurzer Zeit kannte ich ihre Lieblingsplätze, die unterirdisch gelegene Kapelle, die riesigen Volieren, in denen die Beizvögel gehalten wurden, und den Laubengang, der sich durch einen großen Teil des Lustgartens zog und in dessen Schatten sie im Sommer gern flanierte. So dauerte es nicht lange, bis ich Richard zum ersten Mal sah.

Man bedenke, dass ich ein Mädchen von fünfzehn Jahren war, das aus einfachen Verhältnissen stammte und nach der Zeit der Flucht gerade dabei war, sich an ein neues Leben zu gewöhnen. Dass die Beizjagd als besondere Darstellung der höfischen Lebensart galt und viele Adelige Gefallen daran fanden, Greifvögel abrichten zu lassen und Jagden mit ihnen zu veranstalten, hatte man mich während meiner Ausbildung zur Zofe bereits gelehrt. Den Falkner hatte ich aber bis zu jenem Tag noch nicht gesehen.

Heute glaube ich, dass es die Einheit aus Mann und Greifvogel war, die mich veranlasste, im Schritt zu verharren und beide wie verzaubert anzustarren. Sie verkörperten ein Bild der Verbundenheit, wie es zwischen zwei Menschen nicht enger sein konnte. Der Falke in seinem grau-weiß gestrichelten Federkleid saß bewegungslos auf dem ledernen Armschutz des Falkners. Die helle Brust und der Hals waren dunkel gefleckt und über die Kehle zog sich ein schwarzer Längsstreifen. Voller Ruhe richtete er seinen Blick auf mich, aus kreisrunden Perlenaugen, die dunkle Iris umgeben von einem gelben Ring.

»Gräfin! Wie es mich freut, Euch zu sehen!« Die Stimme des Mannes, tief und ohne Hast, riss mich aus meiner Andacht. Als Zeichen größter Verehrung verneigte er sich mit zu Boden gesenktem

Blick vor meiner Herrin und nahm ihre Hand in seine. Den Falken auf seiner Faust störte diese plötzliche Bewegung nicht, er drehte nicht einmal den Kopf. Ich stand nur wenige Schritte entfernt und damit nah genug, um zu beobachten, dass seine Lippen die Etikette missachteten und den Handrücken der Gräfin mit einer tiefen Zärtlichkeit berührten. Beinahe vergaß ich weiterzuatmen, so wühlte mich diese Geste auf! Aber sie mutete nicht respektlos oder unsittlich an und wirkte nicht, als habe der Falkner nur das Betören der Gräfin im Sinn. Oh, wie mein Herz pochte, als ich bemerkte, dass die Gräfin es geschehen ließ, ihm ihre Hand nicht entzog, sondern mit einem Lächeln wartete, bis er sie freigab! Ihr Verhalten hätte mich empören müssen, sie war doch eine verheiratete Frau von Adel. Doch es lag etwas so Reines in der Art, wie sie einander ihre Zuneigung zeigten, dass ich nicht einmal den Ansatz einer Entrüstung verspürte.

Ich zwang mich dazu, ein paar Schritte in Richtung der Voliere zu gehen, in der zwei weitere Falken, ein Habicht und ein Steinadler für die Beizjagd gehalten wurden. Dennoch verstand ich jedes Wort, das meine Herrin mit dem Falkner wechselte. Verstohlen betrachtete ich ihn. Er war von muskulöser Statur und trug sein dunkles Haar aus der Stirn gekämmt und zu einem Zopf im Nacken gebunden. Damals wusste ich noch nicht, dass er im gleichen Alter war wie die Gräfin. Seine besonnene Art ließ mich glauben, dass er das dritte Lebensjahrzehnt bereits überschritten haben müsse.

»Bitte versteht, Richard, dass ich die Abgeschiedenheit meiner Gemächer bevorzuge.« Sie trat einen Schritt auf ihn zu und stellte damit eine Nähe her, die ungewöhnlich war zwischen einer Gräfin und einem Rangniederen. Aus dem Augenwinkel beobachtete ich, wie sie einen langen Blick tauschten. Seit wann mochten die beiden sich schon kennen? Wusste Graf Moritz, wie sehr seine Gemahlin und sein Falkner einander zugetan waren? Duldete er gar die heimliche Liebelei? Oder verband die beiden etwas anderes als eine Liaison, wie man in meiner Heimat zu sagen pflegt? »Meine Welt liegt unter einem Schatten begraben«, hörte ich sie sagen. »Hätte ich meinen geliebten kleinen Sohn nicht, ich wüsste nicht, wofür es sich lohnte, jeden Morgen aufzustehen.« Ihre Stimme verlor an Kraft. Bei den letzten Worten senkte sie den Kopf.

»Ihr wisst, dass ich Euren Schmerz verstehe, Gräfin.« Er sagte es nicht nur so daher, nein, seinen Worten lag eine Wahrheit zugrunde, die ich ihm glaubte, obwohl er ein Fremder für mich war. Sie sah zu ihm auf und nickte.

»Ihr habt mir nie erzählt, wie Euer Vater zu Tode kam«, erwiderte sie.

Er richtete seinen Blick auf einen beliebigen Punkt im Mauerwerk hinter mir.

»Ihr sagtet einmal, er starb, als Ihr noch ein Kind wart«, fügte Gräfin Magdalene hinzu. Ich spitzte die Ohren, obwohl ich wusste, dass es mir nicht erlaubt war. Eine pflichtgetreue Zofe hatte als Dritte in einem solchen Beisammensein Augen und Ohren zu verschließen und ihren Mund zu versiegeln, damit nichts nach außen gelangen konnte, was in die Vertrautheit dieser Begegnungen gehörte. »Zwischen meinem Vater und mir bestand eine besondere Bindung«, hörte ich Richard nach kurzem Zögern sagen. »Wir waren uns sehr ähnlich. Er lehrte mich die Liebe zu den Greifvögeln, zur Natur, die Achtung vor der Schöpfung und vor allem, was lebt.«

»Was geschah, dass er so früh von Euch ging?«

»Ein Unglück bei einem Ausritt. Rätselhafte Umstände.« Jetzt sah er meiner Herrin offen ins Gesicht. Der Falke auf seiner Faust regte sich kaum. »Der Sattelgurt hat sich gelöst.«

Ich bemerkte, dass die Gräfin vor Schreck die Luft anhielt und ihre Augen sich weiteten. »Wie entsetzlich, Richard! Hat man herausfinden können, wie es dazu kam?«

Er schüttelte den Kopf. »Ich glaube bis heute, dass jemand den Sturz absichtlich herbeigeführt hat.«

»Ihr meint, jemand wollte Euren Vater …?« Sie beendete den Satz nicht.

»Meinem Bruder«, fuhr Richard fort, »oblag damals die Versorgung unserer Pferde. Er hat sich den Sattel angesehen und konnte nichts Auffälliges feststellen.«

Der Falke plusterte seine Federn auf und suchte eine neue Sitzposition. Richard strich ihm mit zwei Fingern sanft über das Brustgefieder.

»Ich hätte mich gern selbst von der Unversehrtheit des Sattels überzeugt und schlich mich heimlich in den Stall. Aber bevor ich einen Blick erhaschen konnte, stürzte mein Bruder auf mich zu und scheuchte mich hinaus, ohne mich anzuhören«, fügte er hinzu. »Ich hätte nicht sagen können, warum es mir so schwerfiel, ihm zu glauben. Vielleicht weil mein Vater ein exzellenter Reiter war. Aber ich gab nicht auf und besaß sogar den Mut, meine Bedenken zu äußern, obwohl ich erst zwölf Jahre alt war, weit entfernt vom Mannesalter. Aber der Stimme eines Kindes schenkt man kein Gehör, nicht einmal meine Mutter wollte in ihrer Trauer etwas davon wissen und so blieb ich allein mit meinen Zweifeln.«

Der Wind war stärker geworden, eine Brise trieb über den Burgberg und bauschte den schwarzen Rock meiner Herrin auf.

Eine Strähne löste sich aus ihrem kupferfarbenen Haar und sie strich sie mit einer Hand hinters Ohr. Es war eine anmutige Bewegung, sie verlieh ihr etwas Mädchenhaftes, das zu ihr passte. Etwas, das wohl auch Richard wahrnahm, denn die Wärme, mit der er sie jetzt ansah, glich einer Liebkosung, die mich an seine Lippen auf ihrer Hand erinnerte. Später fragte ich mich oft, warum mir diese Handbewegung in Verbindung mit ihrem blassen, zarten Gesicht und dem Glanz in Richards Augen so im Gedächtnis geblieben war. Vielleicht weil mir trotz meiner jungen Jahre klar wurde, dass ihre Liebe nicht ins grelle Licht des höfischen Zeremoniells gehörte und ihre Herzen deshalb von gestohlenen Augenblicken wie diesem lebten.

»Es liegt lange zurück«, hörte ich sie sagen.

»Die Erinnerungen verblassen«, erwiderte er, »aber sie werden mich niemals loslassen.«

»Etwas, das uns verbindet.« Sie hielt ihr Gesicht in den Wind und schloss die Lider, während sie weitersprach. »Meine verlorenen Kinder werden immer ein Teil meines Lebens bleiben, ich trug sie in mir, ich brachte sie zur Welt, wie könnte ich sie jemals vergessen, auch wenn ich sie nie wieder in den Armen halten kann?« Langsam öffnete sie die Augen. Ihre Blicke verschmolzen miteinander und selbst mir, als Außenstehender, blieb das tiefe Gefühl nicht verborgen, das sie miteinander teilten.

»Lasst uns von etwas anderem sprechen, Gräfin!« Richard wechselte die Klangfarbe seiner Stimme und schenkte meiner Herrin ein Lächeln. Dabei grub sich eine winzige Kerbe in sein Kinn und seine Augen glänzten wie vorhin. Das unbedarfte Mädchen, das ich damals war, fand keine Worte für diese Art von Lächeln, mit dem Männer wie Richard das Herz einer Frau zum Schmelzen bringen. Aber ich erinnere mich, dass es mir fortan jedes Mal für einen Augenblick den Atem raubte, auch wenn es nicht mir, sondern der Gräfin galt.

»Etwas Abwechslung täte Euch gut. Schaut, ich habe ihn abgetragen, mit großer Geduld und Mühe«, sagte er und streckte den Arm, auf dem er den Falken trug, etwas von sich. »Er ist bereit für seine erste Beizjagd.« Der Anflug einer stillen Freude zog über das Gesicht der Gräfin. Wie schön sie war, wenn die Traurigkeit sie für einen kurzen Augenblick verließ!

»Was täte ich nur ohne Euch, Richard?« Wie zufällig berührte sie seinen Arm, eine weitere vertraute Geste zwischen ihnen.

»Ich hoffe seit Tagen, Euch hier zu treffen und ihn Euch vorzustellen.«

»Ein wunderschönes Tier! Ich fürchte nur, die vielen Bauvorhaben meines Gemahls lassen eine Jagd zurzeit nicht zu. Der Ausbau der neuen Gemächer und der Schlosskirche beanspruchen seine ganze Aufmerksamkeit und, wie ich fürchte, leeren sie auch den Inhalt unserer Geldschatullen. Er spricht von nichts anderem. Vor ein paar Tagen sind Stuckateure aus Italien angereist. Der Graf tut derzeit nichts lieber, als mit dem Meister über seinen Plänen zu brüten. Er will aus der neuen Kirche ein Kleinod machen.«

Sie entfernten sich ein paar Schritte. Ich dagegen blieb noch eine Weile auf meinem Platz, wandte mich den Beizvögeln in der Voliere zu und hoffte inständig, dass sich das Gepolter in meinem Herzen rasch legen würde.

Später bat Gräfin Magdalene mich in ihre Gemächer. Wir waren unter uns, als sie auf ihrem Frisierstuhl Platz nahm.

»Du bist mir eine treue Dienerin geworden, Josephine«, begann sie, während ich behutsam die mit Perlen besetzten Haarnadeln aus ihrer Frisur zog. »Und ich vertraue auf deine Verschwiegen-heit. Verschließe, was du heute gesehen und gehört hast, in deinem Herzen. So wie alles, was du fortan sehen und hören wirst, wenn du mich begleitest.«

Mein Herz raste. Ich nickte, legte die Haarnadeln in eine Schale und griff nach der Haarbürste.

»Ich lebe in einem Käfig, Josephine, in einem Käfig aus Gold und Edelsteinen.« Sie sagte es ganz ruhig, als bekümmere sie dieser Umstand überhaupt nicht. Damals kannte ich sie noch nicht lange genug, um zu verstehen, dass sie sich mit der Unabwendbarkeit bereits arrangiert hatte. »Ich kann diesem Käfig nicht entkommen, allein der Wunsch ist mir schon verboten, aber ich strecke hin und wieder meine Hände durch die goldglänzenden Gitterstäbe, hin zu Richard.« Ich bürstete ihr Haar, das ihr nun offen und lang über den Rücken fiel. Meine Hand begann zu zittern, weil ich mir bewusst wurde, in welches Geheimnis ich gerade eingeweiht wurde. »Wären wir frei wie die Seelen der Falken, würden wir uns erheben und uns zusammen in die Luft schwingen. Aber wir sind der Erde verhaftet und gebunden an das Wort, das wir gaben. So bleiben uns nur die wenigen gestohlenen Stunden und unsere Träume von den Falkenseelen.«

Mein aufgeregt schlagendes Herz verhinderte, dass ich mehr als ein Murmeln über die Lippen brachte, aber ich glaube, die Gräfin erwartete keine Antwort. Ich fühlte mich beschenkt von ihrer Ehr-lichkeit und dem Vertrauen, das sie mir entgegenbrachte.

In den folgenden Wochen begleitete ich all ihre Spaziergänge zu den Falkenvolieren und wurde zu ihrer Vertrauten und Botin. Wenn die höfischen Gepflogenheiten die Gräfin von Richard fernhielten, überbrachte ich Botschaften, die sie auf einem Bogen

Papier verfasste und die ich gefaltet in meinem Mieder verbarg, während ich zu den Volieren lief, um sie Richard zu übergeben.

Ich begann, Gräfin Magdalene um das innige Band zu beneiden, das das Leben zwischen ihr und dem Falkner gewebt hatte.

Der Frühling wich dem Sommer. Helle Tage sandten ihr Licht in die Gemächer der Burg, was aber nicht dazu beitrug, die Traurigkeit meiner Herrin zu mindern. Nach wie vor kleidete sie sich in Schwarz und auch wenn die Roben mit den gepolsterten Hüften und üppigem Spitzenbesatz der Mode entsprachen, brachte die fehlende Farbe doch unübersehbar den allgegenwärtigen Schmerz im Leben der Gräfin zum Ausdruck.

Eines Tages begleitete ich sie wie jeden Morgen nach dem Ankleiden zur Kapelle. Die Bauarbeiten an der neuen Kirche brachten es mit sich, dass die Gräfin sich nie ungestört zur Kapelle bewegen konnte, denn Steinmetze, Stuckateure und Maler modellierten, feilten, tünchten und pinselten zu jeder Tages- und Nachtzeit. Daher wählte sie für gewöhnlich den weiteren Weg an der Burgmauer entlang, der zum unterirdischen Gang in den Kasematten und von dort ins Innere der Katharinenkapelle führte.

An jenem Morgen aber drängte es Gräfin Magdalene, vor dem Besuch der Kapelle einen Blick in die Kirche zu werfen, um sich vom Fortschritt des Ausbaus zu überzeugen.

Als wir den Innenraum betraten, hatten die Stuckateure bereits ihr Tagwerk begonnen, unter ihnen Etienne, der sich seit einigen Wochen als Handlanger im Bautrupp von Meister de Paerni verdingte. Der Meister und seine Gehilfen verstummten und hielten mit ihrer Arbeit inne, als Gräfin Magdalene eintrat und ihren Blick zur Decke richtete. In ihrem Trauerkleid wirkte sie seltsam fehl am Platz und ihre Erscheinung bildete einen scharfen Kontrast zu den Lünetten, Medaillons, Kartuschen, Girlanden, Muscheln und Putten aus weißem Gips.

Während Meister de Paerni zu ihr eilte, zog Etienne mich am Arm außer Hörweite.

Wie er mich ansah! Die Stirn in Falten gelegt, die Brauen zusammengezogen, die Lippen aufeinander gepresst. Ohne dass er ein Wort an mich gerichtet hatte, wusste ich, was folgen würde. Wie Dutzende Male zuvor.

»Ich sehe es, Josephine!«

Ich wand mich aus seinem Griff. Es waren die immer gleichen Anschuldigungen, die er mir vollkommen grundlos vorwarf. Mit wem er mir dieses Mal eine Liebschaft unterstellte, hätte mir gleichgültig sein müssen, aber ich hatte noch nicht verstanden, dass es ihm bei seinen Vorwürfen nie um jemand Bestimmten ging. Es waren nur Namen, die er dazu nutzte, mir die Unnachgiebigkeit zu signalisieren, mit der er meine Ehre und Unschuld zu bewahren gedachte.

»Du siehst Gespenster, Etienne!«

Sein Gesicht näherte sich dem meinen und er senkte die Stimme. Offensichtlich wollte er nicht, dass die anderen auf unseren Disput aufmerksam wurden. Gräfin Magdalene stand mit Meister de Paerni unter der Südempore, aber ich war nicht sicher, ob sie unsere gedämpften Stimmen nicht doch vernahm.

»Ihr tauscht Blicke, die Bände sprechen! Halte mich nicht für einen Einfaltspinsel!«

»Wen meinst du dieses Mal?«, fauchte ich im Flüsterton zurück. Wahrscheinlich hatte er mich tags zuvor mit Gabriel, einem der

138

Rossknechte, bei den Ställen gesehen. Gabriel war ein stämmiger Kerl mit flachsblondem Haar. Er machte nicht viele Worte, wirkte oft in sich gekehrt und sprach mehr mit den Pferden als mit den Menschen, aber wenn wir uns im Burghof in der Nähe des Marstalls begegneten, nickte er mir jedes Mal zu und dann und wann erwiderte er sogar mein Lächeln. Möglicherweise hatte ein solches Lächeln Etiennes Argwohn geschürt.

»Als wüsstest du es nicht selbst«, erwiderte er ungehalten und beendete damit meine Mutmaßungen. Mit einer angedeuteten Kopfbewegung wies er hinüber zu Meister de Paerni, der noch immer ins Gespräch mit der Gräfin vertieft war.

»Das ist doch albern! Du baust dir in deinem Kopf etwas zusammen, was einfach nicht stimmt! Sprich ihn doch darauf an, wenn du glaubst, wir hätten etwas Ungebührliches getan!« Ich merkte, wie sehr mich Etiennes Vorwürfe verletzten und gleichzeitig wütend machten. Ich wandte mich zum Gehen, aber er hielt mich fest.

»Ich habe unseren Eltern versprochen, auf dich aufzupassen, und du weißt, wie wichtig es ihnen war.«

Mit einem Knurren wand ich mich ein zweites Mal aus seinem Griff und eilte zu meiner Herrin. Warum betrachtete Etienne jeden Mann, der mich auch nur von Weitem ansah, als lüsternen Gockel, selbst den rechtschaffenen Stuckateurmeister Iovanni de Paerni! Seit dieser im Auftrag des Grafen seine Arbeit aufgenommen hatte, begegnete ich ihm zuweilen auf dem kleinen Platz zwischen der neuen Kirche, den Lagerschuppen und Nebengebäuden. Er war mehr als doppelt so alt wie ich und stammte aus Oberitalien, aus der Fremde, so wie ich, und ich mochte den Schalk, der in seinen schwarzen Augen blitzte, wenn wir dann und wann ein paar

Sätze wechselten. *Bella donnina* nannte er mich, wenn uns niemand hörte, und ich lachte, ohne zu wissen, was genau es bedeutete.

Dass Etiennes Augen und Ohren immerzu in meiner Nähe zu sein schienen, begriff ich erst allmählich.

Ein paar Tage zuvor – er musste mich auf einem meiner Botengänge zu den Volieren beobachtet haben – hatte er mir gar vorgeworfen, mit dem Falkner zu liebäugeln, und ihn verdächtigt, mir nachzustellen. Wenn ich mich nicht so über Etiennes Misstrauen geärgert hätte, hätte ich laut gelacht.

»Du weißt ja nicht, was du da redest!«, hatte ich ihm stattdessen zugerufen. In mir brodelte der Unmut und ich verspürte große Lust, Etienne bewusst noch mehr zu verstimmen. Daher fügte ich patzig hinzu, dass ein Mädchen wie ich nicht alle Tage einem so stattlichen Falkner begegne und die Gunst der Stunde nutzen müsse.

Hätte ich damals doch nur meinen Mund gehalten!

Innerlich aufgewühlt versuchte ich meine Erregung zu verbergen und eilte an die Seite der Gräfin, die sich soeben von Meister de Paerni verabschiedete. Ich hielt meinen Blick gesenkt, um Etienne nicht mehr ansehen zu müssen.

Wenig später betraten die Gräfin und ich die Katharinenkapelle. Seit die Bauarbeiten an der neuen Kirche begonnen hatten, wurde die darunter liegende Kapelle nicht mehr für die Gottesdienste genutzt. Meine Herrin aber zog es täglich hierher. Sie sprach es nie aus, aber ich spürte, dass sie sich unweit der Gruft ihren verstorbenen Kindern so nahe fühlte wie nirgends sonst. Sie erlaubte mir, neben ihr in der Grafenloge zu bleiben, in der Nähe des Eisenbeckens, in dem rot glühende Holzkohle für etwas Wärme sorgte. Während sie sich ihrer Trauer hingab und still im Gebet versank, saß ich an ihrer Seite und versuchte, ebenfalls mit Gottes

Hilfe, meine Gedanken und mein Herz vom Streit mit Etienne zu reinigen. Es wollte nicht gelingen, denn schon nach kurzer Zeit waren von oben störende Geräusche vernehmbar, die nicht allein von den Handwerkern stammen konnten – Männerstimmen, das Zuschlagen der Kirchentür, Schritte über uns, die mal hierhin, mal dorthin hetzten. Gräfin Magdalene und ich wechselten einen fragenden Blick und als der Lärm mit der Zeit eher anschwoll, als dass er abebbte, erhob sich meine Herrin.

Wir verließen die Kapelle durch das Kasemattengewölbe und folgten dem Weg, der an der Mauer entlang zurück zum Wohnturm führte. Obwohl das Stimmengewirr hier nur gedämpft zu vernehmen war und uns das Gefühl gab, weit entfernt davon zu sein, beschlich mich eine sonderbare Ahnung. So, als hätte ich unbewusst bereits von der Schreckensnachricht gewusst. Ich glaube, die Gräfin spürte es ebenfalls, denn ohne ein Wort hastete sie vorwärts.

Je näher wir dem Wohnturm und dem Platz vor der Kirche kamen, umso deutlicher nahmen wir das vielstimmige Gemurmel wahr. Im gleichen Augenblick, da wir die große Anzahl der Menschen erkannten, kam uns der Obersthofmeister mit vor Anstrengung gerötetem Gesicht entgegengelaufen.

»Durchlaucht, wie entsetzlich!« Er keuchte wie die Stuckateure, wenn sie die aus dem mehrere Tagesreisen entfernten Iphofen herangeschafften Gipsbrocken vom Wagen luden.

»Ausgerechnet jetzt ist der Graf nicht zugegegen!« Auf seiner Stirn hatten sich Schweißperlen gebildet.

Ich hörte nicht, was die Gräfin antwortete, starrte nur immer geradeaus, sah Meister de Paerni mit zwei seiner Gehilfen und meinem Bruder Etienne an der weit geöffneten Kirchentür stehen.

Einer der Gehilfen gestikulierte wild. Mit von sich gestrecktem Arm wies er auf den kleinen Platz, auf dem sich dicht an dicht, die Köpfe reckend, das Gesinde drängte. Ein Tumult wie auf dem Jahrmarkt!

Die Gräfin raffte ihren Rock und schritt an mir vorbei. Da sah ich, dass Etienne sich aus der Gruppe löste und in meine Richtung bewegte.

»Was hat das zu bedeuten?«, rief ich ihm zu, als nur noch wenige Schritte zwischen uns lagen. Beim Anblick der aufgebrachten Menschenmenge vergaß ich den zuvor verspürten Ärger auf Etienne augenblicklich. Er beugte sich zu mir herunter.

»Ein Toter!«, erwiderte er leise und ich zuckte zusammen. Nicht, weil eine Leiche mir Angst machte, dafür hatte ich in den Monaten unserer Flucht zu viele Sterbende und Tote gesehen. Nein, es war die Art und Weise, wie Etienne die beiden Worte ausgesprochen hatte, fast stimmlos, als ob er ein Geheimnis preisgäbe, dabei war ich offensichtlich eine der letzten, die darüber in Kenntnis gesetzt wurden. Vom Platz drang anhaltendes Stimmengewirr zu uns herüber. Ich sah die Gräfin auf die Menge zugehen, den Obersthofmeister an ihrer Seite.

»Einer der Arbeiter?«, fragte ich Etienne. Wenn einer der Stuckateure vom Gerüst gestürzt wäre, hätte es mich nicht gewundert. Sie verbrachten Stunde um Stunde auf dem Rücken liegend auf dem aus hölzernen Latten gefertigten Tragwerk direkt unter der Decke. Es wäre nicht das erste Mal, dass einer der ihren bei einer unbedachten Bewegung von der Holzkonstruktion gefallen wäre. Aber warum dann dieser Auflauf?

»Nein, keiner von uns, zum Glück«, erwiderte Etienne. Noch immer hatte ich das schwarze Kleid meiner Herrin im Blick. Für einen flüchtigen Augenblick dachte ich an den kleinen Jungen, das letzte Kind, das ihr geblieben war. Es würde doch nicht …? Nein, Etienne hatte *Ein Toter* gesagt, was darauf schließen ließ, dass es sich um einen Erwachsenen handelte. Um einen Mann.

»Man hat ihn gefunden …« Außerstande, die Bruchstücke, die Etienne mir hinwarf, zusammenzusetzen, aber doch in der sicheren Gewissheit, dass hier kein Burgbewohner eines natürlichen Todes gestorben war, griff ich nach seinem Arm.

»Wen?« Ich hätte die Antwort am liebsten aus ihm herausgeschüttelt.

Er zog mich beiseite. »Sie haben ihn am Fuß der Ostmauer gefunden, jenseits des Burggeländes. Mit zertrümmertem Schädel. Leute aus dem Dorf. Sie kannten ihn. Alle hier kannten ihn. Sie haben ihn auf einen Wagen geladen und hierher gebracht.« Seine letzten Worte verloren sich in einem langgezogenen Schrei, der die Luft zerschnitt und damit die Rufe und Wortfetzen der Leute für einen Augenblick übertönte. Gräfin Magdalene!

Ich eilte an Etienne vorbei und drängte mich durch die Menge.

Seit ich auf der Burg lebte, hatte ich noch nie eine so große Anzahl von Menschen auf dem Platz gesehen! Man hätte meinen können, dass sich das gesamte Gesinde eingefunden hatte. Küchenjungen drängten sich zwischen die Zofen. Dienstboten standen Schulter an Schulter und reckten die Köpfe. Selbst der Turmwächter hatte seinen Posten verlassen und nahm zusammen mit dem Mundschenk umgedrehte hölzerne Transportkisten zu Hilfe, um über die anderen hinwegsehen zu können. Ich erkannte die Rossknechte und den Stallmeister, den Hufschmied, die Kinderfrau und inmitten der Menge den Obersthofmeister, der die Leute mit Worten zur Ordnung rief, die ungehört verklangen.

Dazwischen reckte ein Pferd mit schmutzig-grauem Fell seinen Kopf. Es war einer der stämmigen Kaltblüter, soviel wusste ich, auch ohne dass ich eine große Pferdekennerin war. In seiner Nähe bemerkte ich die Gräfin, umringt von drei Wachen, um Haltung ringend. Konnte der Tote Graf Wilhelm Moritz sein, der vor wenigen Tagen zu seiner Burg nach Braunfels aufgebrochen und noch nicht wieder zurückgekehrt war?

Ich trat zu ihr und bot ihr meinen Arm als Stütze an. Ihr Gesicht war noch bleicher als sonst und in ihren Augen schimmerten Tränen, die sich am unteren Lidrand sammelten, ohne herauszulaufen. Sie war eine Meisterin darin, ihren Schmerz hinter einer Maske aus Gleichmut zu verbergen. Daher wollte ich kaum glauben, dass sie den Schrei nicht hatte unterdrücken können. Er verriet das Ausmaß ihrer Qual.

An ihrem Gesichtsausdruck erkannte ich den inneren Kampf und ihren Widerwillen – sie wollte nicht inmitten all der Menschen die starke Burgherrin spielen, sondern hätte das Alleinsein in ihren Gemächern vorgezogen.

Da teilte sich die Menge, um die Gräfin hindurchtreten zu lassen. Nun erst bot sich mir der Anblick, den ich hatte ausblenden wollen und den ich bis zum heutigen Tage nicht vergessen habe.

Auf der Ladefläche des offenen Wagens, den der Kaltblüter über die Rampe zur Burg heraufgezogen hatte, lag der tote Körper eines Mannes.

Vorübergehend fürchtete ich, die Luft, die ich atmete, genüge nicht, um bei Bewusstsein zu bleiben. In meinen Ohren rauschte und sang es und hinter meiner Stirn breitete sich eine schwammige Leere aus, die mich von den Füßen zu reißen drohte. Die Fingernägel meiner Rechten krallten sich in meinen linken Unterarm.

Obwohl ich mir den Anblick des Toten hatte ersparen wollen, konnte ich nicht anders, als ihn unablässig anzustarren. Weil es nicht irgendjemand war. Weil es Richard war, der Falkner. Das dunkle Haar, der Zopf, seitlich über seiner Schulter, verschmutzt von einer dunklen, klebrigen Masse. Sein Gesicht, zur Seite gedreht, klumpiges, geronnenes Blut an seiner rechten Schläfe, ausgetreten aus einer klaffenden Schädelwunde, in die jemand notdürftig einen schmuddeligen Lappen gestopft und dem Kopf damit eine eigenartige Form verliehen hatte. Seine Augen waren geschlossen, *Dieu soit loué!*, ich hätte es nicht ertragen, wenn sie offen gestanden hätten. Sein linker Arm wirkte eigentümlich verrenkt, so als sei er gewaltsam aus dem Schultergelenk gerissen und nicht wieder in die ursprüngliche Stellung gebracht worden.

Das Gemurmel und Geraune flaute ab, als Gräfin Magdalene eine Hand hob.

»Wer hat ihn gefunden?«, rief sie, so fest sie es vermochte. Ich kannte sie inzwischen gut genug, um zu hören, dass sie sich verzweifelt bemühte, ihre Schwäche vor den Bediensteten zu verbergen.

Ein Mann trat aus der Menge, er trug die Kleidung der einfachen Leute, Holzschuhe, Wams, Kniebundhosen und darüber einen Lederschurz, dessen Zipfel er in den Bund gesteckt hatte, sodass er ihn nicht beim Gehen hinderte.

»Wer bist du?«, fragte Gräfin Magdalene.

Bei ihren Worten erstarb das Gemurmel vollends. Alle Blicke richteten sich auf den Mann, der sich jetzt mit einer hastigen Bewegung seine Mütze vom Kopf riss und sich vor der Gräfin verneigte.

»Gottfried Lang … der Büttner von Greifenstein. War mit dem Fuhrwerk unterwegs, Eisenbänder holen …«

Mit einer Handbewegung unterbrach die Gräfin ihn. Gleichzeitig warf sie einen Seitenblick in Richtung des Obersthofmeisters, der noch immer mit hochrotem Kopf in ihrer Nähe stand. Sie nickte ihm zu und er verstand.

»Geht wieder an die Arbeit«, rief er den Leuten mit einer raumgreifenden Bewegung beider Arme zu, »hier gibt es nichts mehr zu sehen! Los, ihr habt alle genug zu tun!«

Unter widerwilligem Murren zerstreuten sie sich. Während sich die Gräfin mit dem Büttner in die Abgeschiedenheit der Kirche zurückzog, verharrte ich wie zu einer Gipssäule erstarrt.

Richard tot. Zwei Worte, die in meinem Kopf dröhnten. Eine unabänderbare Gewissheit, die anzunehmen ich nicht bereit war. Noch nicht. Nicht in diesen schreckensvollen Augenblicken, in denen ich mich immerfort fragte, wie es nur hatte geschehen können.

Der Platz leerte sich. In einiger Entfernung bemerkte ich Gabriel, den Rossknecht. Er scherte sich nicht um die Aufforderung des Obersthofmeisters. Mit hängenden Schultern lehnte er an der Mauer, seinen Blick auf den Wagen mit Richards gewaltsam zugerichtetem Leichnam geheftet. Zuerst vermutete ich, sein Interesse gelte dem Kaltblüter. Doch der Ausdruck auf seinem Gesicht wirkte wie versteinert, so kannte ich ihn nicht.

»Was ist mit ihm?«, hörte ich eine Stimme hinter mir. Ich wandte mich um und stieß beinahe mit dem Kopf von Iovanni de Paerni zusammen, der von hinten an mich herangetreten war.

»Bitte vergebt!« Er lachte und wich eine Handbreit zurück. Aus dieser Nähe fielen mir die feinen Fältchen auf, die sich um seine

146

Augen in die Haut gegraben hatten. Er war ein Mann von Reife und es schmeichelte mir, dass ich ihm allem Anschein nach gefiel. Trotz meiner krausen Haare, die keiner Farbe zuzuordnen waren und die ich selbst für meinen größten Makel hielt. Ich beeilte mich, den Abstand zwischen uns auf das Maß zu vergrößern, das die Etikette vorschrieb, bevor Etienne uns entdecken konnte.

»Habt Ihr ihn gekannt?«, fragte Iovanni de Paerni, ohne weiter auf Gabriel einzugehen.

»Nicht richtig, nein«, antwortete ich. »Aber ich habe die Gräfin häufig begleitet, wenn sie ihn traf.«

Ich biss mir auf die Zunge, um nichts von der Bindung zwischen Gräfin Magdalene und Richard auszuplaudern. Die Pflicht zur Verschwiegenheit war eine der ersten Regeln, die man mich gelehrt hatte, als ich in die Dienste meiner Herrin trat. Eine Brise strich über die Ostmauer und über den Wagen, auf dem Richard lag. Der Kaltblüter schnaubte. Wie still, wie friedlich es mit einem Mal geworden war!

»Wie rasch sich der Platz geleert hat«, sagte ich leise.

»Nur einer ist geblieben.« Mit einer Kopfbewegung deutete er hinüber zu Gabriel.

»Er scheint zu trauern«, sagte ich. »Vielleicht waren sie befreundet.« Ich wusste zu wenig über die beiden.

»Josephine!« Die Stimme meines Bruders. Ich drehte mich zu ihm um. Mit verdüsterter Miene und festem Griff schob er mich fort von Meister de Paerni.

»Ein ehrbares Mädchen lässt sich nicht von Männern in ein Gespräch verwickeln«, raunte er mir zu, als wir uns außer Hörweite befanden.

»Es ist der Stuckateurmeister!«, erwiderte ich missmutig, als genüge diese Tatsache, um Iovanni de Paerni damit zu entlasten.

»Was heißt das schon? Siehst du nicht, wie er dich mit seinen Augen verschlingt?«

»Etienne, ich bitte dich! Wir haben ein paar Sätze gewechselt, weiter nichts!«

Mit einer unwilligen Bewegung drehte ich mich von ihm weg. Allmählich empfand ich die Unterstellungen meines Bruders nicht mehr nur als lästig, sondern vor allem als beleidigend. Ich sah mich um. Offensichtlich hatte die Gräfin alle Arbeiter aus dem Innenraum der Kirche nach draußen geschickt, um die Befragung des Büttners ungestört durchführen zu können. Iovanni de Paerni, umringt von seinen Gehilfen, hielt sich abseits.

Ich beschloss, mich nicht auf eine Diskussion mit Etienne einzulassen, ließ ihn stehen und betrat die Kirche.

An der Tür hatte der Obersthofmeister Position bezogen und meine Herrin und der Büttner standen unterhalb der Kanzel, der einzigen Seite der Kirche, an der kein Baugerüst errichtet worden war. Feiner Gipsstaub bedeckte den Fußboden, aber an jenem Tag scherten wir uns nicht um unsere Kleider.

»Ich konnte nicht genau erkennen, was es war«, hörte ich den Büttner sagen, als ich mich ihm und der Gräfin genähert hatte. »Ganz nah an der Mauer, hinterm Gestrüpp. Zuerst dachte ich, es ist ein verendetes Tier, der Kopf ragte aus den Büschen heraus, ich konnte seine Haare sehen. Ich hielt den Wagen an und ging zu ihm. Er war mausetot, wahrscheinlich schon ein paar Stunden. Seine Haut war fleckig, daran hab ich es erkannt. Ich hab den Lehrjungen und ein paar Männer aus dem Dorf gerufen. Mit vereinter Kraft haben wir den armen Kerl aus den Büschen gezogen. Es war nicht einfach, ich nehme an, er hat keinen Knochen im Leib, der heil geblieben ist.«

»Woher weißt du das?« Das Gesicht der Gräfin wirkte noch durchscheinender als sonst. Welche Kräfte sie aufbrachte, die Befragung durchzustehen, konnte ich nur erahnen.

»So was merkt man, Durchlaucht, wenn man einen aufhebt und auf den Wagen lädt. Alles an ihm war wie Haferbrei, wir wussten nicht, wo wir ihn anfassen sollten. Und als ich ihn erkannt habe, wurde es mir ganz schlecht. So einen Tod hat keiner dem Richard gewünscht.« Beim letzten Satz brach seine Stimme. Mit beiden Händen fuhr er sich über sein stoppelbärtiges Gesicht. »Mein Lebtag werde ich seinen Anblick nicht vergessen.«

Ich blieb in einigem Abstand stehen, doch nah genug, um jedes Wort zu hören. Die Gräfin sprach aus, was ich dachte.

»Glaubst du, jemand hat ihn zusammengeschlagen?« Unvermittelt hielt ich die Luft an.

»Schwer zu sagen«, erwiderte der Büttner. Er kratzte sich am Hinterkopf. »Wenn Ihr meine Meinung hören wollt, Durchlaucht ...« Sein Blick glitt zum Obersthofmeister an der Tür und streifte auch mich. Als er weitersprach, senkte er die Stimme.

»Es gibt ja nur zwei Möglichkeiten. Entweder hat man ihn zu Tode geprügelt – aber dann müsste es einen zweiten geben, seinen Gegner, der zumindest schwer verletzt ist. Denn ich kann mir nicht vorstellen, dass Richard sich kampflos hat zusammenprügeln lassen.«

»Oder?«

»Oder er ist von der Mauer gestürzt.«

»Aber warum sollte er mitten in der Nacht ... oder am frühen Morgen – wir wissen ja nicht, wann es geschehen ist – dort herabstürzen?«

Eine beängstigende Ahnung stieg in mir auf.

»Du glaubst doch nicht, dass er gestoßen wurde?« Bleischwer hingen die Worte der Gräfin in der Luft. *Gestoßen wurde …*

Der Büttner nestelte mit beiden Händen an seiner Mütze.

»Gräfin Magdalene?« Die Stimme des Obersthofmeisters. Meine Herrin wandte sich um. Mit flinken Schritten rauschte der Hofprediger Herminghaus am Obersthofmeister vorbei. Sein schlohweißes Haar hing ihm zerzaust auf die Schultern herab und die unausgesprochene Frage war ihm an den Augen abzulesen. Wohin mit dem Leichnam? Für Selbstmörder und andere nicht auf natürlichem Weg zu Tode Gekommene war es nicht vorgesehen, sie aufbahren und aussegnen zu lassen. Herminghaus rang nach Atem. Offensichtlich hatte er den Weg vom Dorf bis hierher im Eilschritt zurückgelegt.

Mit ihren Gedanken noch bei der vormals gedachten Vermutung nickte die Gräfin ihm zu. »Nur jemand, der auf der Burg lebt, hat auch in der Nacht Zugang zur Mauer und könnte … er könnte Richard … nun, er könnte ihn …« Wie leid sie mir in diesem Augenblick tat! Außerstande, die nötigen und zugleich so schmerzhaften Worte herauszubringen, brach sie ab und sah mich Hilfe suchend an.

Der Obersthofmeister war hinzugetreten. Er räusperte sich. »Es ist meines Erachtens nicht nur möglich, Durchlaucht, sondern wahrscheinlich.«

Gräfin Magdalene rang nach Luft. »Ihr wisst, was das bedeutet?«

Alle schwiegen. Der Hofprediger stieß hörbar seinen Atem aus und meine Herrin versuchte, die Fassung zu wahren, ich sah es an ihren bebenden Schultern.

»Und wer, glaubt Ihr, hätte einen Grund für eine so niederträchtige Tat?«

Ihre Stimme wurde zerbrechlich wie feinstes Glas. Sie erreichte kaum meine Ohren, verlor sich in der zähen dicken Wolke, die mich mit einem Mal umgab und die meine Sinne nicht durchdringen konnten. *Wer hätte einen Grund?* In meinem Inneren krampfte sich etwas jäh zusammen. Meine Beine zitterten. Gleichzeitig stieg ein Verdacht in mir auf, rabenschwarz und beunruhigend bis ins Mark. Ein Flimmern wie von Sonnenstrahlen, die auf einer Wasseroberfläche glitzern, erschwerte mir das Sehen und machte mich schwindelig. Auf der Suche nach Halt streckte ich die Hand aus und tastete nach der Wand. Das Flimmern verstärkte sich. Die Wange an das kühle Mauerwerk geschmiegt, schloss ich die Augen und gab mich der Leere hin.

Ein beherzter Griff bewahrte mich davor, auf dem Boden aufzuschlagen. Ich musste für einen Augenblick ohnmächtig geworden sein. Zu benommen, um zu erkennen, dass es niemand anders als Meister de Paerni war, in dessen Armen ich mich wiederfand, versuchte ich umständlich, mich aufzurichten. Das Zittern in meinen Beinen trug nicht gerade dazu bei, dass es ohne weiteres gelang.

»Josephine, du Ärmste, ist dir nicht wohl?«, hörte ich die besorgte Stimme der Gräfin. Gleichzeitig nahm ich Etienne neben mir wahr. Und wieder stieg der unsägliche Verdacht in mir auf. *Und wer, glaubt Ihr, hätte einen Grund für eine so niederträchtige Tat?*

Argwöhnisch funkelten Etiennes Augen. Ohne ein einziges Wort gab er mir zu verstehen, dass ich mich in einer überaus ungehörigen Situation befand, die sofort abgewendet werden musste. Der Zwiespalt in meinem Inneren wuchs.

Mit beiden Händen glättete ich mein Kleid. Ich wollte Etienne nicht ins Gesicht sehen, wollte das alles nicht wahrhaben, nicht über einen Verdacht nachdenken müssen, der mir Angst einflößte.

»Fühlt Ihr Euch besser?«, fragte Iovanni de Paerni. Noch immer ruhte seine Hand an meinem Rücken, in Höhe des Rockbundes, leicht wie eine Feder und mit sanftem Druck, der ein wohliges Kribbeln in mir auslöste.

Es gefiel mir, dass er offensichtlich besorgt um mein Wohlergehen war. Anders als Etienne, der jetzt seine Stirn in ungezählte Falten legte. Es ärgerte mich, dass er mir seine grundlosen Unterstellungen selbst in diesem Augenblick signalisierte. Wie schon einmal verspürte ich auch jetzt wieder den Drang, seinen Ärger zu schüren. Ein törichtes Verhalten, das ich bereuen sollte.

»Danke, Meister de Paerni, wie gut, dass Ihr in der Nähe wart.« Ich schenkte ihm ein entzückendes Lächeln und er erwiderte es. Mit stiller Genugtuung konnte ich aus den Augenwinkeln erkennen, wie der Unmut in meinem Bruder kochte.

»Vergebt«, antwortete ich, jetzt an die Gräfin gewandt, »ich weiß nicht, warum ich plötzlich …«

»Schon gut«, sagte sie leise. »Vielleicht ist es der Gipsstaub in der Luft. Geh für einen Augenblick nach draußen.«

»Erlaubt Ihr, dass ich Eure Zofe begleite?«, fragte Iovanni de Paerni und ich jubilierte innerlich, als die Gräfin seine Bitte mit einem zustimmenden Nicken beantwortete. Ohne meinen Bruder anzusehen, verließ ich am Arm des Stuckateurmeisters die Kirche.

Als wir ins Freie traten, sog ich tief die Luft ein. »Mein Bruder ist wachsamer als die Hunde des Grafen!«

Iovanni de Paerni lachte, als hätte ich einen Scherz gemacht. »So lange er die Zähne nicht ebenso fletscht wie sie!«

Ich rang mir ein gequältes Lächeln ab. In mir aber kam die grausame Ahnung wieder hoch. War Etienne imstande, aus seinem überzogenen Argwohn heraus zu morden? Die Vorstellung, mein

Bruder könne zu dieser Art Vergeltung imstande sein, trieb mir einen eiskalten Schauer über den Rücken. Daran änderten auch die Sonnenstrahlen nichts, die jetzt über den kastigen Bau der Kirche hinweg auf den Wagen trafen, der noch nicht von der Stelle bewegt worden war. Sie tauchten die Szenerie in ein weiches Licht, das sich falsch anfühlte, weil es den Geschehnissen nicht angemessen war. Wie konnte die Sonne den Tod, der auf so grauenvolle Weise sein Werk vollendet hatte und noch immer leibhaftig vor uns auf dem Wagen des Büttners lag, mit einer solchen Fülle an Wärme und Licht umgeben? Wieder fröstelte ich innerlich.

»Ich habe keine Angst vor Eurem Bruder, Josephine«, sagte Iovanni de Paerni. Wie ich heftete auch er seinen Blick auf den Wagen. Inzwischen hatte der Obersthofmeister veranlasst, Richards Leichnam mit einem Tuch zu bedecken, was aber die Erinnerung an den Anblick seines geschundenen Körpers nicht aus meinem Kopf verbannte.

Das Sonnenlicht wärmte meine Stirn und ich wünschte mir, es könne meine Haut durchdringen, die schwarzen Gedanken vertreiben und zugleich das Bild meines Bruders, wie er Richard den Todesstoß versetzte, aus meinem Kopf löschen. In meiner Vorstellung formten sich entsetzliche Einzelheiten und ich schüttelte mich wie ein Hund nach dem Regen, um sie loszuwerden. Verzweiflung überkam mich und Angst vor der Wahrheit. Denn sollte sich herausstellen, dass Richards Mord ein Racheakt gewesen war und mein Bruder seinen Tod herbeigeführt hatte, stand außer Frage, dass ich die Schuld daran trug!

»Glaubt Ihr«, begann ich, »ich meine, wie kann Eurer Meinung nach …?« Ich brach ab, suchte nach Worten. Der Kaltblüter stand regungslos wie eine in Bronze gegossene Figur.

»Wie kann ein Mann einen anderen Mann von der Mauer sto-
ßen?«, setzte ich ein zweites Mal an. »Ist nicht eine ungeheure Kraft
vonnöten, einen Mann von Richards Statur hinüberzuwerfen?«

»Es ist anzunehmen, dass der Falkner geschwächt war, bevor er
heruntergestoßen wurde.«

Wir sprachen, ohne einander anzusehen, die Blicke auf den
Wagen mit Richards Leichnam gerichtet. »Er war von kräftiger Statur und dürfte den meisten hier körperlich überlegen gewesen sein.«

»Geschwächt? Was meint Ihr damit?« Es gelang mir nicht, den vor
Kraft strotzenden Richard mit Schwäche in Verbindung zu bringen.

»Vielleicht durch Gift, das man ihm zuvor verabreicht hatte,
etwas, das Benommenheit hervorruft und ihn unfähig machte, sich
zu wehren.«

»Aber würde man es einem Menschen nicht ansehen, wenn er
vergiftet wurde?«

»Ihr meint, nach seinem Tod?«

»Ja! Ihr kennt doch die Beeren, nach deren Verzehr sich Schaum
im Mund bildet. Glaubt Ihr nicht, dass man nach dem Tod so
etwas erkennen würde?«

Er zuckte mit den Schultern. »Ich könnte euch erklären, wie
man guten Stuckmörtel herstellt, aber die Anzeichen einer Vergif-
tung vermag ich nicht zu deuten.«

Ich überlegte, dass der Burggarten mit seinen vielen verschiedenen Pflanzen jemandem, der sich mit Kräutern auskannte, sicher
eine große Vielfalt bot. Aber dies allein genügte nicht. Irgendwie
hatte der Mörder Richard das Gift ja verabreichen müssen. Plötzlich überkam mich ein Gefühl, als ob mein Kleid mir zu eng wäre.
Die Sorge, Schwindel und Übelkeit könnten mich erneut zu Fall
bringen, trieb mich dazu, ein paar Schritte zu gehen.

Dabei bemerkte ich im Schatten der Mauer eine auf der Erde zusammengekauerte Gestalt. Gabriel. Er hatte seine Beine dicht an den Körper gezogen, die Arme darauf verschränkt und den Kopf darin vergraben. Seine Schultern zuckten wie in einem lautlosen Weinkrampf.

»Seltsam«, murmelte ich.

»Ganz und gar nicht seltsam«, hörte ich da die Stimme der Gräfin neben mir.

»Richard war Gabriels Bruder.«

An den beiden folgenden Tagen lebte ich, als sei ich in ein Schneckenhaus gekrochen. In meiner Vorstellung bildete sich um mich herum eine Schale, die alles Äußere und die grausame Wirklichkeit von mir fernhielt. Es mag ein eingebildeter Schutz gewesen sein, aber er wirkte. Mit seiner Hilfe war ich imstande, hinzunehmen, was ich sonst nicht hätte ertragen können. Allein mit meiner bitterbösen Ahnung, Etienne könne Richard mit Gift wehrlos gemacht und ihn anschließend über die Mauer gestoßen haben, war ich gezwungen, sie wie einen ungeliebten Gast zu dulden. Gleichzeitig hatte ich Haltung zu bewahren und meiner Herrin eine verlässliche Dienerin zu sein. Während sie, nachdem die Türen ihrer Gemächer zugefallen waren, in haltloses Schluchzen ausbrach, das sie vor mir und den beiden Kammerfrauen nicht verbarg, zwang ich mich zu einer nach außen getragenen Stärke, die nichts von meinem inneren Aufruhr verriet.

Nichts und niemand war imstande, das Leid meiner Herrin zu lindern, nicht einmal die Anwesenheit ihres Sohnes, den die

Kinderfrau ihr brachte, aber nach kurzer Zeit wieder mitnahm, da die rot geweinten Augen seiner Mutter ihn verstörten.

Auf Veranlassung von Gräfin Magdalene hatte man Richard in der Katharinenkapelle aufgebahrt. Mit sichtlicher Verwirrung waren der Obersthofmeister und Hofprediger Herminghaus ihrer Aufforderung nachgekommen.

Richard sah aus, als würde er schlafen. Jemand hatte das getrocknete Blut von seiner Schläfe gewaschen und die Schädelwunde mit einem sauberen Tuch abgedeckt. Sein Körper ruhte bis zum Kinn unter einem weißen Laken. Nur die schwarzblauen Schatten rings um die Augen erinnerten an die Unbarmherzigkeit, mit der der Tod ihn ereilt hatte. Gräfin Magdalene wachte bei ihm, Stunde um Stunde, den schwarzen Spitzenschleier tief ins Gesicht gezogen, nicht fernab in der mit gepolsterten Sesseln ausgestatteten Grafenloge, sondern in einer der einfachen Holzbänke in seiner Nähe. Sie bat mich, an ihrer Seite zu bleiben, und so verbrachten wir eine ganze Nacht und den darauf folgenden Vormittag eingehüllt in den Rauch der Totenkerzen im Dämmerlicht der Kapelle. Die Arbeiten in der neuen Kirche waren für die Zeit der Totenwache eingestellt worden, sodass eine gespenstische Ruhe herrschte.

Eine Küchenmagd brachte ofenfrisches Brot und gewürzten Wein, aber die Gräfin schickte sie fort, ohne etwas zu sich zu nehmen. Außer mir ahnte niemand etwas von dem Abgrund, in den Richards Verlust sie gestürzt hatte und wo sie nun allein zurückgeblieben war – mit dem zerbrochenen Traum von der Falkenseele.

Die Gedanken bauten Türme in meinem Kopf, die höher waren als der Bergfried. Über ihnen schwebte die Anklage gegen mich selbst und meine nicht zu vergebende Schuld, denn Etienne hätte keinen Grund gehabt, Richard zu töten, wenn ich den Männern aus dem Weg gegangen wäre, wie ein sittsames Mädchen es tun sollte. Hatte ich nicht während meiner Ausbildung auf der Burg gelernt, dass tadelloses Benehmen, würdiges Auftreten und Zurückhaltung in Gesellschaft anderer zu den Tugenden einer Zofe zählten? Hätte ich all das doch nur mehr beherzigt! Ich hätte Etienne keinen Grund zum Ärger gegeben und damit das Unglück verhindern können. Möglicherweise hatte er auch beobachtet, wie ich Richard eine Botschaft meiner Herrin übergeben hatte. Dies aber hätte ich nicht verhindern können, denn Befehle Ihrer Durchlaucht hatte ich zu befolgen. So grub ich mich tiefer und tiefer in die finstersten Gespinste und als es Morgen wurde, hatte die Gewissheit bereits in meinem Herzen Wurzeln geschlagen: Ich allein trug die Schuld an Richards Tod!

Ich erbat mir eine kurze Pause vor der Tür und die Gräfin gewährte sie mir. Kalt schlug mir die Luft des frühen Morgens entgegen. Die beiden Wachen rechts und links vor dem schmalen Tor, gerade noch in ein leises Gespräch vertieft, verstummten, als ich an ihnen vorbei ins Freie trat. Ich ging, fest in meinen wollenen Umhang gehüllt, an der Mauer entlang, durch die Pforte, an Wohnturm und Marstall vorbei, bis ich die Ostmauer am Geschützturm erreichte. Das Dilltal lag verborgen unter dichtem Nebel, nur undeutlich zeigte sich der erste helle Streifen am Horizont. Der Anbruch des Tages vermittelt mir seit jeher etwas Tröstliches. Bei Tag verlieren die Geister der Nacht ihren Schrecken.

Ich füllte meine Lungen mit der feuchten, kalten Luft. Eine ganze Weile stand ich dort, ehe mich herannahende Schritte aus meinen Grübeleien rissen.

Jemand trat neben mich. Ich fuhr herum.

»Er ist in der Kapelle, nicht wahr?« Gabriels heller Schopf schälte sich aus der Dämmerung. Seine Stimme klang müde. Mit einer Hand fuhr er über den Mauersims.

»Ich wusste nicht, dass er dein Bruder war«, sagte ich leise.

»Halbbruder. Nachdem meine Mutter gestorben war, heiratete mein Vater wieder. Richard wurde schon kurz nach der Hochzeit geboren. Ich war erst vier Jahre alt. Zu klein, um zu begreifen, dass ich von nun an keine Bedeutung mehr für meinen Vater hatte, aber alt genug, um Fragen zu stellen.«

»Wurden sie dir beantwortet?«

Er schüttelte den Kopf. »Es liegt lange zurück. Später habe ich sie mir selbst beantwortet.«

Wir schwiegen. Blicke und Gedanken wanderten über die Mauerbrüstung hinweg in die Dunstschleier.

»Ich habe niemanden mehr.« Es war das erste Mal, dass wir so miteinander sprachen, aber es war leicht, so, als hätten wir es schon hundertmal getan.

»Du hast mich«, sagte ich aus einer inneren Eingebung heraus. Die Worte waren ausgesprochen, ehe ich weiter darüber nachdenken konnte, aber ihr Klang und ihr Geschmack auf meiner Zunge fühlten sich nicht falsch an. Dass Etienne, sobald er Wind davon bekam, außer sich sein könnte und ich Gabriel in Gefahr brachte, blendete ich aus. Vergessen waren meine Bedenken und meine Reue. Wir lächelten uns an und von da an hatte ich einen Gefährten.

»Soll ich die Gräfin bitten, dich zu ihm zu lassen?«, fragte ich ihn.

»Nein!« Seine Augen glänzten im Nebel. »Ich will ihn in Erinnerung behalten, wie er war.«

Ich respektierte seinen Wunsch. Seine Trauer ging mir zu Herzen und so wunderte ich mich nicht darüber, dass er Richards Begräbnis auf dem Greifensteiner Kirchhof fernblieb. Ich versuchte ihn zu trösten, ihn abzulenken von seinem Schmerz. Wann immer meine Pflichten als Zofe es zuließen, stahl ich mich davon und lief quer über den Burghof, durch die Innere Pforte zu den Ställen. Ich vermied es, Etienne zu begegnen und wartete mit bangem Herzen auf den Tag, an dem Graf Wilhelm Moritz zurückkehren würde. Dann nämlich würde die Suche nach dem Mörder des Falkners beginnen.

In unbeobachteten Augenblicken führte Gabriel mich durch die Stallungen, er zeigte mir die edlen Rösser des Grafen, kohlschwarze Rappen mit seidig glänzenden Mähnen, und das Fohlen, das erst vor wenigen Wochen geboren worden war. Wenn er über die Pferde sprach, tat er es mit solcher Hingabe, dass ich die Liebe spürte, die er für sie hegte. Ich war froh, dass es etwas gab, was seinen Schmerz über den erlittenen Verlust milderte.

Über Richard sprachen wir nie. Gabriel wehrte jeden Versuch meinerseits ab und ich begriff, dass es ihm zu weh tat.

Dagegen erkundigte er sich häufig nach dem Befinden von Gräfin Magdalene. Anfangs wunderte ich mich über seine Anteilnahme und dass er sich auf eine so rührende Weise um ihr Wohlergehen sorgte. Aber schon bald schwand mein Erstaunen, weil ich davon überzeugt war, dass sich dadurch seine Trauer um Richard verlagerte und er leichter daran trug. Hin- und hergerissen zwischen meiner Pflicht zur Verschwiegenheit und dem Bedürfnis, Gabriel eine verlässliche Gefährtin sein zu wollen, beantwortete ich alle seine Fragen. So floss über meine Lippen, was die Gemächer meiner Herrin nicht hätte verlassen dürfen. Unsere gemeinsamen

Stunden erschienen mir wie Hoffnungsfunken, konnten aber die Not in meinem Herzen nicht abschwächen. Ich litt still an meinen ungesagten Worten, weil ich Gabriel nicht mit meinen eigenen Sorgen belasten wollte. Doch eines Tages war er es, der damit anfing.

»Was ist mit dir, Josephine?« Wir saßen, unsere Rücken an die Stallwand gelehnt, im frischen Heu. Inzwischen war mir der Stallgeruch, diese Mischung aus Leder, Heu und dem unverwechselbaren Duft der Pferdeleiber, vertraut und ich fand Gefallen am Geräusch von mahlenden Pferdekiefern in der Nähe. Gabriel machte es mir leicht, wieder in die Haut des lebensfrohen Mädchens aus der Dauphiné zu schlüpfen, das sich nicht um verschmutzte Kleider scherte und flink wie ein Eichhörnchen die Apfelbäume erklimmen konnte.

»Was soll mit mir sein?«, gab ich etwas herablassend zurück.

»Du trägst etwas mit dir herum«, erwiderte er.

»Woran merkst du das?«

Ich senkte den Kopf, spielte mit einem Halm, knickte ihn, strich ihn glatt, knickte ihn erneut. Gabriel wartete.

»Niemand weiß davon«, flüsterte ich ihm zu, dankbar für die Gelegenheit, endlich freilassen zu dürfen, was mir seit Tagen wie ein Stein auf dem Herzen lag. »Versprich mir, dass du schweigst.«

Um mir zu zeigen, wie ernst er meine Bitte nahm und wie ehrlich er es meinte, schlug er sich mit der flachen Hand auf die Brust, ohne mich dabei aus den Augen zu lassen. Niemand war in der Nähe, aber ich flüsterte, weil ich nicht sicher sein konnte, ob sich nicht doch einer der anderen Rossknechte in Hörweite aufhielt.

»Ich glaube, ich weiß, wer Richard von der Mauer gestoßen hat!«

Gabriels Gesichtszüge froren ein. Die geröteten Wangen verloren ihre Farbe, wirkten plötzlich so bleich, als fließe kein Blut mehr in ihnen. Augenblicklich schalt ich mich eine Närrin! Wie konnte ich ihn nur auf diese ungehobelte Weise an den grausamen Tod seines Bruders erinnern!

»Verzeih, Gabriel!« Ich sprang auf, warf den Halm fort, rang meine Hände. »Ich hätte nicht davon anfangen sollen. Es tut mir leid. Bitte vergib mir!«

»Schon gut«, entgegnete er. Er wirkte ruhig, hatte sich schnell gefangen. Mit einer Hand klopfte er auf den Platz neben sich, wo ich zuvor gesessen hatte. »Komm, setz dich und erzähl es mir.«

Ich sank neben ihm auf den Boden, versicherte mich zwei weitere Male, ob er mir wirklich zuhören wolle, und begann zu erzählen. Von Etienne und dem Versprechen, dass er einst meinen Eltern gab, von seinem Argwohn, seinem übersteigerten Drang, mich mitsamt meiner Ehre und Keuschheit beschützen zu wollen und schließlich von meinem Verdacht.

Gabriel unterbrach mich nicht. Eindringlich heftete er seinen Blick auf mein Gesicht und nachdem ich geendet hatte, legte er seine Rechte auf meine. »Das darfst du nicht für dich behalten, Josephine.« Mit sanftem Druck unterstrich er das Gesagte.

»Ich weiß es ja selbst! Aber ich kann doch nicht meinen eigenen Bruder ausliefern!«

»Willst du einen Mörder decken? Kannst du damit leben, Josephine? Du bist ein Mädchen, nach dem sich die Männer umdrehen, es wird immer wieder einen geben, der dir schöne Augen macht. Willst du warten, bis der Nächste am Fuß der Mauer gefunden wird?«

»Aber wenn mein Verdacht falsch ist? Etienne wird mich ...«

Er fiel mir ins Wort. »Nichts wird er. Du bist sicher. Ich werde dich beschützen.« Mit seinem Daumen strich er mir sanft über die Wange.

Meine Kehle fühlte sich ausgedörrt an. Gleichzeitig stiegen Tränen in meinen Augen auf und ich blinzelte und rieb sie mit beiden Händen fort.

»Meine Sonne«, hörte ich Gabriels Stimme leise an meinem Ohr. Seine Arme umschlangen mich, ich roch den Stallduft in seinen Kleidern, legte den Kopf an seine Schulter und weinte wie ein Kind, während er mich hielt.

Tags darauf kehrte Graf Wilhelm Moritz mit seinem Tross zurück aus seinem Herrscherhaus in Braunfels. Im Nu wimmelte es im Burghof von uniformierten Männern, Pferden, Wagen. Die Pferdeknechte hatten alle Hände voll zu tun, die von der Reise ermüdeten Tiere zu den Stallungen und Wassertrögen zu führen. Der Fahnenmeister beeilte sich, die Wappenfahne mit der Reichsgrafenkrone zu hissen und kurz darauf kündete sie flatternd von der Anwesenheit des Grafen. Im Nu lief das Gesinde herbei und hieß den Burgherrn und seine Begleiter mit Wein aus schweren Pokalen willkommen. Selbst die Stuckateure, mit vom Gipsstaub weiß gepuderten Haaren und Hemden, unterbrachen ihre Arbeit und mischten sich unter die Menge. Doch Jubel und Wiedersehensfreude waren überschattet vom heimtückischen Mord an Richard.

Da ich in den letzten Tagen vermieden hatte, Etienne über den Weg zu laufen, erschrak ich, als ich ihn im Burghof inmitten der Menschenmenge sah. Er winkte mir zu und ich hob zaghaft die Hand, um seinen Gruß zu erwidern.

»Endlich wieder Freude hier!«, rief er mir über die Köpfe der anderen hinweg zu. Ich verstand ihn kaum im Gejohle ringsumher. Wie konnte er nur das Wort Freude in den Mund nehmen?

»Vergiss nicht, dass er noch ein anderes Gesicht hat«, raunte Gabriel mir zu. Ruckartig drehte ich mich zu ihm um, doch schon war sein flachsfarbener Schopf in der Menge untergetaucht, unsichtbar geworden für Etiennes geschärften Blick.

Aber seine Bemerkung hallte in mir nach, bestätigte mich und schenkte mir den nötigen Mut, mich am Abend Gräfin Magdalene anzuvertrauen. Sie hörte mir zu und schickte einen Boten mit der Nachricht in die Gemächer ihres Gemahls.

Danach ging alles sehr schnell.

Während ich diese Zeilen niederschreibe, habe ich das Gefühl, den Schrecken jener Tage ein zweites Mal zu durchleben. Dass ich meinen Bruder des Mordes beschuldigte, tat ich nicht zuletzt, um Gabriel zu schützen. Es war die Angst, Etienne könne uns beide irgendwann zusammen entdecken und in seinem krankhaften Misstrauen zu etwas imstande sein, worüber ich mir verbot nachzudenken. Von Iovanni de Paerni hielt ich mich fern, da auch er Etiennes Argwohn bereits geweckt hatte. Wenn ich ihm in der Nähe der Kirche begegnete und er mich auf seine liebenswürdige Art grüßte, zwang ich mich dazu, es entgegen meinem Willen bei einem knappen Kopfnicken zu belassen und wortlos an ihm vorbeizueilen.

Noch in der gleichen Nacht wurde Etienne in der Jungfer festgesetzt, dem rundgebauten Gefängnisturm neben dem Teich, den wir Plankenpfuhl nannten und der sich auf der innenliegenden Seite der Talmauer befand. Sie legten Etienne beim Verhör, das sieben Tage lang dauerte, in eiserne Manschetten und gaben ihn auf dem Dorfplatz im Pranger dem Spott der Dorfleute preis. Mit Händen und Füßen in Eisenklammern eingeschlossen, war er der Häme ausgesetzt, die sie ihm ins Gesicht spuckten.

Ich fand keinen Schlaf mehr, warf mich von einer Seite auf die andere, dazu verdammt, die Schuld zu ertragen, die ich auf mich geladen hatte, indem ich meinen eigenen Bruder angeklagt hatte. Einmal schlich ich mit bangem Herzen bis zum Plankenpfuhl. Wie lange ich dort verharrte, weiß ich nicht. Ich stand da und dachte an unsere Kindheit in der Dauphiné zurück, an die unbeschwerten Tage in den Kiefernwäldern und wie Etienne mich lachend auf dem Rücken über die Wiesen getragen hatte. Als die Erinnerungen mich verließen, rannen mir Sturzbäche aus Tränen übers Gesicht.

Gabriel war mir in dieser Zeit ein treuer Gefährte, sein Trost half mir über die schweren Stunden hinweg und dank seiner Ermutigungen gelang es mir, die immer wiederkehrenden Zweifel zu verdrängen.

Der Sommer wich dem Herbst und als die Winterkälte überstanden war, wurde es wieder Frühling. Ein ganzes Jahr war Richard nun bereits tot und fast ebenso lange saß Etienne in Haft, ohne zu gestehen. Man hatte ihn darüber in Kenntnis gesetzt, dass ich ihn der Tat beschuldigt hatte, weshalb ich es nicht fertigbrachte, ihn in seinem feuchten Verlies in der Jungfer zu besuchen. Ich schämte mich und trug an manchen Tagen so schwer an meiner Schuld, dass ich mir wünschte zu sterben. Hätte Gabriel mich nicht fortwährend darin bestärkt, richtig gehandelt zu haben, wäre ich unter der Last meines Gewissens zerbrochen.

Meine Herrin, die mit Fieber und Husten das Bett zu hüten hatte, trug mir an Richards Todestag auf, ein Licht an seiner Grabstätte anzuzünden.

Es war ein paar Tage vor Ostern. Nach der Schneeschmelze sehnten die Leute im Dilltal die Wärme und das Licht des Frühlings herbei, doch beides ließ auf sich warten. An jenem Tag trieb ein für die Jahreszeit viel zu kalter Wind graue Wolken über den Greifenstein und fauchte um die Türme. Ich zog die Kapuze meines Umhangs tief ins Gesicht und lief mit einer Laterne und der darin brennenden Wachskerze hinunter ins Dorf und weiter zum Kirchhof. Ich stemmte mich gegen den Wind und achtete darauf, mit meinen guten, rindsledernen Stiefeln nicht in die Pfützen zu treten. Als ich mich Richards Grab bis auf wenige Schritte genähert hatte, stockte ich, weil sich die Umrisse einer Gestalt dunkel gegen das Dämmerlicht abzeichneten. Inzwischen kannte ich Gabriel lange genug, um ihn an der Statur zu erkennen. Ihn am Todestag seines Bruders hier zu sehen, erstaunte mich, denn bisher hatte er es vermieden, seine Grabstätte zu besuchen.

Der Wind blähte meinen Umhang auf und blies mir ins Gesicht. Ich freute mich, Gabriel in der Nähe zu wissen, aber je weiter ich ging, desto verhaltener wurden meine Schritte. Etwas stimmte nicht mit Gabriel. Seine Schultern hingen matt herab, der ganze Körper schien ohne Spannung zu sein. Ich war fast neben ihm, als ich seine Stimme hörte. Sprach er mit sich selbst? Wortfetzen drangen an meine Ohren, hervorgebracht mit verzerrter Stimme, die ich nicht von ihm kannte und die der Wind über die Gräber trug.

Dass er mit seinem toten Bruder sprach, begriff ich erst nach einigen Augenblicken. Gabriel dagegen nahm nichts wahr, nicht den Wind, der kalt unter sein Wams kroch, und schon gar nicht mich, seine Gefährtin, seine Sonne, die nur eine Armlänge von ihm entfernt stand und verzweifelt versuchte, zu verstehen, was hier geschah.

»Vergib mir … vergib mir …« Ohne Unterlass, ohne Atem zu holen, ein Singsang aus Schmerz und Flehen.

Ich wagte kaum, mich bemerkbar zu machen, streckte aber doch eine Hand aus und berührte seinen Arm. Er fuhr zusammen, schrie auf und wandte mir sein Gesicht zu, das eine verkrampfte Grimasse und nass von seinen Tränen war. Seine Züge glichen nicht denen, die ich kannte, und ich erinnere mich, dass ich schauderte und glaubte, einen Fremden vor mir zu haben. Wie ein Geist starrte er mich an, bleichgesichtig, mit tief in den Höhlen liegenden Augen. Er hörte nicht auf, die immer gleichen Bitten um Vergebung zu stammeln. Ich rief seinen Namen, trat näher zu ihm, wollte seine Hand nehmen, aber er wehrte mich mit von sich gestrecktem Arm ab und wich zurück, als sei ich das Böse in Person.

Ich sorgte mich unendlich um ihn. Heute weiß ich, dass ich mich statt um Gabriel um Etienne hätte sorgen sollen. Doch zu diesem Zeitpunkt wusste ich weder, dass Gabriel nicht der war, für den ich ihn hielt, noch, dass mein Bruder in seinem Verlies mit dem Tod rang.

Irgendwann verstummte Gabriel. Mit abwesendem Blick tappte er ein paar Schritte rückwärts. In der Nähe stand damals eine Eiche mit ausladenden Ästen, die im Sturm gewaltig knarzten. Ich hätte Gabriel gern aus ihrer unmittelbaren Nähe weggezogen, wagte es aber nicht. So standen wir einander gegenüber. Ich hörte ihm zu, starrte an seiner Schulter vorbei auf die Äste, die sich im Wind bogen, und wünschte mich weit fort, in die Lavendelfelder der

Dauphiné, in die Arme meiner Mutter, in ein Leben, das einmal das Meine gewesen war und das ich verloren hatte – für immer.

»Meine Mutter starb früh, zu früh, sie hätte noch nicht gehen dürfen«, hörte ich Gabriels gleichförmige Stimme. »Von einem Tag zum anderen war sie nicht mehr bei mir und ich wurde krank, weil ich sie so vermisste. Mein Vater nahm eine andere Frau, eines Tages kam sie ins Haus und blieb, niemand sprach mit mir darüber und ich begriff nicht, warum ich sie *Mutter* nennen sollte. Kurze Zeit darauf wurde Richard geboren. Mein Vater liebte diese Frau und er liebte Richard. Ich war ein lästiges Anhängsel, weiter nichts. Ich wuchs heran und spürte jeden Tag, dass niemand mich wollte. Sie hatten nur Augen für Richard. Ich begann, meinen Vater zu hassen. Als ich alt genug war, schnitt ich mit einem kurzen, scharfen Messer den Sattelgurt ein. Ich malte mir aus, wie er stürzen und an seinen Verletzungen sterben würde.«

»Du hast deinen eigenen Vater umgebracht …«, stammelte ich. Gabriel fuhr sich mit einer fahrigen Bewegung übers Gesicht.

»Ich wollte Mitleid. Ich wollte ihnen leidtun, weil ich hoffte, dass sie mich dann lieben würden. Aber am Ende habe ich nur mir selbst leid getan.«

Es war, als lege sich eine Eisenklammer um meinen Hals, das Atmen fiel mir schwer. Ich starrte in die schlammige Pfütze, in deren Nähe wir standen. Der Wind kräuselte die Oberfläche.

»Als Richard und ich später Anstellungen auf der Burg erhielten, verliebte ich mich in Gräfin Magdalene, sobald ich sie zum ersten Mal gesehen hatte. Aber ich merkte schnell, dass sie auch Richard gefiel. Und sie hatte nur Augen für ihn, nicht für mich. Niemals für mich! Alles stieg wieder in mir hoch, der ganze Schmerz, der ganze Hass.«

Ich tastete nach dem Eichenstamm neben mir, presste die Handfläche fest gegen die grobe Rinde, wollte die Wirklichkeit spüren, etwas, das war, wonach es aussah.

»Wie hast du ihn zur Mauer gelockt?« Meine Stimme versagte, tonlos reihte ich die Worte aneinander, obwohl ich innerlich den Drang verspürte, einen Schrei auszustoßen und mir den ganzen Schmerz von der Seele zu brüllen. Tränen liefen mir übers Gesicht, ich spürte sie erst, als ein Windstoß mir kalt in die Haut biss. In meinem Kopf tauchte Etienne auf und gleichzeitig grub sich die Schuld noch tiefer in mein Inneres. Wie verblendet war ich, dass ich es fertig gebracht hatte, ihn aus meinem Herzen zu reißen? Er hatte mich doch nur beschützen wollen!

»Ich hab ihm gesagt, dass ich etwas mit ihm zu besprechen habe, aber es sei geheim, weshalb ich ihn nachts an der Mauer treffen wollte.« Gabriels Stimme zerrte mich zurück in die Gegenwart. »Ich hab ihm mit einem Stock aufgelauert, im Schatten vom Geschützturm. Es war Neumond, kein Stern am Himmel, eine Finsternis wie in einem Brunnenschacht. Als er kam, sprang ich aus meinem Versteck, zog ihm den Knüppel über den Schädel und stemmte ihn über die Mauer. Es war leicht.«

Ich zitterte am ganzen Leib. Das Grauen saß stumm in meiner Kehle, drückte im Hals, in der Mitte meiner Brust, dehnte sich aus und begann weh zu tun, ohne dass ich hätte sagen können, wo.

»Hast du wenigstens bekommen, was du mit deiner Tat erreichen wolltest? Mitleid? Trost? Liebe? Hat die Gräfin dich in ihre Arme geschlossen?«

»Nicht sie, Josephine.« Wie kalt seine Stimme plötzlich klang, sie machte mir Angst. »Du warst es! Du hast mir geschenkt, wonach ich mich seit dem Tod meiner Mutter sehne. Du hattest

Mitleid mit mir und gabst mir den Trost, auf den ich so lange warten musste. Ich brauchte nicht einmal darum zu betteln. Vielleicht hättest du mir sogar den Weg zur Gräfin geebnet – ausgeschwatzt hast du ja genug – und wenn nicht, hätte ich mich wahrscheinlich auch mit dir zufrieden gegeben.«

Meine Finger krampften sich um den Laternengriff. Mit einem Mal fühlten sie sich taub an, ohne jede Kraft, wie alles an mir. In diesem Augenblick, da ich das Ausmaß der Wahrheit erfasste, zerbrach etwas in meinem Herzen, das seither nicht mehr geheilt ist.

Ich stammelte Worte in meiner Muttersprache, die keinen Sinn ergaben, und immer wieder Etiennes Namen, weil ich mich nach ihm sehnte, ihn bei mir haben, ihn um Vergebung bitten und das Geschehene rückgängig machen wollte.

»Dein Bruder …«, hörte ich da Gabriels Stimme dicht an meinem Ohr. Über uns knarzten die Äste im Wind. »Er hat es lange ausgehalten, ein ganzes Jahr. Die Hugenotten sind ein Volk starker Männer.«

»Was meinst du damit?«

»Man hat es dir noch nicht gesagt? Dein Bruder wurde vor ein paar Stunden aus der Jungfer getragen. Es war der Bluthusten. Das Verlies schwächt jeden. Vor allem im Winter. Keiner überlebt.«

Die Laterne fiel mir aus der Hand. Ich wandte mich ab und begann zu laufen, obwohl meine Beine noch immer zitterten. Die Tränen rannen mir in Sturzbächen übers Gesicht und ich schrie wie ein verwundetes Tier. Was muss ich für einen Anblick geboten haben, als ich endlich um Atem ringend den Gesindetrakt erreichte!

»Was ist mit dir, Josephine? Es scheint, der Teufel ist dir auf den Fersen!«, hörte ich die besorgt klingende Stimme der Kammerfrau von weit her, wie durch eine unsichtbare Wand. Nicht imstande, ein Wort herauszubringen, ließ ich mich von ihr in eine warme Decke wickeln. Sie brachte mir einen Becher gewürzten Wein und setzte sich zu mir, während ich mich dazu zwang, ihn in kleinen Schlucken zu leeren. Er machte mich müde, meine Tränen versiegten und ich fiel in einen leichten Schlaf, aus dem ich nach wenigen Stunden erwachte. Meine Glieder schmerzten, meine Gedanken kreisten, ich fühlte mich elend und einsam. Ins Gefühl der grenzenlosen Schuld drängte sich nun auch noch die Gewissheit, keinen Menschen mehr zu haben, dem ich mich zugehörig fühlte, keine Eltern, keinen Bruder, keinen Gefährten. Dass Gabriel mich auf so schamlose Weise benutzt und zur Mitwisserin seines Geheimnisses gemacht hatte, trieb einen weiteren Stachel in mein Herz. Er war ein Mörder und ich die Einzige, die darum wusste. Ich sollte handeln und fühlte mich gleichzeitig außerstande, weil ich nicht einmal einen klaren Gedanken fassen konnte. Warum hatte er mir die grausame Wahrheit offenbart? Fürchtete er keine Anklage? Oder kannte er mich so gut, dass er um die Zerrissenheit wusste, die sich in mein Herz gegraben und das Bewusstsein nach sich gezogen hatte, selbst eine Mörderin zu sein? Mörderin an meinem eigenen Bruder, der ohne meine Verbohrtheit noch leben könnte?

Doch dieses eine Mal war das Schicksal gnädig mit mir.

Denn schon wenige Stunden später, kaum dass der Morgen sein erstes Licht über dem Land verteilt hatte, verstand ich, dass Gabriel mir seine Tat nur deshalb gestehen hatte können, weil er ohne Furcht gewesen war. Weil er längst mit allem abgeschlossen hatte, was ihn ans Leben band.

Man fand ihn, wie ein Jahr zuvor seinen Bruder, am Fuß der Ostmauer, mit zerborstenen Gliedern und zertrümmertem Gesicht, das sich nur mit Mühe als das seine bestimmen ließ.

Seine mit Schuld beladene und verzweifelte Seele hatte ihm keinen Ausweg gelassen. Als er begriff, dass er nicht erreichen konnte, was er sich erhofft hatte, wollte er nur eins – auf die gleiche Weise sterben wie Richard.

Ich allein wusste es. Aber ich habe geschwiegen.

Bis zum heutigen Tag.

Schwalbenkind

Daubach, im Jahr 1620

»Wie ein Tier hat sie geschrien. Wahrscheinlich ließ er nur deshalb nach mir rufen. Hätte er es doch schon vorher getan, vielleicht hätte ich das Kind noch drehen können. Als ich zu Ida in die Kammer kam, fand ich sie vornübergebeugt auf Händen und Knien in einer wässrigen Pfütze. Ich sah den Steiß des Kindes zwischen ihren Beinen, blau verfärbt, mit Blut- und Schleimresten. Ida schrie wie von Sinnen. Ich redete auf sie ein, sagte ihr, dass sie ihre Kräfte noch brauchen würde, und weiß bis heute nicht, wie es gelang, das Kind lebendig aus ihrem Leib herauszubekommen. Vielleicht halfen die Frauenmantelblätter, die ich ihr zum Kauen zwischen die Zähne geschoben hatte.

Die meisten Frauen überleben eine Geburt nicht, bei der das Kind nicht mit dem Kopf voran liegt. Bei Ida war alles anders. Auch ihr Kind war anders.

Diese Hände. Ich starrte, zählte, wollte es nicht glauben, zählte wieder, aber die Anzahl der Finger veränderte sich nicht. Sechs an jeder Hand, unmöglich zu sagen, welcher Finger doppelt vorhanden war. Die rechte Hand war zur Faust geschlossen, fünf kleine Finger umklammerten den Daumen. Ich zwang mich, dem Kind in sein verschrumpeltes Gesicht zu sehen, in dem noch der weißliche Belag klebte. Der Flaum auf dem Kopf war blutverschmiert.

Ich versuchte, nicht an die Finger zu denken und begann, mit einem feuchten Lappen das Köpfchen und die bebenden Nasenflügel zu säubern. Danach durchtrennte ich die Schnur. Bei all dem hielt Ida die Augen geschlossen. Ihre Lider hoben sich erst, als das Kind einen kläglichen Schrei ausstieß. Ich hüllte es in ein sauberes Laken. Dabei bemerkte ich die seltsame Verdrehung am Rücken. Die rechte Schulter stand höher als die linke, wodurch der kleine Körper eigenartig verformt wirkte. Du musst wissen, dass Säuglinge sich in den ersten Stunden nach ihrer Geburt allmählich verändern – das zerdrückte Gesicht glättet sich, die Haut wird rosig, geschwollene Augen nehmen eine normale Form an. Es kommt mir immer vor, als müssten sich die kleinen Körper auseinanderfalten, wie die der Schwalbenjungen im Nest unterm Stalldach, nachdem sie aus den Eiern geschlüpft sind. Aber bei Idas kleiner Tochter wusste ich schon in der Stunde ihrer Geburt, dass sie sich niemals auseinanderfalten würde. Sie würde ein verklebtes Schwalbenkind bleiben, nie ihr hübsches Gefieder aufplustern. Ihre verwachsene Gestalt würde den Leuten im Dorf einen Schrecken einjagen und ich betete im Stillen, dass niemand auf die Idee käme, sie als Brut des Teufels zu bezeichnen.

Als ich die Freude in Idas Augen leuchten sah, während sie die Arme nach ihrer Tochter ausstreckte, versagte mir die Stimme und ich wandte mich ab, weil ich fürchtete, mein Blick könne meine Gedanken spiegeln.

Du hast eine Tochter, sagte ich zu Wulfram, als ich an ihm vorbei nach draußen eilte. Er war mehr als doppelt so alt wie Ida und mit seinen riesigen Händen wirkte er grobschlächtig wie ein Hauklotz. Ich wusste, dass Ida ihn nicht gewollt hatte. Nur ihrem Vater zuliebe hatte sie der Hochzeit zugestimmt, sie war ein gehorsames Ding und begehrte nicht auf. Beim Ölmüller würde sie keinen Hunger leiden, das war das Wichtigste.

Ich streifte sein Gesicht nur flüchtig. In seiner Nähe fühlte ich mich seit jeher unwohl, weshalb ich ihn mied, wann immer es ging, obwohl er mir sein freundliches Gesicht zeigte und nie ein hartes Wort verlor. Heute weiß ich, dass meine Ahnung mich nicht trog. Aber in jenen Tagen deutete noch nichts auf die Taten hin, zu denen Wulfram fähig war und es sollte drei Jahre dauern, bis ich begriff, was für ein kranker Geist sich hinter der Fassade des fleißigen Ölmüllers verbarg.«

Sie waren zu dritt. Drei junge Männer, die unterschiedlicher nicht hätten sein können, obwohl sie von den gleichen Eltern abstammten. Der Wagen, mit dem sie durch das Territorium des Kurfürsten von Trier zogen, rumpelte über den unwegsamen Pfad, der die Waldfläche der Ruppenröder Asthecke durchschnitt. Der Regen der letzten Tage hatte die Erde aufgeweicht und die Wege beinahe unpassierbar gemacht. Aber mochten die Pfade auch noch so unzugänglich sein, der Esel trottete mit großer Ausdauer und ohne ein Zeichen von Müdigkeit vorwärts. Auf dem Wagen, einem vierrädrigen Gefährt mit offener Ladefläche, befand sich die gesamte Habe der Brüder. Ein hölzerner Eimer mit Schöpfkelle, ein Bündel zerlumpter Decken, zusammengenähte Tierhäute, die sie als Zeltdach benutzten, einzelne Bretter, die zu einem kleinen Podest zusammengebaut werden konnten, ein aus Weidenruten geflochtener Korb mit Proviant für die nächsten Tage und ein Holzkasten, der eine Drehleier, eine Rahmentrommel und ein Sammelsurium von geschnitzten Einhandflöten enthielt.

»Wir müssten bald da sein!«, rief Cunrat, dessen Stimme und Gebaren keinen Zweifel daran ließen, dass er nicht nur der Älteste, sondern auch der Anführer der kleinen Gauklergruppe war. Er diskutierte nie über eine einmal gefällte Entscheidung, erachtete sein eigenes Wort höher als das seiner Brüder und trug stets die Geldkatze mit den Einnahmen am Gürtel.

»Was sagtest du, wie das Dorf heißt, das wir suchen?«

Arnold, acht Jahre jünger als Cunrat und dem Kindesalter gerade erst entwachsen, reckte sein sommersprossiges Gesicht in die Sonne, die gerade durch eine Wolkenlücke lugte. Er verstand sich auf den Umgang mit dem Esel und hielt deshalb die Führleine in der Hand.

»Ist doch unwichtig«, erwiderte Matthäus, ohne seinen jüngeren Bruder anzusehen. »Ein Dorf wie alle in dieser Gegend. Wie soll man sie unterscheiden? Ich verstehe nicht, warum er dort rasten will und wir nicht auf geradem Wege nach Montabaur ziehen. Der Jahrmarkt ist im Gange und wir vertrödeln hier unsere Zeit.«

»Ich kann's nicht ausstehen, wenn hinter meinem Rücken getuschelt wird!«, rief Cunrat ihnen zu. Er warf einen giftigen Blick über die Schulter in Richtung seiner Brüder. »Klatschweiber …«

»Warum gehen wir nicht direkt in die Stadt?«, rief Matthäus ihm zu, ohne auf das Gesagte einzugehen. Er drängelte sich auf dem schmalen Pfad an dem Esel vorbei und versuchte, seine Schrittlänge der seines Bruders anzupassen.

»Wir brauchen Jahrmärkte«, fügte er hinzu, »keine armseligen Dörfchen, wo die Leute ihre wenigen Münzen für ihr Auskommen brauchen. Hier denkt man nicht daran, sein Geld fahrenden Musikanten zuzuwerfen.«

Cunrat knurrte. »Ich hab euch doch gesagt, dass ich da mit einem noch was offen habe.«

»Warum machst du so ein Geheimnis daraus?«, rief Arnold von hinten.

»Weil es meine Sache ist!«

»Es ist ein krummes Ding, stimmt's?« Matthäus kannte seinen älteren Bruder lange genug, um zu wissen, mit welchen Worten er ihn provozieren konnte. Ohne stehen zu bleiben, warf Cunrat ihm einen grimmigen Seitenblick zu und beschleunigte seinen Schritt.

»Wie lange wird es dauern?«, fragte Matthäus.

In scheinbarer Gleichgültigkeit zuckte Cunrat mit den Schultern.

»So lange, wie's dauert«, murmelte er.

Matthäus blieb stehen und seufzte. Warum speiste Cunrat ihn und Arnold immerzu mit diesen fadenscheinigen Antworten ab?

Ehe er weiterdenken konnte, verharrte der Esel plötzlich mitten im Schritt. Arnold zog ein paar Mal an der Führleine und schnalzte mit der Zunge. Als Cunrat die Verzögerung bemerkte, brüllte er das Tier an und riss Arnold den Strick aus der Hand. Einen Fluch nach dem anderen ausstoßend zerrte er daran, bis er merkte, dass seine Anstrengungen erfolglos blieben. In einer Geste der Ungeduld fingerte er sein Messer aus dem Gürtel, trennte mit einem glatten Schnitt einen dünnen Ast von einem Haselstrauch und zog dem Esel kurz und heftig damit über die Hinterbacken. Das Tier zuckte unmerklich, rührte sich aber nicht vom Fleck. Matthäus spürte ein heißes Brennen in seiner Brust, wie immer, wenn Mensch oder Tier Leid zugefügt wurde.

»Hör auf, ihn zu quälen, wir brauchen ihn noch!«, rief er, trat zu seinem Bruder, riss ihm die Gerte aus der Hand und schleuderte sie von sich. Cunrats Augen verengten sich. Mit einem Mal lag ein gefährliches Funkeln darin.

»Du wirst mir nicht sagen, was ich zu tun oder zu lassen habe!«, zischte er in Matthäus' Richtung. Zwischen seinen Augenbrauen grub sich eine senkrechte Falte in die Stirn, die zusammen mit den hervortretenden Adern an seinen Schläfen einer Warnung gleichkam.

»Hört auf zu streiten und kommt her!« Arnold, der jetzt hinter dem Wagen stand, winkte sie mit einer ausholenden Armbewegung herbei, ohne den Blick zu heben. Wie gebannt starrte er in die dornigen Sträucher, die am Waldrand wucherten. Cunrat und Matthäus traten zu ihm. Ihre Augen erfassten schneller als der Verstand: Unreife Beeren und Dornenruten im Gestrüpp, auf der Erde vermodertes Laub vom Winter und zwischen Moospolstern das frische Grün des Waldmeisters mit seinen sternförmigen Blüten. Nichts war ungewöhnlich, wäre nicht die Hand gewesen – eine Männerhand, zweifellos, mit kräftig ausgeprägten Fingern, auf denen feine schwarze Haare wuchsen. Beinahe entspannt ragte sie mit nach oben zeigendem Handrücken aus dem Dickicht heraus, als habe sich der Mensch, dem sie gehörte, für einen Moment zum Schlafen niedergelegt. Doch dass in einer totenbleichen Hand mit bläulich marmorierten Fingerspitzen kein Blut mehr floss, stand außer Frage.

Arnolds Blick hetzte zu Matthäus, zu Cunrat und wieder zurück zu der leblosen Hand.

»Tot?« Er schlang beide Arme um den Oberkörper und krallte die Finger in den Stoff seiner Ärmel.

»Sieht ganz danach aus«, antwortete Cunrat ungerührt. Er wandte sich ab. »Wir sollten zusehen, dass wir ins Dorf kommen. Irgendjemand wird sich seiner schon annehmen.«

»Du willst ihn hier liegen lassen?« Blankes Entsetzen spiegelte sich in Arnolds weit aufgerissenen Augen.

»Willst du ihn etwa auf den Wagen laden?«, herrschte Cunrat seinen Bruder an, der unter der Heftigkeit, mit der die Worte ihn trafen, zusammenzuckte. »Was denkst du, was die Daubacher mit uns machen, wenn wir mit einer Leiche ins Dorf kommen? Am Ende ist es einer der ihren!«

»Hört doch auf!«, unterbrach Matthäus die beiden. Er trat einen Schritt zur Seite und zog Arnold, ohne dass dieser es recht merkte, mit sich.

»Cunrat hat Recht«, sagte er, an seinen jüngeren Bruder gewandt. »Wir werden die arme Seele nicht anrühren. Willst du dich einer Befragung stellen, die uns nur Zeit stiehlt? Schließlich wollen wir so schnell wie möglich nach Montabaur, um endlich ein paar Thaler auf dem Jahrmarkt zu verdienen.« Über Arnolds Schulter hinweg giftete er Cunrat an, der diesen Blick jedoch geflissentlich ignorierte.

»Los jetzt«, bellte Cunrat im gleichen Augenblick, »lasst uns nicht länger hier herumstehen. Ich will in Daubach sein, bevor es dunkel wird!« Er hieb dem Esel mit der flachen Hand auf die Flanke und zerrte am Führstrick. Dieses Mal trottete das Zugtier ergeben los. Der Wagen setzte sich rumpelnd in Bewegung und Matthäus und Arnold folgten ihm stumm.

Sie erreichten Daubach, als sich die Dämmerung wie ein schläfriger, grauer Schatten auf die Dächer senkte. Das Dorf bestand aus etwa zwei Dutzend, mit Bretterzäunen eingefriedeten Gehöften.

Sie waren allesamt mit Stroh gedeckt und die meisten von ihnen hatten ein auf einer Seite heruntergezogenes Dach. Viehställe und Scheunen schmiegten sich an die mit Kalkputz überzogenen Behausungen, die ohne erkennbare Ordnung zu beiden Seiten der Verbindungsstraße nach Montabaur errichtet worden waren. Hier und da pickte Federvieh in den kleinen Gärten nach Essbarem. Kein Mensch war zu sehen. Zielstrebig passierte Cunrat Häuser und Scheunen. Der Esel trottete gehorsam neben ihm her und weder Matthäus noch Arnold wagten auszusprechen, was sie dachten. An diesem armseligen Flecken würden sie keinen einzigen Thaler verdienen.

Sie wechselten einen fragenden Blick, als Cunrat das Dorf hangabwärts verließ. In einer Talmulde, umgeben von grünen Hängen, dort, wo der Eisbach gurgelnd in den Daubach mündete, zügelte Cunrat den Esel.

»Hier werden wir ein Lager zum Schlafen bekommen«, sagte er mit entschlossenem Unterton, während er aus schmalen Augen die beiden Gehöfte musterte, die vor ihnen lagen. Bei dem einen der beiden Häuser handelte es sich zweifellos um eine Mühle, wie das hölzerne Mühlrad zu seiner Linken bewies. Das kleinere Haus daneben musste demzufolge das Wohnhaus des Müllers sein.

Matthäus legte die Stirn in Falten.

»Du meinst da drinnen?«, fragte er sicherheitshalber nach. Dass ihnen ein Schlafplatz im Heustall angeboten wurde, kam so selten vor, dass er sich nicht daran erinnerte, wann dies zum letzten Mal geschehen war. Ins Haus aber wurden sie nie gelassen. Sie gehörten zum fahrenden Volk der Komödianten und Spielleute, waren Heimatlose und damit verachtenswert. Niemandes Herz war so groß, dass er sie über die Türschwelle ließ.

Die Selbstverständlichkeit, mit der Cunrat auf die Tür des Mühlenhauses zuging, ließ keinen Zweifel an seiner Überzeugung. Er pochte an das von der Sonne verblichene Holz. Nichts geschah. Er klopfte noch einmal, jetzt mit mehr Nachdruck, und wartete. Dann trat er einen Schritt zurück und ließ seinen Blick bis zum Giebel herauf und wieder herunter wandern, als könne dies zum Öffnen der Tür führen. Schließlich klopfte er ein drittes Mal, um sich gleich darauf kopfschüttelnd zu Arnold und Matthäus umzuwenden.

»Warum sagt er uns nicht, was er hier will?«, fragte Arnold so leise, dass nur Matthäus es hören konnte.

»Du kennst ihn«, erwiderte Matthäus, ohne Cunrat aus den Augen zu lassen.

»Was sucht Ihr hier?« Eine fremde Stimme, krächzend und etwas heiser, gleich hinter ihnen. Wie auf ein unhörbares Kommando fuhren Matthäus und Arnold herum. Eine Frau stand dort. Sie trug eine aus Weidenruten gefertigte Kiepe mit zwei Trageriemen auf dem Rücken. Die Jahre hatten tiefe Gräben in ihr Gesicht gekerbt, aber aus ihren Augen strahlte eine Frische, die Matthäus für einen Moment glauben machte, dass sie in Wirklichkeit jünger war, als sie aussah. Sie trug ein Kleid aus grober Wolle, wie alle einfachen Frauen der hiesigen Gegend, und eine Schürze darüber, die geflickt und schmutzig war. Ihr Haar musste einmal dunkel gewesen sein, davon zeugten einzelne Strähnen in ihrem weißen, geflochtenen Zopf. Sie näherte sich einen weiteren Schritt. Dabei beobachtete sie Cunrat, der inzwischen zu seinen Brüdern zurückgekehrt war.

»Wir sind Spielleute und auf dem Weg zum Jahrmarkt nach Montabaur«, entgegnete Matthäus rasch, um Cunrat und einer möglicherweise allzu barschen Antwort zuvorzukommen.

»Was ist mit dem Ölmüller?«, wandte sich Cunrat ohne eine Begrüßung an die Frau.

»Was willst du von ihm?«, entgegnete sie. Matthäus musterte sie. Die Kiepe war bis zum Rand gefüllt mit Brennreisig und er wunderte sich über die Kraft der alten Frau, die in der Lage war, eine solche Last zu tragen.

»Ein Geschäft mit ihm machen.«

»Seit wann macht der Müller Geschäfte mit fahrendem Volk?«

»Was geht's dich an?« Cunrat verschränkte die Arme vor der Brust und funkelte die Frau angriffslustig an. Matthäus seufzte innerlich auf. Warum war sein Bruder nur mit so wenig Freundlichkeit ausgestattet? Sein Benehmen brachte ihnen nichts als Scherereien ein.

»Wohnst du im Dorf?«, fragte er deshalb rasch. Mit einer scheinbar beiläufigen Körperdrehung verstellte er den Blick zwischen Cunrat und der Frau.

»Ja«, erwiderte sie, »und deshalb weiß ich, dass euch hier keiner aufmachen wird, auch wenn ihr die ganze Nacht an die Tür klopft.«

»Was ist mit ihm? Wo ist er?« Mit einer unwilligen Handbewegung schob Cunrat Matthäus beiseite. Der Unterton in seiner Stimme veränderte sich, aber nur, wer ihn so gut kannte wie seine Brüder, nahm die urplötzlich darin mitschwingende Anspannung wahr.

»Er wurde seit zwei Tagen nicht mehr hier gesehen«, sagte die Frau.

»Habt ihr nach ihm gesucht?« Cunrat ließ nicht locker und Matthäus dachte zum ersten Mal darüber nach, woher und wie lange sein Bruder den Müller wohl kannte. Sie waren vor einigen Jahren schon einmal in dieser Gegend gewesen, damals aber zum Jahrmarkt nach Montabaur gezogen, ohne vorher dieses Dorf zu passieren.

»Die Männer glauben, dass er wieder auftaucht«, antwortete sie.

»Macht er das manchmal?«, fragte Cunrat.

»Was meinst du?«

»Verschwinden und wieder auftauchen.«

»Nicht, dass ich wüsste.«

»Und warum glauben sie es dann?«

Die Frau zuckte mit den Schultern. »Die Leute hier glauben noch an das Gute.«

»Lebt er allein hier?« Matthäus fragte sich, woher Cunrat die Unverfrorenheit nahm, die unbescholtene Frau auszuhorchen und warum sie nicht merkte, dass ihm damit Auskünfte zu Ohren kamen, die ihn nichts angingen. Er hoffte, sie würde Cunrats Neugier nicht länger befriedigen.

»Er hatte eine Frau und ein Kind«, hörte er sie im gleichen Augenblick sagen. »Sie sind beide im Kindbett gestorben, Gott hab sie selig. Es waren sonderbare Umstände damals. Er musste seine einzige Kuh töten, weil sie über Nacht von der Tollwut befallen wurde und keine Milch mehr gab. Und er schimpfte tagelang auf den Pfaffen, dem die geweihte Erde seines Kirchhofs zu heilig war, als dass er die Ida und das Kind darin beerdigt hätte. Dass sie eine Hexe und ihre Tochter eine Ausgeburt des Teufels war, hatte sich im Dorf schnell herumgesprochen. Der Müller hat ja selbst kein Blatt vor den Mund genommen. Aber von mir hat keiner was erfahren, das schwör ich bei meinem Leben!«

»Wie lange ist das her?«, unterbrach Cunrat den Redeschwall der Frau. Sie sah ihm offen ins Gesicht, zögerte und sprach erst nach einem kurzen Schweigen weiter. »Ich habe euch schon viel zu viel erzählt. Ihr seid Fremde. Das alles geht euch nichts an.«

Sie errichteten ihr Lager am Rande einer kreisrunden Lichtung im Stelzenbachforst, wo im Wald verteilt die Köhler in ihren kargen Behausungen lebten, weil man ihre Tätigkeit als noch unehrenhafter erachtete als die der Spielleute. Am Waldrand trieben Matthäus und Cunrat stabile Äste in die Erde, um anschließend die Tierhäute so daran zu befestigen, dass sie ihnen einen halbwegs brauchbaren Schutz boten. Sie waren fertig, bevor die Dunkelheit sie vollends eingehüllt hatte.

Arnold hatte Holz gesammelt und zu einem Haufen aufgeschichtet. Dank des mitgeführten Zunders knisterte bald darauf ein Feuer vor dem Schutzzelt. Zu dritt saßen sie ringsherum auf ihren Decken und aßen Brot aus dem Proviant.

»Ob es der Müller ist?« Zwischen zwei Bissen hatte Arnold die Vermutung ausgesprochen, die sich seit ihrer Begegnung mit der Frau aus dem Dorf auch in Matthäus' Gedanken festgesetzt hatte. Das Bild der leblosen Hand auf dem Mooskissen stieg in seinem Gedächtnis auf.

Cunrat grub die Zähne in den Brotkanten und biss ein Stück heraus. Statt einer Antwort ließ er ein undeutliches Murmeln vernehmen. Zum wiederholten Mal fragte Matthäus sich, in welchem Verhältnis Cunrat und der Müller zueinander standen. Sein Bruder musste ihm zuvor schon einmal irgendwo begegnet sein, wie sonst hätten sie sich für ihren Handel verabreden können? Warum verschwieg er den Grund? Matthäus wagte einen letzten Vorstoß.

»Jetzt, wo der Ölmüller verschwunden ist und dein Geschäft nicht zustande kommt, kannst du uns doch sagen, welcher Art es war.«

Cunrat schwieg, kaute und starrte ins Feuer. Mit einer Handbewegung signalisierte er, dass er keine Lust verspürte, über den

Müller zu sprechen. Matthäus, der die Gesten und Veränderungen in Cunrats Gesicht zu deuten wusste, seufzte still und schwieg.

Das Tschirpen einer Singdrossel weckte Matthäus in der Morgendämmerung. Aus halb geöffneten Lidern sah er, dass das Feuer heruntergebrannt war. Er fror unter der durchlöcherten Decke und der Morgentau hatte sich in Form von winzigen, feuchten Perlen auf seine Augenbrauen gelegt. Er drehte sich auf die Seite, zog die Beine nah an den Körper und verkroch sich beinahe vollständig unter seiner Decke. Die gleichmäßigen Schlafgeräusche seines jüngeren Bruders drangen gedämpft zu ihm herüber. Doch da war noch ein anderer Laut. Von ihrem Esel konnte er nicht stammen, da Arnold ihn am Abend zuvor mit einem langen Seil auf der nahen Lichtung angepflockt hatte. Matthäus öffnete die Augen und nahm sogleich eine Bewegung wahr. Cunrat! Dass er nicht dem körperlichen Bedürfnis folgte, das den Schlaf zuweilen unterbrach, erkannte Matthäus, als er seinen Bruder dabei beobachtete, wie er in die Schuhe glitt, seine Weste überstreifte und das Messer in den Gürtel steckte, das er nachts für gewöhnlich nah am Körper unter der Decke verbarg. Alles geschah nahezu lautlos, mit geschmeidigen Bewegungen, im Schutz des hereinbrechenden Morgens.

Matthäus stellte sich schlafend, beobachtete seinen Bruder aber heimlich weiter.

Als Cunrat sich vom Lagerplatz entfernt hatte, sprang Matthäus auf. Hastig schlüpfte er in seine Schuhe, streifte sich seine Weste über und folgte dem Bruder. Er achtete auf ausreichend Abstand, um zu verhindern, dass er durch das Knacken der Walderde unter seinen Füßen auf sich aufmerksam machte. Cunrat schritt mit großer Zielsicherheit vorwärts, als liege eine Wegekarte direkt vor ihm. Der Gesang der Singdrosseln verstärkte sich, wie Matthäus mit Erleichterung feststellte, denn in absoluter Stille wäre ihm jeder seiner Atemzüge zu laut erschienen.

Schon bald lichtete sich der Wald. Sein Bruder folgte jetzt dem Pfad, auf dem sie am gestrigen Nachmittag hierher gekommen waren. Erneut drängte sich ihm das Bild der aus dem Beerengestrüpp ragenden Hand auf. Sie formte sich in so erschreckender Deutlichkeit in seinem Gedächtnis, dass sich ihm für einen Moment der Leib zusammenkrampfte. War Cunrat etwa wegen des Toten hier? Matthäus musste nicht lange warten, bevor seine Befürchtung bestätigt wurde. Sein Bruder verlangsamte seinen Schritt und näherte sich dem Waldrand. An der Stelle, an der sie tags zuvor den Toten entdeckt hatten, blieb er stehen. Matthäus duckte sich in den Schutz der Silberweiden. Nicht mehr als zwanzig Schritte lagen zwischen ihm und seinem Bruder. Mit angehaltenem Atem presste er sich an die borkige Rinde und beobachtete mit einem Auge, wie Cunrat um das Gebüsch herumschlich, sich hinunterbeugte und sich an dem Toten zu schaffen machte. Unwillkürlich hielt Matthäus die Luft an. Er glaubte, seinen eigenen Herzschlag hören zu können und fürchtete, jedes Tier im Stelzenbachforst könne ihn wittern. Cunrat war inzwischen auf der hinteren Seite des Gebüschs verschwunden und entzog sich damit Matthäus' Blicken.

Da knackte es urplötzlich im Gestrüpp. Matthäus zuckte zusammen. Er fuhr herum. Wenige Schritte hinter ihm, eingehüllt in den schlaftrunkenen Dunst der Morgendämmerung, erkannte er eine Gestalt zwischen den Bäumen. Sein Herzschlag verfiel ein weiteres Mal in ein wildes Stakkato. Eine Frau, barfuß, in einem verschlissenen Kleid, dem der linke Ärmel fehlte. Ihr Haar war ungewaschen und erweckte den Eindruck, als sei es seit Ewigkeiten nicht gekämmt worden. In wirren Strähnen fiel es ihr in die Stirn und über die hageren Schultern. Die Augen in dem blassen Gesicht wirkten unnatürlich groß, wie schwarze Seen über den ausgezehrten Wangen. Sie starrte ins Leere, durch Matthäus hindurch, als nehme sie ihn nicht wahr. Doch gleichzeitig traf ihn ihr verstört wirkender Blick mitten ins Gesicht und er erwiderte ihn, weil etwas Flehendes darin lag, dem er sich nicht entziehen konnte. Außer ihrem Brustkorb, der sich zu schnell hob und senkte, als sei sie außer Atem, bewegte sich nichts an ihr. Der stumpfe, Hilfe suchende Ausdruck in ihren Augen lähmte ihn.

»Was machst du hier? Spionierst du mir nach?«

Cunrats Stimme, herrisch wie gewohnt, die von irgendwoher zu ihm herüberdrang. Jäh wandte Matthäus sich um. In einiger Entfernung zeichnete sich die bullige Statur seines Bruders dunkel am Waldrand ab. Mühsam widerstand Matthäus dem Wunsch, sich nach der Fremden umzudrehen und ihr unbemerkt ein Zeichen zu geben. Er könnte damit Cunrats Aufmerksamkeit auf sie lenken und wenn sein Bruder sie erst entdeckt hatte, war sie seinem Hass und seiner Menschenfeindlichkeit schutzlos ausgeliefert. So vermied Matthäus jeden verräterischen Blick und bewegte sich, einen Bogen schlagend, eilig auf seinen Bruder zu. Fieberhaft suchte er nach einer Ausrede, entschied sich aber für die Wahrheit.

»Und wenn schon! Ich sah dich das Lager verlassen und bin dir gefolgt. Du hättest dasselbe getan, wenn du an meiner Stelle gewesen wärst.«

Cunrat äffte seine letzten Worte nach. Nebeneinader folgten sie dem Pfad, der zu ihrem Lager auf der Lichtung führte. Matthäus' Gedanken kreisten abwechselnd um die seltsame wilde Frau, die aus dem Nichts aufgetaucht war, und um die heimlichen Machenschaften seines Bruders. Im Gehen warf er Cunrat einen missbilligenden Seitenblick zu.

»Dein Verhalten ist etwas ungewöhnlich, findest du nicht?« Da Cunrat sich nicht zu einer Antwort herabließ, sprach Matthäus weiter. »Du redest über sonderbare Geschäfte mit Leuten, die sich aus dem Staub gemacht haben, und führst uns in ein gottverlassenes Nest, in dem es nichts zu verdienen gibt. Und dann verschwindest du, bevor der Tag anbricht, und suchst nach einem Toten.«

»Ich suche nicht nach einem Toten!« Sie schritten nebeneinander her und brüllten sich in einer Heftigkeit an, mit der sie die Singdrosseln übertönten.

»Ach nein?« Matthäus blieb stehen, griff nach dem Arm seines Bruders und zwang ihn damit, ebenfalls seinen Schritt zu unterbrechen. »Was hast du denn dann an dem armen Teufel zu schaffen, der da drüben im Gestrüpp liegt?«

Die Adern an Cunrats Schläfen traten hervor. Matthäus sah das Blut darin pochen.

In einer Geste des Unmuts befreite Cunrat sich aus Matthäus' Griff. »Matthäus, ich rate dir, halt dich aus meinen Angelegenheiten raus! Das ist allein meine Sache!«

Sie nahmen den Weg wieder auf. Eine Weile gingen sie schweigend nebeneinander her. Allmählich wich die Morgendämmerung dem ersten Licht. Es tauchte Bäume und Unterholz in unwirklich blasse Farben. Der Wald verströmte seinen würzigen Duft, eine Mischung aus feuchter Erde, Holz, Moder und wilden Kräutern. Doch dies nahm Matthäus nur am Rande wahr. Sein Kopf war immer noch mit den gleichen Gedanken beschäftigt. Waren der verschwundene Müller und der Tote ein und derselbe? Was für ein Geschäft hatte Cunrat mit dem Müller im Sinn? Und über allem tauchte unaufhörlich das Gesicht der wilden Frau auf, der Schutz suchende Blick, der Matthäus in seinem tiefsten Inneren berührt hatte.

»Dann sag mir wenigstens, um welchen Handel es geht!«, versuchte er es ein letztes Mal.

Heftig schüttelte Cunrat ob der Hartnäckigkeit seines Bruders den Kopf. »Der Müller schuldet mir etwas, das ist alles.«

»Geld?«

»Nein.«

»Was dann?«

»Wir hatten eine Abmachung.«

»Was für eine Abmachung? Cunrat, raus damit jetzt!«

»Du überspannst den Bogen!«, knurrte Cunrat. »Ich hab dir gesagt, es ist meine Sache.«

Zum Zeichen, dass er verstanden hatte, hob Matthäus beide Hände und ließ sie gleich darauf wieder sinken.

»Dann sag mir wenigstens, ob wir heute endlich nach Montabaur ziehen.«

Wie er es verabscheute, so unterwürfig zu klingen! Vor Wut stieß er beim Gehen mit der Schuhspitze in den Staub, sodass winzige Steinchen aufstoben. Eines Tages würde er aufbegehren und sich der unsichtbaren Kette, die Cunrat ihm angelegt hatte, entledigen. Das hatte er sich einst geschworen und Momente wie dieser bestärkten ihn in seinem Wunsch.

»Bald«, murmelte Cunrat. Seine Einsilbigkeit war ein deutliches Signal dafür, keine Fragen mehr zu stellen, und Matthäus wusste, dass er gut daran tat, sich mit seiner Antwort zufriedenzugeben.

Als nur wenige Schritte sie von der Stelle trennten, an der sie ihr Lager errichtet hatten und sie bereits das Feuer rochen, das Arnold entfacht hatte, schlug Cunrat plötzlich einen Bogen in die entgegengesetzte Richtung, hinauf ins Dorf. »Geh ins Lager«, rief er, ohne sich zu Matthäus umzudrehen. »Ich komme später nach.«

Ohne ein weiteres Wort entfernte er sich. Matthäus blieb stehen, sah seinem Bruder nach, bis er auf halber Strecke um die Biegung des sanft ansteigenden Hügels verschwunden war.

»Wohin geht er?« Arnold war neben ihn getreten.

Gedankenverloren schüttelte Matthäus den Kopf.

»Du kennst ihn. Lieber würde er sich die Zunge abbeißen, als uns in seine Geheimniskrämerei einzuweihen.«

In weniger als einer Stunde kehrte Cunrat ins Lager zurück. Während er ohne eine Erklärung mit beiden Händen Erde in die Feuerstelle warf, um die Flammen einzudämmen, rief er: »Los, packt zusammen. Die nächste Nacht verbringen wir unter einem richtigen Dach.«

»Ach, schon wieder?« Matthäus warf seinem Bruder einen missmutigen Blick zu, den dieser erwiderte.

Mit wenigen Handgriffen entfernten sie die Tierhäute, rollten sie zusammen und warfen sie zu den übrigen Habseligkeiten auf die Ladefläche des Wagens. Arnold schirrte den Esel an und Matthäus trat die letzten Funken aus. Sie verließen den Wald und folgten dem Weg, der ins Dorf führte, bogen aber am Abzweig in den zweiten Pfad ein, der ein gutes Stück am Dorf vorbei und hangabwärts zur Mühle führte. Zielsicher hielt Cunrat darauf zu.

»Haben wir hier nicht gestern erst gestanden?« Matthäus verlangsamte seinen Schritt. »Ist der Müller wieder aufgetaucht?«

Statt einer Antwort hämmerte Cunrat, so wie tags zuvor, an die Tür des kleinen, mit Stroh gedeckten Wohnhauses, das sich an die Mühle duckte. Im Gegensatz zu gestern wurde gleich geöffnet. Ein hoch aufgeschossener Kerl trat heraus, nicht älter als Arnold und hager wie eine Zaunlatte. Unmerklich schüttelte Matthäus den Kopf. Dies konnte nie und nimmer der Müller sein! Er musterte den Schlacks im Türrahmen, sah den Blick, der von Unruhe getrieben hierhin und dorthin hetzte, die Brüder der Reihe nach streifte, ohne länger bei einem zu verweilen und schließlich an Cunrat hängen blieb, der unmittelbar vor ihm stand. Cunrat unterbrach das Schweigen.

»Das ist Lorenz.« Er warf einen raschen Blick über die Schulter, als wolle er sichergehen, dass seine Brüder ihn hörten. »Er lässt uns ein paar Tage bei sich wohnen.« Ohne ein weiteres Wort trat er an Lorenz vorbei in den Hausgang.

Wieder glitt Lorenz' unsteter Blick über die Gesichter der Brüder. Matthäus verspürte den drängenden Wunsch, sich auf der Stelle umzudrehen und zu gehen. Das Flackern in Lorenz' Augen flößte ihm Angst ein, eine der Sorte, die man in allen Fasern spürte, ohne dass es einen fassbaren Grund dafür gäbe. Er wollte nicht in diesem Mühlenhaus unterkommen, nicht einmal, wenn es draußen Stein und Bein frieren würde. Lorenz drehte sich um und verschwand ebenfalls im Inneren des Hauses.

»Warum hat er von ein paar Tagen gesprochen? Wie lange will er bleiben?«, fragte Arnold leise. Er sah den beiden hinterher und klopfte dabei sanft den Hals des Esels.

»Ihr schon wieder!« Eine Frauenstimme, knarzig und etwas heiser, weshalb Matthäus sie gleich wiedererkannte. Die Frau stand ein paar Schritte schräg hinter ihm und sah genauso aus wie tags zuvor.

»Kennst du ihn?«, fragte Matthäus mit einer angedeuteten Kopfbewegung zur Mühle hin, während er die Entfernung zwischen sich und der Frau mit zwei langen Schritten verringerte. »Ist er der vermisste Müller?«

In ihren Mundwinkeln zuckte ein winziges Lächeln. »Scheinbar bist du sein Gast. Du solltest wissen, wer dich einlädt.«

»Mein Bruder weiß es.« Resignation und ein Anflug von Gereiztheit mischten sich in seine Stimme.

»Und er behält es für sich?«, fragte sie.

»Er behält vieles für sich.«

»Dann hütet er Geheimnisse.«

»Vielleicht. Es gibt Dinge, über die er nicht spricht.«

Ohne weiter auf das Gesagte einzugehen, musterte sie Matthäus ungeniert vom Kopf bis zu den Füßen. »Da wir uns nun schon zum zweiten Mal begegnen, Spielmann, könntest du mir deinen Namen verraten.«

Er nickte ihr zu. »Ich bin Matthäus, das da drüben ist mein Bruder Arnold. Er kann die Flöten spielen und ich mache Musik auf der Drehleier.«

»Und was ist mit dem Dritten?«

»Cunrat?«

»Wenn er so heißt.«

»Er hat es nicht so mit der Musik. Er verwaltet die Katze mit den Münzen.«

»Das ist alles? Ihr bringt das Geld herein und er trägt es am Gürtel?«

192

»Eines Tages will er Tiere kaufen und sie zur Schau stellen, er spricht seit Jahren davon. Auf dem großen Jahrmarkt in Coblenz hat er so etwas gesehen, da hatte einer einen Affen. Weißt du, was das ist, ein Affe?« Die Frau zog die Augenbrauen zusammen, sodass sich die Runzeln auf ihrer Stirn noch tiefer hineingruben.

»Er saß auf der Schulter des Schaustellers oder sprang auf einem bunten Podest herum, das man eigens für ihn gebaut hatte. Er trug eine Jacke und bewegte sich flink wie ein Eichhörnchen. Die Leute hatten so etwas noch nie gesehen und sie klatschten und lachten und haben dafür bezahlt, ihn anzufassen. Seit Cunrat das gesehen hat, ist er besessen davon. Eines Tages will er genug im Beutel haben, dass er sich so ein Tier kaufen kann. Er will es zur Schau stellen und die Leute dafür bezahlen lassen. Er sagt, dass die Leute sich an allem ergötzen, was fremdartig ist, und deshalb ihre Münzen hergeben, wenn sie dafür gaffen dürfen.«

»Die Leute sind verrückt«, murmelte die Frau und schüttelte dabei den Kopf. Insgeheim stimmte Matthäus ihr zu, aber er hatte auf den großen Jahrmärkten mit eigenen Augen die aus fernen Ländern stammenden Tiere gesehen – auf den Hinterbeinen laufende Bären oder Äffchen mit an Halsbändern befestigten Schellen, die bei jeder Bewegung klingelten. Umringt von Menschenmengen führten ihre Besitzer sie vor, weiter nichts. Es war eine einfache Art und Weise, Münzen zu verdienen.

»Wie nennt man dich?«, fragte Matthäus.

»Im Dorf rufen sie mich Gret.«

»Und dieser Lorenz ist nicht der Müller, richtig?«

»Lorenz ist sein Gehilfe. Er kam vor ein paar Jahren hierher und suchte Arbeit. Wulfram hat ihn eingestellt, damit er ihm in der Mühle zur Hand geht. Es ist das erste Mal, dass ich ihn im Haus sehe.«

»Im Haus? Wie meinst du das? Wohnt er nicht hier?«

»Doch, er wohnt hier.«

»Aber nicht im Haus?«

»Der Wulfram hat schon lange niemanden mehr in sein Haus gelassen. Keiner weiß, warum.«

»Aber wo ... wohnt der Lorenz?« Das Geheimnis um den Müller und nun auch um seinen Gehilfen begann Matthäus mehr zu beschäftigen, als ihm lieb war. Dass er die nächste Nacht in einem Haus verbringen musste, in das zuvor kein Dorfbewohner je einen Fuß gesetzt hatte, trug nicht gerade zu seiner Beruhigung bei. Allerorts wurden Männer und Frauen der Zauberei angeklagt. Wer wollte mit Bestimmtheit behaupten, dass der Müller nicht ebenfalls mit den Hexen gemeinsame Sache machte? Grets heisere Stimme riss ihn aus seinen Grübeleien.

»Hinter der Mühle steht eine Holzhütte«, sagte sie. »Da schläft er. Aber jetzt, wo der Wulfram tot ist, scheint sein Gehilfe sich das Haus eingeheimst zu haben.«

»Der Müller ist tot?« Seine eigene Stimme erschien Matthäus fremd und am letzten Wort hätte er sich beinahe verschluckt. Erinnerungen stiegen auf. Der Tote im Gestrüpp. Der behaarte Handrücken, die bläulich verfärbten Fingerspitzen auf dem Moospolster. Mit welchen Worten konnte er am geschicktesten nach der Identität der Leiche fragen, ohne preiszugeben, dass er sie mit eigenen Augen gesehen hatte? Ehe er sich jedoch weiter den Kopf darüber zerbrechen konnte, beantwortete Gret ihm die nicht gestellte Frage.

»Sie haben ihn heute Morgen gefunden. In der Ruppenröder Asthecke.«

»Und weißt du, wie er ... ich meine, ob er ...?«

»Keiner weiß, wie er zu Tode kam. Er handelte gern, tauschte sein Öl oft gegen Bier und trank mehr davon, als jeder Andere im Dorf. Alle wussten das. Vielleicht hat er sich auch dieses Mal daran berauscht und ist gestürzt. Wenn einer ihn umgebracht hätte, würde man seiner Leiche was angesehen haben. Aber das hat man nicht. Kein Blut, keine Striemen am Hals, keine Verletzungen, nichts.«

Matthäus sah hinüber zum Mühlenhaus. Cunrat musste vom Tod des Ölmüllers wissen, spätestens seit seinem morgendlichen Erkundungsgang.

»Jetzt hat Ida ihn wieder.« Gret hatte gemurmelt, aber deutlich genug, dass Matthäus sie verstand.

»Seine Frau?«, fragte er und sah sie an. »Die im Kindbett gestorben ist?«

»Da drüben liegt sie begraben«, erwiderte Gret. Mit ausgestrecktem Arm wies sie in eine unbestimmte Richtung, die ein Flurstück im Wald ebenso meinen konnte wie eine beliebige Wiese oder Weide.

»Kein Pfaffe wollte sie aussegnen, weil der Wulfram überall herumerzählt hat, dass sie eine Hexe war und das Kind nicht von ihm, sondern vom Teufel gezeugt worden ist.« In aller Hast bekreuzigte Gret sich dreimal hintereinander. Ihre Lippen bebten. Sie senkte die Stimme und sprach so hastig, dass es schien, als hole sie dabei kein einziges Mal Luft. »Dann hat er's selbst gemacht. Hat aus Brettern einen Sarg gebaut und einen ganzen Tag lang damit zugebracht, eine Grube zu graben. Keiner war dabei, keiner hat gesehen, wie er sie beerdigt hat, ohne Weihwasser, ohne Segen, ohne Leute aus dem Dorf, die der Ida die letzte Ehre erwiesen hätten. Irgendwo da drüben hat er sie verscharrt wie ein Tier. Bis heute kennt keiner den genauen Platz.« Mit einer angedeuteten Kopfbewegung unterstrich sie ihre Worte.

»War sie wirklich eine Hexe?«

»Wenn du mich fragst, hat er's mit der Angst zu tun bekommen, weil sie ein Schwalbenkind zur Welt gebracht hat.«

Mit zur Seite geneigtem Kopf sah Matthäus sie an und entlockte ihr damit ein Lächeln.

»So nenn' ich die Kinder, wenn sie anders aussehen, als man sie sich vorgestellt hat.«

Sie lächelte noch immer. Dabei wirkte sie wie aus der Welt entrückt, so, als trete sie gerade über die Schwelle einer vergangenen Zeit. Matthäus wusste nicht, warum er sich auf dieses Gespräch mit Gret einließ. Mit dem Tod einer Frau, die er nicht einmal gekannt hatte, hatte er ebenso wenig zu schaffen, wie mit einem ermordeten Ölmüller, seinem spindeldürren Gehilfen und einem Schwalbenkind. Das Gefühl des Unbehagens verstärkte sich, rieselte als kalter Schauer über seinen Rücken und ließ ihn frösteln. Er wehrte sich, wollte es abschütteln, aber es gelang nicht.

»Ich muss los«, hörte er sich sagen, ließ Gret stehen und rannte, ohne zu wissen, wohin.

Wie von selbst schlugen seine Beine eine Richtung ein und es tat ihm gut, seinen Körper zu spüren, seine Lungen mit Luft zu füllen und das Keuchen zu hören, das er im Gleichtakt seiner Schritte ausstieß.

Er rannte den Hang hinauf, am Dorf vorbei und in den Eichwald. Wo die Bäume dichter standen und Wurzeln die Erde durchbrachen, lief er im Zickzack wie ein Feldhase. Ein heftiges Stechen in der Leiste zwang ihn irgendwann dazu, stehen zu bleiben. Er presste die flache Hand auf die schmerzende Stelle, beugte sich vornüber und schöpfte neuen Atem. Grets Worte hatten Bilder in seinen Kopf getrieben, die ihn bis hierher verfolgten. Er wollte nichts mehr hören von Toten, von Hexen und von Schwalbenkindern. Er war ein Spielmann, wollte sich die Drehleier umlegen und Musik machen, zu der die Leute sich im Kreis drehten, klatschten und ihre Sorgen für kurze Zeit vergaßen. Dazu war er hierhergekommen.

Langsam richtete er sich auf. Das Stechen verebbte. Seine Schultern verloren ihre Spannung, kraftlos hingen die Arme zu beiden Seiten herab. Er legte den Kopf zurück. Über ihm schwankten die Baumwipfel leicht im Wind. Dazwischen blitzte der Frühlingshimmel auf. Eine selten gefühlte Leichtigkeit durchströmte ihn. Doch bevor er sich in aller Gänze in ihr sonnen konnte, ließ ein Rascheln im nahen Unterholz ihn zusammenfahren.

Er sah sich um und erschrak, als er ein Kind zwischen den Farnbüscheln entdeckte. Er schätzte es auf höchstens drei Jahre. Seine Haare waren von schmutzig-brauner Farbe und erinnerten an eine ungepflegte Pferdemähne, denn sie waren derart verfilzt, dass jeder Kammzinken an ihnen gescheitert wäre. Der magere, kleine Körper war in ein fleckiges Wams gehüllt, das ihm viel zu groß war. Wie ein Wesen aus einer anderen Welt kniete es da, so als habe jemand es aus seiner vertrauten Umgebung herausgerissen und an einen Ort gebracht, an den es nicht gehörte. Angst schien ihm fremd zu sein, denn es machte nicht die geringsten Anstalten zu fliehen. Matthäus stand ebenso unbewegt. Er konnte nicht aufhören, das Kind anzustarren, weil irgendetwas an ihm andersartig schien, ohne dass er es auf Anhieb hätte benennen können. Der Kopf wirkte für ein so kleines Kind und im Verhältnis zum Körper unnatürlich groß. Seine Augen standen etwas zu weit auseinander und ähnelten kleinen runden Perlen und auch die Haltung der Schultern wirkte auf Matthäus sonderbar, so als sei die rechte ein Stück nach oben gezogen. An diesem Kind passte eins nicht zum anderen und alle Körperteile erweckten den Anschein, als seien sie beliebig zusammengesetzt.

Bist du ein Schwalbenkind? Grets Erzählungen kamen ihm in den Sinn und im Nu erinnerte er sich auch an Cunrats Aussage von den Leuten, die sich gern an der Andersartigkeit anderer Lebewesen ergötzten. Tat er nicht gerade genau dasselbe wie jene, die sich auf den Jahrmärkten um die Tierbuden der Schausteller drängten?

Matthäus schüttelte den Gedanken ab. Er regte sich nicht, weil er vermeiden wollte, dem Kind Angst einzujagen. Unbewegt kniete es im Farn, hielt seinen Blick unverwandt auf Matthäus gerichtet und schien auf etwas zu warten. Da nahm er eine Bewegung hinter dem Kind wahr, einen Schatten, eine Gestalt, ein verschlissenes Kleid, dem der linke Ärmel fehlte. Die wilde Frau! Sie zischte dem Kind etwas zu, woraufhin es sich aus seiner Starre löste und sich zu ihr umdrehte. Schwerfällig kroch es auf Händen und Knien über das vermoderte Laub in ihre Richtung. Sie beugte sich herunter, hob es auf ihre Arme und setzte es auf ihre Hüfte, ohne den Blick von Matthäus zu wenden. Nicht mehr als vier Armlängen lagen zwischen ihnen. Er sah die schwarzen, leeren Augen und den Schorf auf ihren aufgesprungenen Lippen.

»Wer bist du?« Er vermied jede Bewegung und hoffte, sie mit seiner Frage nicht zu ängstigen.

Sie blieb stumm, senkte den Kopf und wandte sich zum Gehen.

»Ich komme wieder«, rief er ihr nach und sie hielt inne, »hierher. Ich bring dir Brot. Dir und deinem Kind.«

Sie zeigte keine Regung, weder Dankbarkeit noch Furcht. Mit einem kaum wahrnehmbaren Kopfnicken wandte sie sich um und verschwand mit ihrem Kind in den dunklen Tiefen des Waldes.

Matthäus löste sich erst, als sie sich seinen Blicken vollständig entzogen hatte. Langsam setzte er sich in Bewegung, schritt zwischen den Bäumen hindurch und brauchte eine ganze Weile, bis er schließlich den Saum des Waldes erreicht und den Weg hinunter ins Dorf gefunden hatte. Als er am Mühlenhaus eintraf, sah er, dass die Eingangstür offen stand. Er machte einen Schritt über die hölzerne Schwelle und hörte Cunrats Stimme, bevor er ihn sah.

»Und wer gibt mir dann meine Anzahlung zurück?« Dem Tonfall nach zu urteilen, stand Cunrat unmittelbar vor einem Wutausbruch. Matthäus drückte sich an die mit Lehm verputzte Wand.

»Was weiß denn ich? Ich hab jedenfalls nichts damit zu schaffen!« Die Stimme war Matthäus fremd. Sie musste Lorenz gehören, dem Gehilfen des Müllers.

»Drei Jahre habe ich gewartet, drei verfluchte Jahre und jetzt habe ich weder das Geld noch die Ware!«

»Schrei nicht so herum, du bist hier nur Gast! Ich setz dich vor die Tür, wenn du dich nicht beruhigst!« Matthäus legte die Stirn in Falten.

»Ach, du tust ja gerade so, als gehörte die Mühle schon dir!«

»Irgendwann wird sie mir gehören, Wulfram hat es mir immer versprochen!«

»Aber Wulfram kann nichts mehr sagen. Es gibt keine Erben, also fällt die Mühle dem Dorf zu.«

»Das werden wir noch sehen, aber dafür brauche ich deine Ratschläge ganz gewiss nicht. Das klären wir hier unter uns.«

»Unter euch, ja? Dann klärt doch auch gleich, wer mir mein Geld zurückgibt.«

»Verdammt noch mal, es war ein Handel zwischen dir und Wulfram! Lass mich aus dem Spiel!«

»Du bist sein Nachfolger, also übernimmst du seine Geschäfte!«

»Dieses Geschäft hat nichts mit der Mühle zu tun, das weißt du selbst. Scher dich raus, Cunrat, nimm deine Brüder mit und lass dich hier nie wieder blicken!«

Lorenz' Stimme war bei den letzten Worten schärfer geworden, woraufhin Cunrat ein Gebrüll anstimmte, das wie ein Donnergrollen unter den niedrigen Decken des Fachwerkhauses dröhnte. Ein dreibeiniger Schemel krachte gegen den Türrahmen, Holz splitterte. Matthäus drückte sich dichter an die Wand, als ihm zerborstene Teile vor die Füße flogen.

»Er hat mir die Hand darauf gegeben!«, schrie Cunrat, während er mit hochrotem Kopf und bebender Brust an Matthäus vorbei über die Türschwelle ins Freie taumelte.

»Cunrat!« Matthäus lief ihm nach, packte ihn am Wams und krallte seine Finger fest in den Ärmel, um ihn mit einer einzigen Bewegung zu sich herumzudrehen. »Was ist hier los? So sag's mir doch endlich!«

Mit einem Knurren, das dem eines Tieres glich, befreite sich Cunrat aus Matthäus' Griff.

»Ich habe ein Anrecht auf das Kind! Dreißig Thaler habe ich ihm angezahlt und drei verdammte Jahre drauf gewartet. Und jetzt? Weder das Geld noch das Kind!« Unwillig stieß er mit der Schuhspitze in den Dreck, sodass eine Wolke aus Staub aufflog.

Matthäus mühte sich, das Gewirr aus Fragen in seinem Kopf zu ordnen.

»Ein Kind? Du wolltest ihm ein Kind abkaufen?« Träumte er diese Ungeheuerlichkeit nur? War sein Bruder nicht bei Verstand?

Cunrat begann, mit gleichförmigen Schritten im Hof auf und ab zu gehen, bis zur Einfriedung und zurück zum Mühlenhaus, wieder und immer wieder. Vor Wut hervorgebrachtes Brüllen wechselte mit dem wortreichen Beklagen des ihm widerfahrenen Unrechts und des verlorenen Geldes. Weiße Schaumbläschen sammelten sich in seinen Mundwinkeln und er spie sie zusammen mit Flüchen und Drohungen aus, ohne es zu merken.

»Was für ein Kind, Cunrat?« Die Worte wollten Matthäus kaum über die Lippen. Er versuchte, die aufsteigenden Bilder auszublenden. Er hatte sie nicht gerufen, wollte sich nicht ausmalen, was möglich sein könnte. Sein Geist wehrte sich, diesen Gedanken zu folgen. Matthäus rief sich zur Ruhe, atmete tief ein. Aber es war nicht genug, die Luft, die in seine Lungen strömte, reichte nicht, so wie die Antworten nicht reichten, nie reichen würden, mit denen sein Bruder ihn abspeiste. Unvermittelt blieb Cunrat vor ihm stehen. Matthäus sah die Ader an seiner rechten Schläfe klopfen und hörte die viel zu raschen Atemzüge. Cunrats Schultern bebten.

Mit herabhängenden Armen stand er da und hätte er nicht immer noch das Zornfunkeln in seinen Augen gesehen, so wäre Matthäus geneigt gewesen, Cunrat so etwas wie Mitleid entgegenzubringen. Keiner sprach, keiner brüllte, niemand bewegte sich. Eine wohltuende Stille nach Cunrats Ausbruch und dem Streit im Mühlenhaus.

»Ich weiß, wo es ist!« Sie wandten die Köpfe. Lorenz lehnte im Türrahmen und wirkte wie der rechtmäßige Hausherr der Mühle.

»Sag es mir!« Cunrats Gesichtszüge hellten sich auf. Lorenz öffnete den Mund und lachte, wobei zwei schwarze Zahnstummel sichtbar wurden. »Umsonst ist der Tod, Cunrat. Für dreißig Thaler verrate ich's dir!«

Cunrat näherte sich ihm und wieder überzog eine flammende Röte sein Gesicht.

»Das ist die Summe, die der Müller mir schuldet!«, schrie er. »Du glaubst doch nicht, dass ich noch einmal zahle!«

Sie standen einander gegenüber. Schlagartig verstummte Lorenz' Lachen. Er beugte sich vor und flüsterte Cunrat etwas zu. Die Entfernung war zu weit, als dass Matthäus es hätte verstehen können. Er sah nur, wie sein Bruder nickte, die beiden mit einem Handschlag eine Abmachung besiegelten und Lorenz hinüber zum Stelzenbachforst wies. Es war nur eine ungefähre Richtungsangabe, denn die Wälder, die das im Tal liegende Dorf nach drei Seiten hin begrenzten, dehnten sich weit aus und waren von Laubgehölz bewachsen, sodass hier leicht jemand Unterschlupf finden konnte. Matthäus' Blick folgte dem ausgestreckten Arm. Dabei gewahrte er eine Frau vor der Einfriedung, die allem Anschein nach ihren Disput verfolgt hatte und nun neugierig zu ihnen herüber starrte.

»Was bist du so sicher?«, rief sie zu Lorenz hinüber und da erst erkannte Matthäus die alte Gret. Sie hatte eine Milchkanne aus Blech bei sich, die vom jahrelangen Gebrauch verbeult war. Matthäus erinnerte sich nicht, einen Hof in der Nähe gesehen zu haben, auf dem sie Milch hätte holen können. Nutzte Gret die Milchkanne nur, um einen Grund vorzutäuschen, die Mühle erneut aufzusuchen und ihre Neugier zu stillen? Matthäus legte die Stirn in Falten.

»Halt dich raus!«, brüllte Lorenz zurück.

»Ich würde mich an deiner Stelle vorsehen«, rief sie und fügte mit erhobener Stimme hinzu: »Könnte sein, dass seine Mutter eine Hexe ist!« Mit in die Hüften gestemmten Händen wartete sie auf eine Reaktion.

Bevor Lorenz antwortete, näherte Cunrat sich dem Bretterzaun, der sie wie eine Grenzlinie voneinander trennte. »Bis jetzt hat mir noch keine Hexe Angst eingejagt«, raunte er ihr zu. »Das Kind gehört mir und ich werde es mir holen.« In Grets Mundwinkeln zuckte es. Sie sagte nichts, wandte sich um und verließ das Mühlengrundstück.

Indessen wirkte Cunrats letzter Satz wie ein Eimer kaltes Wasser, mit dem jemand Matthäus übergossen hatte. Es war, als habe er sich mit einem Mal in einen Außenstehenden verwandelt, der nun aus einer gewissen Distanz heraus beobachtete, wie sich Vermutungen und Ahnungen in Matthäus' Kopf sortierten und endlich zur Gewissheit wurden. Er sah die schwarzen Augen, den leeren Blick und das Kind mit dem zu großen Kopf.

»Kommt mit und helft mir suchen!« Cunrat winkte seine Brüder zu sich und schritt voran, ohne sich noch einmal umzudrehen.

»Du bist nicht bei Verstand, Cunrat!«, rief Matthäus ihm nach. Wie konnte er seinen Bruder nur von dessen wahnhaftem Vorhaben abbringen? »Die Wälder sind riesig und wir kennen uns nicht aus in der Gegend. Wo willst du nach dem Kind suchen?«

»Tu, was ich dir sage!«

»Nein, das tuc ich nicht!« Matthäus erschrak über seine eigene Kühnheit. Sie machte ihm Angst und trieb ihm gleichzeitig einen pulsierenden Strom aus Stolz durch die Adern. Als er sich zu Arnold umdrehte, sah er das Leuchten in dessen Augen und er erkannte darin die tiefe Bewunderung, die sein jüngerer Bruder ihm zollte.

»Ich auch nicht!«, rief Arnold. Sie wechselten einen Blick und besiegelten ihre Verweigerung mit einem verschwörerischen Kopfnicken.

Cunrat hörte sie nicht mehr.

»Er darf sie nicht finden!«, murmelte Matthäus, während er seinem Bruder abwesend hinterher sah. Als er hinter der Wegbiegung verschwunden war, drehte Matthäus sich um und ging zum Mühlenhaus, wo Lorenz noch immer im Türrahmen lehnte.

»Er kann dir den Preis nicht zahlen«, sagte Matthäus.

»Ich weiß. Wir haben uns anders geeinigt.« In einer Geste der Selbstgefälligkeit grinste Lorenz Matthäus an und zeigte dabei erneut seine verfaulten Zähne.

»Verrätst du es mir?«

»Warum nicht? Du bist sein Bruder.«

Bevor er antwortete, musterte er Matthäus, so, als wolle er abschätzen, ob er ihm trauen könne. Dann beugte er sich zu ihm vor und flüsterte:

»Er wird dafür sorgen, dass die Hexe nicht wieder im Dorf auftaucht.«

Ohne einen Plan hetzten Matthäus und Arnold durch die Wälder. Eine Weile konnte Arnold das Tempo seines Bruders mithalten, aber irgendwann fiel er zurück.

»Ich warte im Dorf auf dich!«, rief er Matthäus nach, der sich nicht einmal umdrehte, sondern nur einen Arm hob, zum

Zeichen, dass er verstanden hatte. Zeit war kostbar und Matthäus wollte sie nicht verschwenden. Er eilte weiter, ohne zu wissen, wo er nach der wilden Frau und dem Schwalbenkind suchen sollte, noch, wohin er sie bringen würde, damit sie in Sicherheit wären. Erfüllt vom Drang, das Kind und seine Mutter vor der Gewalt seines älteren Bruders zu beschützen, blendete er aus, worauf er keine Antwort wusste. Er hastete zu der Stelle, an der er ihr zum ersten Mal begegnet war und wo er tags darauf das Kind entdeckt hatte, bahnte sich seinen Weg zwischen Laubgehölz hindurch, überquerte Lichtungen, passierte die Köhlerhütten, jagte aus dem Wald heraus, an den Schwarzerlen vorbei, die einen Bachlauf säumten, über eine Wiese, auf der Teufelskralle und Witwenblumen wuchsen, und wieder in den Wald hinein. Doch wohin er auch lief, er entdeckte weder die Frau mit dem Kind noch Cunrat. Erst als der Schweiß der Anstrengung sein Wams durchnässt hatte, ihm an den Schläfen herabbrann und sein Mund sich so trocken anfühlte, dass er kaum schlucken konnte, suchte er den Pfad, der zurück nach Daubach führte. Weil ihm der Sinn nicht danach stand, zum Mühlenhaus zu gehen, ließ er sich an einer Scheunenwand herabgleiten und auf die Erde sinken. Mit angewinkelten Beinen saß er da, lehnte seinen Kopf an die Bretterwand und ließ die Sonne den Schweiß auf seiner Stirn trocknen. Zwei schwarze Hühner stolzierten um ihn herum, beäugten ihn und hackten mit ihren spitzen Schnäbeln in die Erde.

Die Enttäuschung über seine Unfähigkeit legte sich wie eine Eisenklammer um Matthäus' Herz. Mit aller Macht verdrängte er die Vorstellung, dass Cunrat die wilde Frau töten und das Kind mitnehmen könnte.

»Du siehst erschöpft aus, Spielmann!« Ruckartig wandte er den Kopf. Gret. Mit ausladenden Armbewegungen scheuchte sie ihre Hühner hinter den Bretterzaun.

»Es freut mich, dass meine Scheune dir zum Ausruhen genügt.« Mit dem Ärmel rieb sich Matthäus den Schweiß aus dem Gesicht.

»Hab sie nicht finden können«, sagte er. Die Niedergeschlagenheit in seiner Stimme blieb Gret nicht verborgen.

»Wen?«

»Die Frau und das Kind.«

»Du hast nach ihnen gesucht?«

Sie trat zu ihm. Mit der Rechten beschattete er die Augen, als er zu ihr aufblickte.

»Du hast gehört, dass Lorenz meinem Bruder verraten hat, wo das Kind ist. Im Gegenzug will er, dass Cunrat dafür sorgt, dass sich die Frau nicht wieder hier sehen lässt. Ich kenne meinen Bruder, er ist zu allem fähig!«

»Du wolltest sie warnen, Spielmann. Das ehrt dich.«

»Aber ich habe nichts erreicht! Wenn sie kein sicheres Versteck haben, wird Cunrat sie finden! Er wird das Kind mitnehmen und es auf den Jahrmärkten zur Schau stellen wie eins von diesen Äffchen. Und seine Mutter wird er …«

»Er wird sie nicht finden.«

»Warum bist du so sicher?«

»Glaub mir.«

»Gret, was weißt du?«

Sie musterte ihn vom zerzausten Schopf bis zu den löchrigen Schuhen.

»Du bist ein Fremder, aber ich traue dir über den Weg, im Gegensatz zu vielen anderen Durchreisenden. Komm ins Haus.«

Matthäus erhob sich schwerfällig wie ein alter Mann. Gret ging ihm voran, durch einen kleinen Garten, in dem es nach Minze und Salbei duftete, hinüber zur Haustür. Sie schob ihn in den schmalen Hausgang, der im hinteren Bereich in den Ern überging. Über einer gusseisernen Herdplatte hing die Feuerhehl mit dem Kessel aus dem Schornstein herab und auf einem gemauerten Sims standen drei irdene Schüsseln und ein Eisentopf mit Henkel. Die Wände waren vom Rauch geschwärzt und durch das einzige Fenster drang gerade so viel Tageslicht, dass sie keine Kerze brauchten. Sie setzten sich nebeneinander auf eine aus Holz gezimmerte Bank. Gret legte beide Hände vor sich auf die Tischplatte. Während sie sprach, richtete sie ihren Blick geradeaus ins Leere. Sie wirkte, als durchlebe sie das Geschehene ein zweites Mal.

»Bis vor vier Tagen war ich, so wie alle hier im Dorf, der Meinung, dass Ida und ihr Kindchen vor drei Jahren gestorben sind. Ich war dabei, als das Kleine auf die Welt kam. Hab gleich gesehen, dass es ein Schwalbenkind war. Wulfram hatte nichts Besseres zu tun, als im Dorf herumzuerzählen, dass seine Frau ein Hexenbalg zur Welt gebracht hatte, mit verdrehtem Rücken und sechs Fingern an jeder Hand. Deshalb sei bei seiner Kuh noch am gleichen Tag die Milch versiegt. Keiner sprach es aus, aber alle dachten das Gleiche. Man hatte erst kurz zuvor im Wolfsturm in Montabaur drei Weiber wegen Hexerei festgesetzt. Die Kunde war bis zu uns ins Tal gedrungen. Schnell wurde Ida in den Köpfen der Leute zu einer Hexe und als Wulfram zwei Tage später erzählte, dass sie fiebert, bekreuzigten sich alle vor Erleichterung. Ich bot Wulfram an, nach ihr zu sehen, aber er jagte mich fort. Er lamentierte darüber, dass kein Pfaffe die Ida und das Kind begraben wollte. Was haben eine Hexe und ihr Balg in gesegneter Erde verloren? Also hat Wulfram es selbst gemacht. Alle haben sich gewundert, aber keiner hat was gesagt. Danach kehrte Ruhe ein.

Vor ein paar Tagen wurde die Geschichte von damals wieder lebendig, nein, es waren Ida und ihr Kind, die lebendig wurden, und zwar so, dass ich es mit der Angst zu tun bekam.« Sie unterbrach sich, atmete hörbar ein und ließ die Luft langsam wieder entweichen. Matthäus saß stocksteif neben ihr.

»Ich war auf dem Weg von der Ruppenröder Asthecke ins Dorf, hatte Reisig gesammelt und ein paar Knüppel Holz. Die Kiepe auf meinem Rücken war voll bis zum Rand und ich mühte mich mit ihr über den matschigen Weg den Hang rauf ins Dorf. Es hatte tagelang geregnet. Ich hatte gehofft, im Trockenen heim zu kommen, aber da fielen schon die nächsten Tropfen. Ich eilte mich und rutschte deshalb beinahe auf dem aufgeweichten Weg aus. Mit einem Mal tauchte eine Frau auf. Sie lief mir entgegen, mit einem Kind auf den Armen, an dem sie schwer trug, das konnte ich sehen. Als die Frau näher kam, erkannte ich, wie verwahrlost sie aussah – eine Dahergelaufene, abgemagert, ungewaschen, mit nicht mehr als einem Fetzen am Leib. Da erst sah ich, dass ihr einer auf den Fersen war, der Statur nach ein Mann und als er näher kam, stellte ich fest, dass es niemand anderer als Wulfram war. Ich hörte, wie er fortwährend brüllte, dass sie stehen bleiben solle und er sie ja doch einholen würde. Ich war außerstande zu begreifen, was hier vor sich ging. Die Frau war mir fremd, auch das Kind hatte ich nie gesehen, aber als nur noch ein paar Schritte zwischen uns lagen, sah sie mir ins Gesicht! Da erkannte ich sie, aber gleichzeitig wusste ich, dass sie es nicht sein konnte. Sie war doch tot! Seit drei Jahren schon!«

Die Ruhe in Grets Händen, die bisher entspannt nebeneinander auf dem Tisch gelegen hatten, verflog. Ihre Fingernägel begannen lautlos, Kerben in die Holzplatte zu kratzen.

»Ihre Augen«, fuhr Gret leise fort, »diese großen schwarzen Augen, die mich um Hilfe anbettelten. Ich erhaschte einen Blick auf die Hände des Kindes, zählte sechs Finger und begriff es endlich. Dann geschah alles gleichzeitig, ja, es musste sogar gleichzeitig geschehen, weil ich wusste, dass ich keine Zeit verlieren durfte, wenn ich ihr helfen wollte. Die Zusammenhänge erschlossen sich mir noch immer nicht vollständig, mir fehlten Antworten, aber nach ihnen zu suchen, wäre später noch Zeit, jetzt waren sie nicht wichtig. Wichtig war, dass ich den Müller aufhielt und Ida damit einen Vorsprung verschaffte. Sie hetzte an mir vorbei und ich griff über meinen Kopf nach hinten, wo ich einen der größeren Knüppel zu fassen bekam, die zuoberst auf der Kiepe lagen. Ohne einen weiteren Gedanken, schleuderte ich ihn Wulfram vor die Füße. Ich weiß nicht, wer mir die nötige Kraft gegeben hat, aber ich brachte ihn damit zu Fall. Er geriet ins Stolpern, stürzte und schlug wie ein gefällter Baum auf der Erde auf. Ich wartete nicht, raffte meine vom Regen schwer gewordenen Rocksäume und rannte los, in die Richtung, aus der Ida und das Kind gekommen waren, weil ich annahm, dass er jetzt mir nachsetzen würde. Sollte er doch! Wenn nur die beiden sich retten konnten! Nach einer Weile warf ich im Laufen einen Blick über die Schulter zurück. Da stockte mir der Atem und ich blieb stehen. Wulfram lag noch immer da und rührte sich nicht! Ich glaube, mein Herz hat sich überschlagen, dieses Mal mehr aus Angst als vor Anstrengung. Ich hab nicht mehr nachgedacht und bin zurückgelaufen. Die glitschige Erde brachte mich wieder ins

Stolpern. Ich stürzte auf die Knie und durch die Last auf meinem Rücken verlor ich das Gleichgewicht. Als ich mich aufgerafft und mir den Regen aus dem Gesicht gewischt hatte, entdeckte ich Ida. Wie versteinert stand sie etwas abseits von Wulfram, das Kind noch immer auf den Armen, beide nass vom Regen. Ich hab mir die Kiepe vom Rücken gezerrt und mich neben ihn in den Schlamm gekniet. Gütiger Himmel, ich hatte ihn aufhalten wollen, aber nicht umbringen! Der Regen lief mir übers Gesicht, ich konnte kaum sehen. Wulfram lag halb auf dem Bauch, halb auf der Seite, ein Bein angewinkelt, die Augen geschlossen. Da war nichts, was auf eine Verletzung hindeutete, aber ich weiß, dass es manchmal in den Körper oder Kopf blutet, ohne dass man äußerliche Veränderungen bemerkt. Wie er so vor mir lag und ich nicht wusste, ob ich vor Verzweiflung laut aufschreien sollte, weil ich mich versündigt hatte, oder vor Freude aufatmen, weil er es nicht verdient hatte, weiterzuleben, spürte ich plötzlich, wie mich jemand anstarrte. Ich drehte meinen Kopf. Ida. Mit merkwürdig verzerrtem Gesicht stand sie jetzt dicht neben mir. Das Kind hatte sie am Waldrand abgesetzt. Sie durchbohrte mich fast mit ihrem Blick.

Was hat er dir angetan?, habe ich sie gefragt, aber sie gab mir keine Antwort. Wut stieg in mir hoch, eine brennende Wut auf diesen Tyrannen, der reglos neben mir lag. Sie war so stark, dass ich nichts mehr um mich herum wahrnahm, nicht das Regenrinnsal in meinem Nacken und nicht die Kälte, die mir in die Knochen kroch. Noch kannte ich keine Einzelheiten, wusste nichts über Idas Martyrium, aber da war eine Ahnung in mir, die mich sicher machte. Und stark. Ich wusste, was ich zu tun hatte.«

Matthäus wandte sich zu ihr um. Er stieß den Atem aus. Erst jetzt merkte er, dass er bei ihren letzten Worten unwillkürlich die Luft angehalten hatte. Gret hatte den Ölmüller auf dem Gewissen? Beiläufig wanderte sein Blick zu ihren Händen, die wie zu Beginn wieder ohne eine Bewegung nebeneinander auf dem Tisch ruhten, die Finger dicht an dicht. Sie hatten einen Menschen umgebracht. Mit der Zunge fuhr sich Matthäus über die vor Aufregung trockenen Lippen. Gret war eine Fremde. Sie kannte ihn nicht und doch vertraute sie ihm ihr vielleicht größtes Geheimnis an, eine Schuld, von der niemand sie würde freisprechen können.

»Aber dann spürte ich plötzlich Idas Hand auf meinem Arm.« Bei ihren Worten zuckte Matthäus zusammen.

»Durch einen Schleier aus Regen sahen wir uns an. Sie sagte nichts, aber ich verstand sie auch so. Ich erhob mich und trat einen Schritt zur Seite. Sie musste es tun, sie musste Rache nehmen. Unter größter Anstrengung wälzte sie ihn auf den Bauch, kniete sich auf seinen Rücken und drückte sein Gesicht mit beiden Händen in den Morast. So lange, bis ihre Fingerknöchel weiß hervortraten und ihre Arme anfingen zu zittern. Ich konnte die Kraft sehen, die sie aufbrachte, und den Hass spüren, der sie dazu befähigte. Da war nichts anderes in ihrem Gesicht, kein Schmerz, keine Schuld, keine Angst, dass jemand sie beobachten könnte. Es gab nur ihre Hände, die wie von selbst gerade ein Leben auslöschten. Und während sie es taten, stieg ein Bild in mir auf. Ich stellte mir vor, wie er zu sich kommen würde, wenn der Matsch schon in Nasenlöcher und Mund gedrungen wäre, und wie er nach Luft ringen, aber nur Schlamm einatmen würde. Und als hätte dieser Gedanke auch Ida durchzuckt, drückte sie fester zu, mit aller Kraft. Der Regen wurde stärker und musste ihr vollends die Sicht genommen haben, ich sah, wie er ohne Unterlass aus ihren Haaren auf sein Hemd tropfte. Irgendwann hörte sie auf. Ihr Griff lockerte sich und sie sank zusammen. Der Regen spritzte in die Schlammpfützen um sie herum, besprenkelte sein Wams und ihre Hände. Wulfram regte sich nicht.

Sie stand auf und starrte auf ihn herab, unfähig, etwas zu tun. Ohne ein Wort zogen wir ihn zusammen unter die Brombeersträucher. Er war so schwer, dass wir ihn kaum vom Fleck bekamen. Aber schließlich gelang es uns.«

Ein langes Schweigen breitete sich zwischen ihnen aus. Vor dem Fenster zog die Dämmerung auf. Matthäus schloss die Augen. Innerhalb weniger Augenblicke war er zum Mitwisser einer abscheulichen Tat geworden. Fortan teilte er ein Geheimnis, das er sein Lebtag nicht vergessen würde.

»Ich bin ein Fremder für dich. Du vertraust mir Dinge an, die man besser für sich behält.«

Ihre Mundwinkel verzogen sich zu einem flüchtigen Lächeln. »Du meinst es gut mit ihr. Deshalb erzähle ich es dir.«

»Was hat er mit ihr gemacht?« Seine Augen verengten sich und er war sich plötzlich nicht mehr sicher, ob er die Wahrheit wirklich wissen wollte.

Sie ließ sich zurücksinken. Ihre Hände ruhten jetzt in ihrem Schoß.

»Sie hatte ein Kind bekommen. Ein kleines Mädchen. Es war nicht so schön wie andere Kinder, aber es war ihres und sie liebte es vom ersten Augenblick an. Als Wulfram seine Tochter zum ersten Mal betrachtete, begann er zu brüllen und schimpfte Ida eine Hexe. Er hat ihr gedroht, sie in den Wolfsturm zu bringen, wo man ihr mit Zangen die Schienbeine zerquetschen und die Fußsohlen mit glühendem Pech beträufeln würde. Ida war fast besinnungslos vor Angst, weil sie fürchtete, dass er ihr das Kind nehmen und es töten könnte.

Als das Kind zwei Tage alt war, zwang er sie, mit ihm in das Loch herunterzusteigen, das sich unter der Schlafkammer im Mühlenhaus befindet. Über eine Klappe gelangt man hinunter. Ida war vorher noch nie darin gewesen, es war Wulfram vorbehalten, dort das Holz zu lagern. Das Loch, so nannte sie es, ist so lang und breit wie die Schlafkammer, aber sehr niedrig, sodass man nur gebückt darin stehen kann. Es wird von einer eisenbeschlagenen Holzklappe verschlossen. An diesem Tag war das Loch leer, er hatte alles herausgeräumt, bis auf etwas Stroh und eine Decke. Unter Tränen musste Ida mit ansehen, wie er die Klappe über ihr schloss und tiefste Dunkelheit sie einhüllte. Ihr fehlte die Vorstellungskraft, um zu begreifen, aus welchem Grund er es tat, und anfangs glaubte sie, dass er sein Spielchen nach ein paar Stunden beenden würde. Aber sie hatte sich geirrt. Sie hielt ihr kleines Mädchen an sich gedrückt und wimmerte vor sich hin. Tage kamen und gingen und glichen einander. Bald verlor sie das Gefühl für die Zeit. Dass es Nacht war, zeigte ihr nur das Schnarchen über der Klappe. Für die Notdurft gab es einen Eimer, den er leerte, wann es ihm gefiel, und er warf ihr gerade so viel zu essen hinunter, dass sie nicht verhungerte. Trotz aller Entbehrungen hatte sie genug Milch für ihr Kind. Sie klammerte sich an den Gedanken, dass jemand aus dem Dorf sie vermissen würde, und hoffte dabei auf mich. Aber die Mühle liegt abseits, sie wusste, dass es lange dauern würde, bis ihr Fehlen jemandem auffiele, und ahnte nichts von der Kiste, die Wulfram gezimmert und in der er sie längst beerdigt hatte.

Das Kind wuchs in ihren Armen auf, aber es lernte nicht zu laufen. Sie sang ihm Lieder vor und erzählte ihm von den Rotbuchen im Stelzenbachforst, die sich im Sommer im Wind wiegen, von den Gelbachhöhen mit den Wasserläufen, von den Apfelbäumen mit ihren weißen Blüten und vom Schnee, unter dem sich im Winter unser Tal versteckt.

Nach einem Jahr wollte Wulfram in regelmäßigen Abständen wissen, ob das Kind laufen könne. Ida verneinte jedes Mal und wunderte sich über seine Neugierde, die sie zu diesem Zeitpunkt fälschlicherweise als ehrliches Interesse deutete. Sie wusste ja nicht, dass er einen Handel abgeschlossen hatte.«

Matthäus hob den Kopf. »Der Handel mit meinem Bruder!«

Gret nickte. »Offensichtlich kannten sich die beiden vom Jahrmarkt in Montabaur. Ein paar Tage, nachdem der Müller Ida mit ihrem Kindchen in das Loch geworfen hatte, fuhr er mit seinem Öl zum Markt. Dort müssen er und Cunrat sich begegnet und ins Geschäft gekommen sein.«

»Mein Bruder suchte ein seltsames Geschöpf, um es für Geld zur Schau zu stellen.«

»Und Wulfram hatte eins.«

Wie in einer Melodie, die Matthäus auf der Drehleier spielte, fügte sich ein Ton zum anderen. Ein Lied von Grausamkeit und Leid. Hart bohrte sich sein Klang in Matthäus' Kopf.

»Wie ging es weiter?«, fragte er mit belegter Stimme.

»Mit jedem Tag schmolz Idas Hoffnung, gefunden zu werden und als er eines Tages die Klappe öffnete und ihr zurief, er könne nicht länger darauf warten, dass das Kind laufen lernt, und sie solle es ihm heraufreichen, wurde sie beinahe verrückt. Sie hatte nichts als ihr Kind und dass sie noch lebte, verdankte sie allein ihm, denn für das kleine Mädchen war sie stark gewesen und hatte alles ertragen.

Er hatte Bier getrunken an jenem Tag, das erkannte Ida an seinem roten Kopf und an der schwammigen Art, wie er sprach. Und als sie sein versoffenes Gesicht über sich sah, beschloss sie, dass sie ihm ihr Kind niemals überlassen würde. Sie hatte nur diese eine Gelegenheit, das wusste sie. Sie rief ihm zu, dass sie das Kind nach oben bringen würde, weil es nicht laufen konnte. Er nickte nur und Ida stieg mit zittrigen Beinen, das Kind auf dem Arm, die Stiege hinauf. Es begann zu schreien und sie drückte es an sich und betete, dass ihr Plan gelingen möge. Sie erklomm die Stiege bis zum Ende und nutzte den Moment, in dem Wulfram, berauscht vom Bier, sie aus glasigen Augen ansah. Als sie an ihm vorbei wollte, griff er nach ihr, bekam aber nur ihren Ärmel zu fassen. Sie konnte sich losreißen. Dabei schob sie ihn mit der freien Hand von sich fort. Im darauf folgenden Handgemenge muss er das Gleichgewicht verloren haben, weil er mit einem Fuß in die offenstehende Klappe getreten war. Ida hörte es hinter sich poltern, vermied es aber, sich umzudrehen. Gleich darauf stieß er eine Salve von Flüchen und Drohungen aus. Sie raffte die Röcke und lief aus dem Haus. Nach den Jahren der Entbehrung fehlte ihr die Kraft, sie wusste, dass er ihr früher oder später auf den Fersen sein würde, aber ihr Wille war stark. Er verlieh ihr die Flügel, die sie brauchte, um ihrem Peiniger zu entkommen.«

»Und kurz danach begegnete sie dir im Wald?«

Aus dem Augenwinkel bemerkte Matthäus ein schwaches Kopfnicken.

»Was hat Lorenz mit all dem zu schaffen?«

»Er fand heraus, dass Wulfram die Ida und sein Kind eingesperrt hielt. Fortan hatte Lorenz den Müller in der Hand. Alles, was er wollte, war die Mühle und er erpresste Wulfram mit seinem Wissen, damit er sie ihm vermachte. Lorenz versprach zu schweigen und das Geheimnis im Mühlenhaus zu wahren.«

Allmählich fügte sich in Matthäus' Kopf ein Bruchstück zum anderen. »Deshalb ist ihm daran gelegen, dass die Ida nicht zurück ins Dorf kommt«, murmelte er.

Gret nickte. »Jetzt, wo der Ölmüller tot ist, ist Ida die rechtmäßige Erbin der Mühle.«

»Ich hoffe, sie hat ein sicheres Versteck.«

»Das hat sie, sorg dich nicht.«

Gret erhob sich, strich sich über den Rock und nahm das Öllicht vom Fenstersims. Mit einem Funken aus der Glut in der Feuerstelle entzündete sie den Docht.

Sie winkte Matthäus hinter sich her. Er folgte ihr über die steinerne Türschwelle und an der linken Hausseite entlang bis zur Scheune, an der er zuvor gelehnt hatte und die sich an die Rückseite des Gehöftes drückte. Mit einem kräftigen Ruck öffnete Gret die obere Hälfte der zweigeteilten Scheunentür. Die Scharniere knarrten.

Matthäus lehnte sich nach vorn, um ins Halbdunkel des Schuppens sehen zu können. An der Längsseite bemerkte er einen Haufen Stroh, über den eine Decke aus Schafwolle gebreitet war. Darauf ruhte das Schwalbenkind, zusammengerollt in tiefem Schlummer, den linken Zeigefinger zwischen den Lippen. Daneben saß Ida mit ausgestreckten Beinen, den Rücken an die Scheunenwand gelehnt. Sie trug ein sauberes Kleid, in das ihr ausgemergelter Körper zweimal gepasst hätte, und hielt die Lider geschlossen. Ihre Rechte ruhte auf dem Schopf des Kindes.

»Sie war ein unbescholtenes Mädchen«, sagte Gret leise.

Da schlug Ida die Augen auf. Wie bei ihrer ersten Begegnung im Wald, traf ihr Blick Matthäus auch jetzt wieder mit einer eigenartigen Mischung aus Leere und flehendem Bitten und je länger er diesem Blick standhielt, desto mehr festigte sich die Gewissheit, dass er die Kraft aufbringen würde, Ida zu beschützen – vor Cunrat, vor Lorenz und dem Hass der ganzen Welt.

Die Scherbe

Kalter Wind schnitt ihr ins Gesicht, als sie die Tür hinter sich zuzog und ins Freie trat. Sie warf einen raschen Blick zum Himmel. Grau wie seit Tagen. Der erste Schneefall würde hoffentlich noch auf sich warten lassen. War der Pfad erst verschneit, würde sie doppelt so viel Zeit brauchen. Die Holzschuhe an ihren Füßen fühlten sich noch fremd an, sie waren ein Geschenk von Käthe, deren jüngste Tochter beim besten Willen nicht mehr hinein passte. Dankbar hatte Elise sie an sich genommen, wie einen Schatz an die Brust gepresst und war gleich darauf hineingeschlüpft. Sie passten, als seien sie eigens für ihre Füße angefertigt worden. Die wollenen Strümpfe, die sie schon im vierten Winter trug, waren an mehreren Stellen löchrig geworden, aber so lange sie sich notdürftig flicken ließen, erfüllten sie ihren Zweck und waren allemal besser, als barfuß zu laufen.

Elise stellte den Korb ab und schlang sich ihr Schultertuch so um den Oberkörper, dass sich die beiden Enden vor der Brust überlappten und sie sie fest in den Rockbund stopfen konnte. Dann schob sie ein paar vorwitzige Locken unter ihre Haube und nahm den Korb wieder auf. Sie durfte nicht trödeln, in zwei Stunden hatte sie zurück in der Burgküche zu sein. Ihre Schuhe klapperten auf dem mit Feldsteinen gepflasterten Burghof, als sie bergab an der

Mauer entlangeilte. Den beiden Wachtposten am Tor nickte sie wortlos zu.

Die Burg war auf einem Berggrat errichtet worden, von dem aus ein abschüssiger Weg hinunter nach Grenzau führte. Dass Elise diese Richtung nur vortäuschte und an der Gabelung, anstatt weiter der Talaue zu, den Pfad in den Wald einschlug, war bisher niemandem aufgefallen. Auch heute interessierten sich die beiden Wachtposten nicht für die Küchenmagd, die mit ihrem Korb das Gelände verließ. Es war nicht unüblich, dass Knechte und Mägde allenthalben mit Körben oder Karren ins Dorf hinuntereilten.

Elise folgte dem Pfad, der schmal und uneben war. Zu ihrer Linken stieg der spärlich mit Bäumen bewachsene Hügel sanft an, rechts von ihr fiel er schroff ins Tal ab. Weit unten gurgelte der Brexbach. Silbrig blitzte er hier und da zwischen den fast blattlosen Bäumen auf. An der Linde bog sie auf die Wiese ab, die an den Wald grenzte. Der Korb an ihrem Arm wurde schwer, sie wechselte ihn auf die andere Seite.

Nicht nachdenken. Weiter. Er wartet.

Dass kein einziger Torwächter jemals verlangt hatte, einen Blick in ihren Korb werfen zu wollen, grenzte an ein Wunder. Bei den Gedanken an seinen Inhalt hoben sich Elises Mundwinkel. Am Morgen hatte sie unbemerkt eine Scheibe Brot darin verschwinden lassen, außerdem ein paar Löffel Biersuppe, die Graf Ernst beim Frühstück übrig gelassen und die sie in einen kleinen, tönernen Napf gefüllt hatte. Es war bekannt, dass warme Biersuppe eine stärkende Wirkung auf den Körper ausübte, daher freute sich Elise umso mehr und sie achtete darauf, dass der Napf aufrecht im Korb stand und sein Inhalt nicht überschwappte. Aber die Suppe war nicht die einzige Köstlichkeit, die sie dabei hatte.

Bevor sie die Burgküche verlassen hatte, war Käthe plötzlich neben ihr aufgetaucht, mit einer kleinen Form, die sie mit einem sauberen Leintuch abgedeckt hatte. Elise hatte die Augenbrauen gehoben und das Tuch gelupft. Ein Stück Eierkäse, noch warm! Unbemerkt und mit einem Augenzwinkern hatte Käthe ihn in Elises Korb gelegt, ihr zugenickt und war ohne ein Wort wieder an die Arbeit gegangen.

Elise hatte beschämt den Kopf gesenkt. Sie wusste, dass Käthes scharfen Augen der Weidenkorb, den sie jeden zweiten Tag in der Ecke deponierte und nach und nach mit allem Essbarem füllte, was die Burgküche entbehren konnte, nicht entgangen war. Aber Käthe fragte nicht, ließ Elise gewähren und schwieg. Diebstahl von Essen aus der Burgküche war ein Vergehen, das mit harten Strafen geahndet wurde, dessen war Elise sich bewusst. Umso mehr schätzte sie Käthes Verschwiegenheit. So war der Korb zu ihrer beider Geheimnis und Käthe zu einer Verschworenen geworden, obwohl Elise die Küchenfrau mit keiner Silbe in ihre Heimlichkeiten eingeweiht hatte. Sie hielt ihr Versprechen. Zu niemandem ein Wort.

Als sie den Rand des Waldes erreichte und es bis zur Hütte nicht mehr als etwa fünfzig Schritte waren, verringerte sie ihre Laufgeschwindigkeit. Außer Atem bei ihm einzutreffen, schürte seine Sorge um sie, das hatte er ihr mehrmals zu verstehen gegeben.

Die Hütte stand verborgen hinter einem wild wuchernden Gestrüpp aus Schwarzdorn, Brennnesseln, Ziegenkraut und Waldschelle. Die meisten Waldpflanzen waren um diese Jahreszeit verblüht, einige schon vertrocknet.

Jemandem, der nichts von der Existenz der schäbigen, fensterlosen Hütte ahnte, fiel sie nicht ins Auge. Nicht einmal jetzt, wo die

Herbststürme das Laub von den Bäumen gerissen hatten, sodass die Umgebung um die Hütte lichter geworden war.

Elise klopfte wie gewohnt zweimal lang, zweimal kurz an die aus Brettern zusammengezimmerte Tür. Sie vernahm seinen schleppenden Schritt auf dem aus Lehm gestampften Fußboden und irgendwann das Geräusch des metallenen Schieberiegels. Die mit Astlöchern gespickte Tür jammerte beim Öffnen. Mehr als einen Spaltbreit zog er sie nie auf. Elise schlüpfte hinein, die Tür fiel hinter ihr zu.

»Sei gegrüßt, Ähnlein«, hörte sie ihn brummeln, während er sich mit einem Ächzen wieder auf seine Schlafstatt fallen ließ, einem mit Stroh ausgestopften Sack, dessen Inhalt nie erneuert wurde, sodass er inzwischen eine beachtliche Anzahl Ungeziefer beherbergte.

Elise tastete sich im Halbdunkel zum einzigen Stuhl im Raum, stellte den Korb dort ab und schälte sich aus ihrem Tuch.

Es stank zum Gotterbarmen! Die armselige Behausung schien seit ihrem letzten Besuch vor zwei Tagen nicht einen Augenblick gelüftet worden zu sein. Ihm selbst blieben die Ausdünstungen seines ausgemergelten Körpers vermutlich verborgen, sodass er die Notwendigkeit nicht sah, das Innere der Hütte regelmäßig mit frischer Luft zu reinigen.

»Ich grüße dich auch.« Sie trat zu ihm, hockte sich neben ihn auf den Boden und legte ihm ihre kühle Hand auf die Stirn. Trotz des Dämmerlichts bemerkte sie das unruhige Flackern in seinen Augen.

»Hast du Schmerzen?« Jedes Mal die gleiche Frage. Natürlich hatte er Schmerzen. Der Dämon fraß sich von innen durch seinen Leib. Er trieb ihm kalten Schweiß auf die Haut, ließ ihn grünen Schleim erbrechen und quälte ihn mit Krämpfen in seinen Eingeweiden.

»Ich versuche, sie nicht ernst zu nehmen«, erwiderte er. Sein fast zahnloser Mund verzog sich zu einem Grinsen, das seine Züge verzerrte und ihm ein fratzenhaftes Aussehen verlieh.

»Im Korb ist Brot für dich«, sagte Elise leise. Sie trat zur Tür und öffnete sie weit. Etwas Pelziges huschte an ihren Füßen vorbei ins Freie.

»Du brauchst Luft«, sagte sie, als er den Mund öffnete, um Einwände zu erheben. Es zerriss ihr das Herz, das sie nicht mehr für ihn tun konnte.

Sie holte Biersuppe, Brot und Eierkäse aus dem Korb und stellte alles neben ihn auf den fleckigen Strohsack. Mit der flachen Hand fegte sie ein paar Wanzen fort.

»Iss etwas!« Sie wartete, bis er den Brotkanten in seine vor Unruhe zitternde Hand nahm und in die Biersuppe tunkte. Im Liegen versuchte er, ein Stück abzubeißen. Das Kauen fiel ihm schwer. Sie ahnte, dass er nur ihr zuliebe etwas zu sich nahm. Wo war nur der vor Kraft strotzende Mann geblieben, der sie als kleines Mädchen lachend auf seinen Schultern durch den Wald getragen hatte?

Obwohl nur zwei Tage zwischen ihren Besuchen lagen, erschrak sie jedes Mal über den Verfall seines Körpers. Seine Hautfarbe, in der letzten Woche noch aschfahl, zeigte heute einen gelb-bräunlichen Ton. Selbst das Weiß seiner Augen schimmerte gelblich.

Wie sollte er in dieser Umgebung gesund werden? Nur durch die Ritzen zwischen den Holzbrettern und durch ein fehlendes Brett im Dach drang etwas Tageslicht herein und er verließ die Hütte lediglich zum Verrichten seiner Notdurft. Die übrige Zeit verbrachte er in einem Dämmerzustand im Halbdunkel, von

Schmerzen gepeinigt, und wartete auf ihren Besuch. Sie wusste, dass es in seinem Leben außer ihr keinen Menschen gab, der für ihn von Bedeutung war.

Elise trat zur Tür, füllte ihre Lungen mit der kühlen Luft und bezwang das bedrückende Gefühl der Niedergeschlagenheit. Der Wind trieb gefärbtes Laub vor sich her, in der Nähe rätschte ein Eichelhäher.

Als sie sich stark genug fühlte, wandte sie sich um. Sie hörte ihn schnaufen und trat zu ihm. Das Brot war ihm aus der Hand geglitten. Er presste beide Hände auf den Leib und kniff dabei die Lippen so fest aufeinander, dass sie wie eine in Rinde geritzte Kerbe wirkten. Auf seiner Stirn hatten sich Schweißperlen gebildet. Mit einem langgezogenen Stöhnen versuchte er, sich aufzusetzen. Elises Blick fiel auf den Krug mit der Biersuppe und den Rest Eierkäse, in dem sich kleine schwarze Insekten bewegten. Vielleicht war sein Körper inzwischen so schwach, dass er nicht länger vertrug, was sie ihm brachte.

»Ich kenne mich damit nicht aus«, sagte sie, es klang wie eine Entschuldigung. Ihr fehlte das Wissen der Heilkundigen. Hätte sie doch besser aufgepasst, wenn sie mit Käthe Weinraute, Huflattich, Minze oder Mädesüß schnitt. Käthe wusste Bescheid, sie kannte für jede Krankheit ein Kraut und konnte alles, was der Herrgott wachsen ließ, beim Namen nennen.

»Ich könnte die Käthe fragen«, wagte sie einen Vorstoß.

»Nein!« Sie nahm die Heftigkeit seiner Ablehnung wahr, obwohl er sie nur halblaut zwischen seinen fast vollständig zusammengepressten Lippen hervorstieß.

»Vielleicht weiß sie, was dir hilft.«

Mit einer abwehrenden Handbewegung sank er zurück auf den Strohsack. »Das wird wieder.« Er schloss die Augen, seine Züge entspannten sich. Kurz darauf verrieten gleichmäßige Atemgeräusche, dass er eingeschlafen war. Elise nahm ihren Korb, packte den geleerten Krug und die tönerne Form hinein und verließ die Hütte. Die Tür zog sie hinter sich zu. Er würde sie nach dem Aufwachen verriegeln.

Sie eilte den gleichen Weg zurück, auf dem sie zur Hütte gelangt war. Was konnte sie nur tun, wie ihm helfen? Dass er sterbenskrank war, zeigte sich jeden Tag deutlicher. Um dies zu erkennen, war kein Heilkundiger nötig. Vielleicht war dies der Zeitpunkt, an dem sie sich über ihre Abmachung, zu niemandem ein Wort zu sagen, hinwegsetzen sollte. Sie könnte Käthe einweihen und sie um ein Kraut bitten, das ihm Linderung bringen würde. Seit dem Frühjahr hauste er allein in der Hütte, abgeschieden vom Dorf, wo das Gerücht umging, er stecke mit dem Teufel im Bunde. Elise schluckte noch immer schwer an dem Kloß in der Kehle, wenn sie die Erinnerungen heraufbeschwor. Aus dem Haus hatten sie ihn gejagt und über die Auwiesen in die Brexbachschlucht getrieben. Dass seine Enkelin, sein Ähnlein, mit rot geweinten Augen zurückgeblieben war, kümmerte sie nicht. Ein Segen, dass Käthe sich ihrer angenommen und sie mit zur Burgküche genommen hatte, wo sie ihr fortan zur Hand ging.

Elise hielt inne. Schon hatte sie die Weggabelung erreicht. Mit der freien Hand strich sie sich eine Locke aus der Stirn. Kaum ein

Laut war zu vernehmen. Gedämpft drang das Rauschen des Brexbachs aus dem Tal zu ihr herauf. In einiger Entfernung tauchte der Bergsporn auf, auf dem die Burg thronte. Sie war ihr Zuhause geworden und Elise war dankbar für einen eigenen Strohsack zum Schlafen und die wollene Decke, die nachts die Kälte fernhielt.

Plötzlich zerteilte ein Poltern und Scheppern Elises Gedanken und sie stoben auseinander wie erschrockenes Federvieh. Sie fuhr herum. Wenige Schritte zu ihrer Rechten war ein Wagen zum Stehen gekommen, leicht zur Seite geneigt. Offensichtlich machte ein Achsenbruch die Weiterfahrt unmöglich. Das Zugtier, ein Esel mit schwarzem, struppigem Fell, ruckelte und zerrte unentwegt an den Zuggurten, ohne dass sich der Wagen bewegte.

»Herrgott noch mal, dieses verflixte Radl« Diesen und weitere Flüche ausstoßend, beäugte ein junger Bursche den Schaden. Er war gekleidet wie ein Handwerker mit Beinlingen, hellem Hemd und Wams. Elise trat näher. Sanft klopfte sie dem Esel den Hals und sprach beruhigend auf ihn ein. Aus dem Augenwinkel musterte sie den Burschen, der den Schaden mit nach vorn gebeugtem Oberkörper und Zornesfalten auf der Stirn begutachtete, ohne sie zu bemerken.

»Die ganze Arbeit umsonst!«, rief er ungehalten. Elise hörte nicht auf, den Hals des Tieres zu streicheln. Sie grub ihre Finger in seine Mähne. Unter ihren Berührungen beruhigte es sich und die Wärme des Tieres übertrug sich auf ihre Hände. Für einen kurzen Augenblick trat die Sorge um den Großvater in den Hintergrund.

Etwas umständlich zog der Bursche die Lederplane von der offenen Ladefläche. Mehrere mit Stroh gefüllte Holzkisten kamen zum Vorschein. Elises Augen weiteten sich beim Anblick des Inhalts. Sie war des Zählens nicht mächtig und daher nicht in der Lage, die

Anzahl der Krüge, Becher und Humpen in den Kisten zu schätzen. Aber zumindest wusste sie nun, dass er ein Euler sein musste, wie sich die hiesigen Krugmacher nannten. Elise vermutete, dass er auf dem Weg zur Burg war, um die Herrschaften mit neuem Steinzeug zu beliefern. Dass die Mutter der beiden Grafen, Ihre Durchlaucht Antonie Wilhelmine, eine Vorliebe für das in der Gegend gefertigte Tongeschirr besaß, war selbst dem niedersten Gesinde bekannt und an diesem hier würde sie gewiss großen Gefallen finden.

Das Steinzeug, das Elise von der Burgküche kannte, war grau, zuweilen mit einem Stich ins Braun. Dieses hier trug darüber hinaus auch blau eingefärbte Ornamente, außerdem waren auf die Oberfläche zierliche Dekore aufgebracht, etwas, das Elise noch nie gesehen hatte.

Bei näherer Betrachtung wurde deutlich, dass Etliches zu Bruch gegangen, aber eine große Anzahl unbeschadet geblieben war.

»Seht, vieles ist heil geblieben!«, rief Elise ihm zu und als die Worte in der Luft hingen und nicht mehr zurückgenommen werden konnten, biss sie sich auf die Lippen, denn es gehörte sich nicht, fremde Männer anzusprechen.

»Um jedes einzelne Stück tut es mir leid!«, jammerte er. Offensichtlich störte er sich nicht daran, dass ein Mädchen sein Malheur ungefragt kommentiert hatte. Prüfend glitt sein Blick über die Krüge und Becher auf der Ladefläche. »In jedem steckt meiner Hände Arbeit!«

Übellaunig trat er einen Schritt zurück, kehrte Elise und dem Wagen den Rücken zu, warf die Arme in die Luft und ließ sie wieder sinken.

»Wurdest du verletzt?«, fragte er, während er sich zu ihr umwandte, so, als sei ihm ihre Anwesenheit bis jetzt entgangen. Er musterte sie von der Haube bis zu den schmutzigen Holzschuhen. Sie schüttelte den Kopf. Ein warmes Gefühl breitete sich in ihrem Bauch aus, weil ihr gefiel, dass er sich um sie sorgte, und sie suchte nach Worten, die nicht dumm klangen. Solange er nicht wusste, dass sie eine Küchenmagd war, blieb sie vielleicht interessant genug für ihn, um die Unterhaltung fortzusetzen.

»Bertram Kneutgen, Euler aus Grenzau«, hörte sie ihn sagen.

Sie lächelte. Das erste Mal für heute.

»Elise.« Er nickte ihr zu.

»Ihr fertigt hübsches Steinzeug«, sagte sie rasch und ihre Augen leuchteten. »Es sieht so anders aus.«

»Ja, das hoffe ich!«, erwiderte er. Dabei legte sich ein Lächeln auf seine Lippen, wodurch sich der Ärger in seinem Gesicht verflüchtigte.

Sie trat näher, reckte sich auf die Zehenspitzen und streckte die Hand nach einem in viele Teile zerbrochenen Krug aus. Sie griff nach einer Scherbe, grau-blau, mit zwei winzigen plastischen Eicheln, die sich von der Oberfläche abhoben und so echt wirkten, als verberge sich das Original im Ton.

»Lässt du sie mir?«, fragte sie. Die Scherbe fühlte sich kühl und glatt an. Voller Staunen betrachtete Elise das in den Ton geritzte und blau gefärbte Ornament, zwei Zacken eines Sterns oder einer Sonne.

»Was willst du mit einer Scherbe?«, fragte er zurück und griff nach einem kleinen Humpen mit Henkel, der aus der gleichen Serie zu stammen schien, da er ebenso gearbeitet war. Der Trinkrand hatte eine Kerbe davon getragen, die ihn nun wie eine Verletzung verunzierte.

»Hier!« Er reichte ihn Elise, der die Röte in die Wangen schoss. »Den kann ich nicht mehr gebrauchen.«

Sie bedankte sich wortreich, verbarg den Humpen in ihrem Korb und später in der Kammer unter ihrem Strohsack. Und als sie am Abend vor Aufregung nicht einschlafen konnte, holte sie ihn hervor und fuhr im Schein des hereinfallenden Mondlichts mit den Fingerspitzen die aufgemalten Ornamente nach. Sie konnte nicht ahnen, wie bald er schon einen völlig anderen Zweck erfüllen würde, als den, der ihm bei der Herstellung zugedacht worden war.

Zwei Tage später klopfte sie erneut an die Tür der Hütte. Dieses Mal befand sich nur ein Kanten Brot im Korb – mehr hatte sie nicht unbeobachtet stibitzen können – und Bertrams Krug. Sie wollte ihn zeigen, erzählen, wer ihn ihr geschenkt hatte, ihre Freude teilen, den Großvater damit ablenken, weiter nichts.

Sie wartete. Kein Geräusch war von drinnen zu hören. Als sie ein zweites Mal klopfte, etwas nachdrücklicher jetzt, bemerkte sie, dass die Tür nicht verriegelt war und sich leicht in den Angeln bewegte.

Ein kaltes, alles verschlingendes Gefühl stieg in ihr auf. Hinter ihrer Stirn tauchten Bilder auf, gruselige Vorstellungen von ihrem toten Großvater, der mutterseelenallein gewesen war, als Gevatter Tod die Tür geöffnet hatte. Im Nu kroch ihr eine Kälte über den Körper, die nicht von außen, sondern aus ihrem Inneren kam. Sie stellte den Korb ab und trat einen Schritt zurück. Wie seltsam es hier plötzlich roch, nach einer Mischung aus Schweiß, Moder und ranzigem Fett. Sie rümpfte die Nase und drehte zögernd den Kopf zur Seite. Es war die Nähe eines anderen Menschen. Sie hatte nicht gewusst, dass man sie riechen konnte.

»Wen haben wir denn hier? Wo hätte ich denn mit so einem feinen Besuch rechnen können?« Den Worten folgte ein dröhnendes Lachen. Mit einem Schritt war er bei ihr, bückte sich und ergriff den Korb. Sie fuhr herum, schrie auf und wich unwillkürlich einen Schritt zur Seite. Der übel riechende Fremde konnte nur ein Dahergelaufener sein, er trug verdreckte Beinkleider, ein an mehreren Stellen eingerissenes Hemd, das über und über mit Flecken besudelt war und löchrige, hinten offene Schlappen. Sein Gesicht war zur Hälfte von einem ungepflegten Bart zugewachsen und wurde von einer Nase dominiert, die aussah, als sei sie einst gebrochen gewesen und schief wieder zusammengewachsen. Ein Rechtloser, der über keinerlei Besitz verfügte, keiner Arbeit nachging und Tag für Tag sehen musste, dass er halbwegs satt wurde. Wie ihr Großvater.

Bevor das Mitleid sich Bahn brechen konnte, sah Elise, wie er mit seinen dreckigen Fingern nach dem Kanten Brot griff und ihn sich gierig in den Mund stopfte. Dann nahm er den Krug und äugte hinein.

»Der ist ja leer! Was trägst du einen leeren Krug mit dir herum?«

Sie schwieg, sammelte sich, dachte an ihren Großvater, der drinnen auf sie wartete. Sie flehte alle Engel des Himmels an, seine Ohren zu verstopfen, damit er den Disput vor der Tür nicht mit anhören und sich keine Sorgen um sein Ähnlein machen musste.

»Ich will da hinein.« Sie deutete mit ausgestrecktem Arm auf die Tür und wusste nicht, ob ihr Finger oder ihre Stimme mehr zitterte.

»Was willst'n da?« Er hatte winzige Augen, die eng beieinander standen und bei seiner Frage noch kleiner wurden.

»Jemanden besuchen.«

Er runzelte die Stirn. »Wen willst du besuchen? Da ist niemand.«

Für einen flüchtigen Moment verunsicherte sie seine Frage, aber sie fing sich rasch wieder. »Doch, ich weiß es.«

Er hob die Stimme. »Wenn ich sage, da ist niemand, kannst du es mir glauben. Das ist meine Hütte. Ich wohne da.« Er trat vor und baute sich mit vor der Brust verschränkten Armen vor der Tür auf.

Ihre Beine fühlten sich plötzlich weich an, so, als schwinde alle Kraft aus ihnen. Sie suchte festen Stand, drückte beide Schuhe in die Erde. Es nützte nichts.

»Mein Großvater wohnt dort«, hörte sie sich erwidern, weil sie wusste, dass sie Recht hatte. Gleichzeitig fragte sie sich, woher sie den Mut nahm.

»Du redest Unsinn. Das ist meine Hütte!«

»Aber das ist nicht möglich.«

»Dann mach die Augen auf, dumme Ziege!«

Er stieß die Tür mit einem rückwärts gerichteten Fußtritt auf und trat zur Seite. Elise näherte sich. Die offenstehende Tür warf nur einen rechteckigen Streifen Tageslicht ins Innere der Hütte. Er genügte.

»Wo ist er?« Sie fuhr zu dem Bärtigen herum. Die Luft um sie herum wurde mit einem Mal dick, das Atmen fiel ihr schwer, so, als ströme irgendetwas in ihre Lungen, ein zäher Brei vielleicht, aber keine Luft.

»Wo ist wer?« Er grinste und entblößte dabei zwei unvollständige Zahnreihen.

»Mein Großvater!«

»Was weiß denn ich? Hier ist er nicht, das siehst du doch! Als ich die Hütte entdeckt habe, war keiner drin.«

Ein kalter unbarmherziger Druck senkte sich auf ihre Brust, sie presste eine Hand auf die Stelle und zwang sich dazu, ruhig zu bleiben. Hatte sie sich jemals derart hilflos gefühlt? *Hör auf, mich anzulügen!,* hätte sie am liebsten gerufen.

»Er ist krank«, sagte sie stattdessen. »Er muss sterben. Ich bin der einzige Mensch, den er hat.« Hatte sie wirklich geglaubt, damit sein Herz erweichen zu können?

»Wir müssen alle sterben!«, brummte er und spuckte einen Klumpen gelben Schleim auf die Erde. Angewidert wandte Elise sich ab.

Ob sie ihn geholt haben? Die aus dem Dorf? Die, die glauben, dass er mit den Hexen tanzt und das Vieh verhext?

Die Stimme des Bärtigen unterbrach ihre Grübeleien.

»Hör zu, hier ist keiner außer mir und das ist meine Hütte. Hier bleib ich übern Winter. Und jetzt sieh zu, dass du weiterkommst, sonst fallen mir ein paar Spielchen zum Zeitvertreib ein!«

Er hatte sich ihr bis auf eine Armlänge genähert. Elise schreckte zurück, nicht nur wegen des Gestanks, den sein Körper verströmte.

Sein schepperndes Lachen verfolgte sie, als sie sich rückwärts tastete, Schritt für Schritt. Sie könnte weglaufen, sich in Sicherheit bringen. Aber das bedeutete, dass sie zugleich ihren Großvater im Stich lassen würde! Er musste doch irgendwo sein!

Auf der Suche nach ihm begann Elise, die Hütte zu umrunden, die rissigen Baumstämme, sie trat hinter das Dickicht, suchte mit den Augen die nähere Umgebung ab.

Was ging hier vor sich? Ihr Großvater war nicht in der Lage, auch nur die geringste Wegstrecke allein zurückzulegen. Warum hätte er die Hütte verlassen, wohin hätte er gehen sollen?

»Mir fällt da etwas ein!« Seine Stimme dröhnte so nah neben ihr, dass sie erschrocken zusammenzuckte. Er reichte ihr den Korb. Sie griff nach dem Henkel.

»Wenn du mir morgen was zu essen bringst, sag ich dir, wo der Alte ist. Aber nicht nur ein trockenes Stück Brot, hörst du?«

»Dann hast du gelogen!«, fuhr sie ihn an.

»Oho, sieh mal an, das Mägdelein wird zornig.« Er hob beide Arme und wackelte mit allen Fingern. »Kleine Lügen sind erlaubt, wusstest du das nicht?«

Tränen stiegen in Elises Augen. Ein hämisches Lachen schlug ihr entgegen und sie ärgerte sich, dass sie wie ein Kind vor ihm stand und sich die Tränen aus dem Gesicht rieb.

»Bring mir Essen und ich sag dir, wo er ist!« Damit drehte er sich um, betrat die Hütte und verriegelte die Tür von innen.

Tags darauf rumpelte der Wagen des Eulers auf den Burghof. Hätte nicht jemand nach Käthe gerufen, die damit beauftragt war, das neue Geschirr für Ihre Durchlaucht in Empfang zu nehmen, wäre Bertram Kneutgens Anwesenheit auf dem Burggelände Elise verborgen geblieben. So aber trat sie ins Freie. Die Arme zum Schutz vor der Kälte um den Oberkörper geschlungen, beobachtete sie Käthe und vor allem Bertram, die sich über die mit Stroh gefüllten Kisten beugten und sich von der Unversehrtheit der darin liegenden Krüge überzeugten.

Die Entfernung zu den beiden betrug nur ein paar Schritte, sodass Fetzen ihres Gesprächs zu Elise herüberdrangen. Dass Händler außer ihrer Ware auch Neuigkeiten aus der Umgebung mitbrachten, war nicht unüblich, daher wunderte Elise sich nicht, als Käthe plötzlich den Kopf hob und Bertram mit großen Augen ansah. Um sie besser verstehen zu können, näherte Elise sich ihnen.

»Heute Morgen, sagst du?«

Bertram nickte und wuchtete eine weitere Kiste vom Wagen. »Aber es heißt, dass er schon ein paar Tage im Wasser gelegen haben muss, so wie er aussah«, erwiderte er.

Käthe presste eine Hand vor den Mund. »Grundgütiger, steh uns bei! Wird denn jemand aus dem Dorf vermisst? Weiß man, wer es ist?«

Es waren nur Worte, aber sie trieben Elise kalten Schweiß auf die Stirn. Sie zerrte an ihrem Kragen, der ihr mit einem Mal zu eng wurde und ihr die Kehle zuschnürte. Mit steifen Schritten näherte sie sich Käthe, die sich gerade über die nächste Kiste beugte, um die Tonkrüge darin zu begutachten. Sie drehte sich um, als sie Elise hinter sich keuchen hörte.

»Aus Grenzau ist es scheinbar niemand«, hörte sie Bertram in diesem Augenblick sagen. »Jedenfalls will keiner ihn gekannt haben.«

»Kind, was ist mit dir?«

Käthe erhob sich, als sie Elises schreckensbleiches Gesicht gewahrte. Sie strich ihr über die Wange.

»Ist dir nicht wohl?«

Schwach schüttelte Elise den Kopf.

»Ich hab ihn allein gelassen …« Unter größter Anstrengung brachte sie die Worte hervor, aber es war nur ein unverständliches Murmeln, das die Ohren der beiden Anderen erreichte.

»Geh in die Küche, Kind, und wärm dich auf, du bist bleich vor Kälte!«

Käthe wandte sich wieder den Krügen zu und Elise drehte sich um und tat, wie ihr geheißen. Sie wünschte sich, eine Kluft breche unter ihr auf und würde sie verschlingen.

»Es heißt, es war ein junger und kräftiger Kerl, keiner kann begreifen, wie er ertrinken konnte«, sagte Bertram, aber Elise war bereits an der Tür und hörte ihn nicht mehr.

Mit gleichförmigen Handgriffen verrichtete sie ihre Arbeit in der Burgküche, fegte die Asche aus der Feuerstelle, trug Holzscheite herbei und füllte den Kessel mit frischem Wasser aus der Zisterne. Ihr Blick war nach innen gerichtet, beschwor Erinnerungen an ihren Großvater herauf, jenen Mann von früher, mit den starken Armen und den blitzenden blauen Augen, in denen der Schalk saß. *Mein Ähnlein ...*

Sie hatte ihn im Stich gelassen, ihn der Willkür des Fremden überlassen, der sich die Schwäche des alten Mannes zunutze gemacht und ihn aus dem Weg geräumt hatte. Tränen brachen sich Bahn, rannen ihr in Strömen über die Wangen. Sie schlug die Hände vors Gesicht. Der Reisigbesen fiel mit dumpfem Geräusch zu Boden. Mit aller Macht wehrte sie sich gegen die Vorstellung, dass der Großvater sein Ende im eisigen Brexbach gefunden haben sollte. Das alles konnte doch nur ein Traum sein, ein bitterböser Traum, aus dem sie aufwachen wollte. Sie drehte sich um und lief an Käthe und den Anderen vorbei nach draußen, über den Hof zum Gesindehaus und in die Kammer, wo sie sich auf ihr Strohlager warf, sich die Augen rot weinte und sich in finsteren Gedanken verlor.

Sie brauchte Gewissheit!

Woher sie die Hoffnung nahm, ihr Großvater könne in der Zwischenzeit wie durch ein Wunder wieder auf seinem Strohsack in der Hütte liegen, wusste sie nicht. Vielleicht war die Sorge um sein Schicksal nur dadurch zu ertragen, dass sie sich ihren größten Wunsch in den klarsten Farben ausmalte. Selbst als sie anderntags, den mit Essen gefüllten Korb im Arm, an die Hüttentür pochte, zweimal lang, zweimal kurz, glühte ihr Herz vor Zuversicht. Schwere Schritte näherten sich, mit einem Ruck wurde der Riegel zurückgeschoben.

»Wo bleibst du, verdammt noch mal?«, schrie der Fremde sie an, während er ins Freie trat. Seine Augen standen dicht beieinander und die struppigen Brauen bildeten fast eine Linie. Elise wich einen Schritt zurück. »Warum kommst du erst heute?«

Eine Last senkte sich auf Elises Schultern, so schwer, so erdrückend, dass ihr Körper immer kleiner zu werden schien. Sie wollte ein Loch in der Erde finden und darin verschwinden. »Aber du hast Essen! Her damit!«

Er ließ ihr keine Zeit, ihm zu reichen, was sie in der Küche für ihn gestohlen hatte, sondern riss ihr den Korb vom Arm, nahm sich, was nach Essen aussah, und warf den Korb achtlos vor die Tür. Gierig machte er sich über Brot und Griebenschmalz her. Elise schloss die Augen, als sie sah, wie er seine dreckigen Finger in das tönerne Schmalzfässchen tauchte und sie anschließend genüsslich ableckte. »Und was soll ich trinken? Wo ist das Bier?«

Elise senkte den Kopf. »Ich hab keins.«

Er biss ein Stück aus dem Brotkanten. Krümel und Spucke spritzten zwischen seinen Zähnen hervor, während er weitersprach.

»Du willst mir nicht allen Ernstes sagen, dass den feinen Herrschaften auf der Burg kein Bier serviert wird!«

Elise hielt den Blick unbewegt auf ihre Füße gerichtet. Aus dem Augenwinkel erkannte sie den Strohsack im Halbdunkel in der Ecke liegen. Sie schluckte.

»Morgen bringst du mir Bier! Dasselbe, das der Graf säuft! Ich will Bier aus einem herrschaftlichen Krug. Sieh zu, dass ich welches bekomme, sonst wirst du deinen Großvater nicht wiedersehen!«

Ruckartig hob Elise den Kopf. »Er lebt?«

»Du glaubst mir nicht?« Seine Stimme und sein widerliches Lachen dröhnten in ihren Ohren.

»Doch!« Sie hatte es gewusst! Er lebte, sie spürte es tief in ihrem Herzen, hatte es immer gewusst, er war nicht im Brexbach in die Arme des Todes getrieben und sie, Elise, hatte ihn nicht im Stich gelassen, sie würde ihn wiedersehen, ihm beistehen, für ihn da sein, schon bald!

»Du sollst dein Bier bekommen«, beeilte sie sich zu sagen, »morgen bringe ich dir welches.«

Am nächsten Morgen eilte sie in aller Frühe in den Burgkeller, um das Bier für die allmorgendlich zubereitete Suppe heraufzuholen. Niemand außer Käthe bemerkte den Kummer in Elises Gesicht. In einem stillen Augenblick zog sie Elise am Ärmel zur Seite.

»Was ist los mit dir?«, fragte Käthe. »Du weißt, dass ich nie frage, wohin du gehst, wenn du mit dem Korb die Burg verlässt. Ich weiß nicht, wem du das Essen bringst, es geht mich nichts an. Aber seit zwei Tagen verhältst du dich anders und ich sehe in deinen Augen, dass du bekümmert bist.«

Es waren nur ein paar Worte und Käthes kräftige Hand, die sanft über ihren Arm strich, aber beides genügte, damit alles Elend in einem Tränenstrom aus Elise herausbrach. Käthe zog sie in ihre

Arme, strich ihr über den Rücken und die vom Weinen zuckenden Schultern und tröstete sie wie eine Mutter ihr Kind.

»Ich darf dir nichts erzählen«, stammelte Elise, während ihr die Tränen übers Gesicht liefen und auf Käthes Schulter tropften. »Ich hab es ihm versprochen, ich kann doch mein Wort nicht brechen, nicht jetzt, wo alles so …« Elise schniefte und schluchzte ohne Unterlass und Käthe ahnte die Schwere der Not.

»Hör zu!«, sagte sie, als Elise sich allmählich beruhigte und mit verquollenen Augen zu ihr aufblickte. Sie legte beide Hände auf Elises Schultern und sah ihr eindringlich ins Gesicht. »Ein Wort muss man halten, da hast du Recht. Aber manchmal kann es sein, dass man allein nicht tragen kann, was einem aufgebürdet wurde, oder man in Gefahr gerät. Wenn das so ist, Kind, und du die Hilfe eines anderen Menschen brauchst, dann komm jederzeit damit zu mir!«

Elise nickte schwach, drückte Käthes Hand und verharrte in ihrem Schweigen.

Nach der Mittagszeit nahm sie ihren Korb, in dem sie unbemerkt ein großes Stück Breimehlkuchen hatte verschwinden lassen. Sie achtete darauf, dass das Bier im Krug nicht überschwappte, und verließ eiligen Schrittes die Burgküche. Dass Käthe ihr mit sorgenvollem Blick hinterhersah, blieb Elise verborgen.

Die Tür der Hütte stand offen. Zögerlichen Schrittes näherte Elise sich. Wieder malte sie sich aus, ihren Großvater auf der Strohmatratze vorzufinden.

»Da bist du ja endlich!« Die Richtung, aus der die Stimme des Fremden an ihr Ohr drang, verriet, dass er sich draußen aufhielt.

Im nächsten Augenblick entdeckte sie ihn auf der anderen Seite der Hütte. Seine Finger nestelten am Hosenlatz, der fleckig wie alles an ihm war. Im Zielen schien er nicht geübt zu sein, an den Spuren auf seinen Beinkleidern ließ sich unschwer erkennen, welches Bedürfnis ihn aus der Hütte getrieben hatte.

»Her damit!«, herrschte er sie an und griff in ihren Korb. Der Humpen mit der ungewöhnlichen Verzierung wollte nicht in die verdreckten Hände dieses Widerlings passen und Elise dachte mit Wehmut daran, dass Bertram Kneutgen ihn für den gräflichen Haushalt gefertigt hatte.

»Was ist das? Du hältst mich wohl zum Narren!«

Seine wild wuchernden Augenbrauen zogen sich so dicht zusammen, dass sie einen waagerechten Streifen bildeten. In seinen Augen lag ein gefährlicher Glanz. Unwillkürlich zog Elise die Schultern ein.

»Säuft der Graf abgestandenes Bier? Was fällt dir ein, du unnütze Kuh?«

Zornesröte färbte das Gesicht des Fremden, heftig pulsierte das Blut in seinen Halsadern. Elise sah, wie er den Arm hob, ausholte und den Krug mit aller Kraft von sich schleuderte. Mit einem Krachen traf er auf die Kante der offenstehenden Türe, zerbarst in ungezählte Scherben, braune, graue, blaue. Bier rann an der Tür herab und versickerte in der Erde.

Das Geräusch des Aufpralls und des zerschellenden Steinzeugs lähmte Elise. Reglos verharrte sie, als habe das gerade Geschehene sie in einen Stein der Burgmauer verwandelt. Sie wusste, dass sie fortlaufen sollte, bevor ihm einfiele, dass er seiner Wut noch auf andere Weise Luft verschaffen könnte. Aber die Sorge um ihren Großvater hielt sie.

Um nicht länger in sein vor Jähzorn hochrotes Gesicht sehen zu müssen, senkte sie den Kopf. Dabei fiel ihr Blick auf die handtellergroße Scherbe, geformt wie ein Dreieck, leicht gewölbt, die neben ihrem rechten Holzschuh im Dreck lag. Sie dachte nicht nach, fand auch später keine Erklärung für ihr Handeln. Es war, als sei in diesem Augenblick nichts anderes möglich gewesen, als ihrer inneren Eingebung zu folgen. Sie bückte sich und griff nach dem Bruchstück. Schwer lag es in ihrer rechten Hand, scharfkantig, hart, an einer Seite spitz zulaufend.

»Wo ist mein Großvater?«, hörte sie sich fragen. War das wirklich ihre Stimme oder sprach irgendetwas, irgendwer aus ihr? Fest schloss sie ihre Faust um die Scherbe, sodass nur die Spitze frei lag.

Er funkelte sie aus kleinen runden Augen an.

»Du willst es wissen, ja?«

Sie nickte, spürte die Ränder der Scherbe, die sich hart in ihre Handinnenfläche drückten.

»Wie du willst«, sagte er mit einer Spur Gleichgültigkeit. »Ich brauchte die Hütte. Und der Alte wäre ohnehin krepiert. Er hatte nicht viel auf den Rippen, ich konnte ihn über die Wiese schleifen und … naja, Schluchten gibt es ja genug hier in der Gegend.«

Er sagte es beiläufig, als sei es bedeutungslos, eine Nebensächlichkeit, die es nicht wert ist, sie weiter auszuführen.

Bei den letzten Worten hatte er nach dem Breimehlkuchen gegriffen. Mit beiden Händen stopfte er ihn sich zwischen die Zähne, gierig wie einer, der wochenlang nichts zu essen hatte, als tröste ihn dies über den gerade noch empfundenen Ärger hinweg.

Ohne einen Wimpernschlag erfasste Elise die Tragweite seiner Worte. Alle Geräusche ringsumher verstummten. Die Waldvögel schwiegen, der Brexbach stellte sein Gurgeln ein, der Wind fuhr lautlos in die Baumkronen, selbst das widerlich klingende Schmatzen wurde von der plötzlich eingetretenen Stille verschluckt. Alles Lebendige verschwand hinter einer durchsichtigen Wand, Geräusche, Farben, die Wolken am Himmel, Bewegungen, Gerüche, das bunt gefärbte Laub im Wind. Angesichts des Schmerzes, der Elise vom Kopf bis zu den Fußspitzen übermannte, verlor all dies seine Bedeutung. Sie sah sich dabei zu, wie sie aus ihrem Körper heraustrat. Wie sie auf ihn zuging, langsam, jeden Schritt bewusst gesetzt, wie sie sein Gesicht fixierte aus kalten Augen, die nur eins wollten. Als sie nah genug vor ihm stand, hörte sie seine Stimme von weit her: »Was stierst du mich so blöde an?«

Sie hob den Arm, streckte ihn fast kerzengerade durch, bis ihre Hand die Höhe seines Gesichtes erreichte – als hätte sie die Bewegung Dutzende Male geübt. Mit vor Verwirrung weit aufgerissenen Augen wich sein Kopf unmerklich zurück. Doch die Hand, die die Scherbe hielt, war vorbereitet. Sie schnellte nach vorn. Mit einer Kraft, die keiner von beiden für möglich gehalten hätte, fuhr die Spitze in seinen linken Augapfel, zerschnitt das Lid, die Haut und bohrte sich tief in das glasige Weiß.

Sein Schrei schien kein Ende nehmen zu wollen. Er zerteilte die Stille so markerschütternd, dass man ihn gewiss unten im Dorf hörte. Dabei presste er beide Hände auf die linke Gesichtshälfte und begann zu taumeln. Wässrige Rinnsale, vermischt mit hellrotem Blut, suchten sich ihren Weg zwischen seinen Fingern hindurch.

Elise beobachtete das Geschehen ohne ein Wort, ohne eine Regung. Die Spannung ihrer rechten Hand löste sich. Lautlos fiel die Scherbe zur Erde, in die Nähe der anderen.

Er wäre ohnehin krepiert …

Ein Schmerz von unsäglicher Heftigkeit überrollte sie. Sie wandte sich ab und begann zu laufen.

Die Luft in der Burgküche war geschwängert vom Rauch des Kochfeuers, über dem ein stattliches Ferkel auf einem Spieß garte. Als Elise mit vom Laufen erhitztem Gesicht hereinstolperte, versetzte Käthe ihrem Gehilfen gerade eine Kopfnuss.

»Du sollst ihn drehen! Wie oft muss ich dir das noch sagen? Der Graf will ein von allen Seiten gebratenes Ferkel! Wenn du so weitermachst, ist es bald auf einer Seite verkohlt und auf der anderen bleibt es roh!«

Mit einem Kopfschütteln wandte Käthe sich ab. Da fiel ihr Blick auf das verschreckte Bündel im Türrahmen, das den Anschein erweckte, als breche es jeden Moment zusammen.

»Kind, was ist mit dir?«

Mit drei langen Schritten und ausgebreiteten Armen war sie neben Elise. Als sei sie die ersehnte Rettung, stürzte diese sich mit einem lauten Schluchzer in die angebotene Umarmung und verbarg ihr Gesicht an Käthes Schulter.

»Beruhige dich, Kind«, flüsterte Käthe unablässig. Dabei strich sie sanft über Elises Schultern und schob sie unbemerkt zur Seite, um sie vor den Blicken des übrigen Gesindes zu schützen. »Was glotzt ihr? Macht eure Arbeit!«

Sie unterstrich ihre Worte mit einem Funkeln in den Augen, das sie alle kannten und verstanden.

Sogleich wandte sie sich wieder Elise zu, die sich nur langsam beruhigte.

»Ich habe etwas Schreckliches getan, Käthe, eine Sünde, die mir niemand vergeben kann!« In einer Geste der Verzweiflung schlug Elise beide Hände vors Gesicht.

»Auch für die schlimmste Sünde gibt es Vergebung, wenn du sie bereust«, erwiderte Käthe. Sie legte einen Arm um Elises Schultern. Wie schmächtig das Mädchen ihr plötzlich vorkam. Was trug sie nur auf dem Herzen?

»Wenn es dich erleichtert, erzähl mir, was dich bedrückt«, sagte sie mit einem ermutigenden Lächeln. »Ich behalte es für mich, versprochen.«

Ein tiefer Seufzer entrang sich Elises Kehle. War dies der Zeitpunkt, ihr Wort zu brechen? Dass es niemand anders als Käthe sein konnte, mit der sie ihre Not teilen wollte, wusste sie längst. So begann sie, mit leiser Stimme, stockend, unterbrochen von Schluchzern und gerade so, wie das Geschehene ihr in den Sinn kam. Sie erzählte Käthe von der Krankheit des Großvaters, seinem Versteck in der Hütte und vom Auftreten des widerwärtigsten Menschen, den sie je zu Gesicht bekommen und der ihr kaltblütig ihren Großvater genommen hatte. Als sie von der Scherbe in ihrer Hand berichtete, rieselte ihr ein kalter Schauder über den Rücken. Sie hatte alle Kraft aufgewendet, um so tief wie möglich in den Augapfel zu schneiden und fragte sich jetzt, wer oder was ihr diese Stärke verliehen hatte.

»Zuerst glaubte ich, ihn nicht durchdringen zu können«, fügte sie tonlos hinzu. Während sie sprach, starrte sie wie versteinert auf das Mauerwerk der gegenüberliegenden Wand. Käthe unterbrach sie nicht. Sie wusste, dass jedes einzelne Wort, das über Elises Lippen floss, sie befreite.

»Es fühlte sich fest an, gab nicht nach, aber irgendwann war die äußere Hülle durchstoßen und dann floss etwas Dickes heraus und vermischte sich mit Blut.« Sie schüttelte sich unwillkürlich und atmete hörbar ein. Dann wandte sie den Kopf.

»Was wird jetzt geschehen, Käthe?«, wisperte sie. »Er weiß, wo er mich findet. Er wird mir auflauern. Oder mich beim Grafen melden.«

Sie krallte ihre Finger so fest in den Stoff ihrer Schürze, dass es schmerzte. Käthe erwiderte ihren Blick.

»Er wird es nicht überleben«, sagte sie. Elise furchte die Stirn. Das Gesagte klang zweifelsfrei und unanfechtbar, als handele es sich um eine unverrückbare Tatsache, die von nichts und niemandem in Frage gestellt werden durfte.

»Was macht dich so sicher?«, fragte Elise. Die Last auf ihrem Herzen verlor mit einem Mal an Schwere.

Käthe griff nach Elises Händen, die eiskalt waren, wie im Winter beim Eisschlagen im Brexbach.

»Sorg dich nicht, Kind. Geh in deine Kammer und ruh dich aus. Ich sage dem Grafen, dass du krank bist.« Sie nickte Elise zu. »Und bleib fürs Erste dort.«

Sie erhoben sich. Elise schlich wortlos davon und rollte sich auf ihrem Strohsack zusammen. Schon bald fiel sie in einen tiefen, traumlosen Schlaf.

Indessen betrat Käthe ihre Kräuterkammer gleich neben der Burgküche, deren Tür sie stets verschlossen hielt. Der Raum maß nicht mehr als zwei mal zwei Schritte. Die Luft darin war erfüllt vom kräftigen Aroma der zum Trocknen an Seilen befestigten Bündel aus Minze, Liebstöckel, Winterzwiebeln, Melisse und Kamille. Käthes Blick glitt aufmerksam über die Körbe und tönernen Schalen, die entlang der Wände auf dem Fußboden aufgereiht standen und mit verschiedenen Arten von Beeren, getrockneten Blättern, Wurzeln und Samen gefüllt waren. Als sie fand, wonach sie gesucht hatte, beugte sie sich herunter und zog einen handtellergroßen Napf aus ihrer Schürzentasche. Sorgfältig zählte sie zehn winzige, schwarze Beeren ab, betrachtete die Menge, die nicht einmal die Hälfte des Bodens bedeckte, und gab noch einmal die gleiche Menge dazu. Aus einem zweiten Korb nahm sie eine Handvoll gebrochene Wurzelstückchen, die sie zu den Beeren legte.

Niemand fragte, als sie kurz darauf mit geschickten Handgriffen eine kleine Menge Teig aus Hafermehl, Wasser und etwas Salz knetete, unter den sie die zerhackten Beeren und die zerriebenen Wurzelstücke mischte.

Sie wartete, bis das Ferkel vom Feuer war. Dann legte sie das Brot in die noch heiße Asche. Sie ließ es nicht aus den Augen, bis es eine Kruste angesetzt hatte, und brachte es später zum Abkühlen in die Kräuterkammer.

Am nächsten Morgen verließ Käthe unter einem Vorwand das Burggelände. Das Brot, das die Größe von zwei Fäusten hatte, trug sie verborgen unter ihrem warmen Schultertuch, dessen Enden sie vor der Brust mit einer Hand zusammenhielt. Sie nahm den von Elise beschriebenen Weg, folgte dem Pfad bis zur Linde und bog dahinter auf die Wiese ab, die an den Wald grenzte. Silbrige Nebelschwaden waberten im Tal, dort, wo der Brexbach strömte. An diesem Morgen verbarg er sich im Dunst und nur das beständige Rauschen erinnerte an seine Existenz. Käthe dachte an Elises Großvater, der einen Abhang hinuntergestoßen worden war, irgendwo in der Nähe. Sie würden vielleicht nie erfahren, ob sein Körper sich irgendwo im Gestrüpp verfangen hatte oder in die Fluten des Brexbachs gestürzt war, wo die Wassermassen ihn hinfortgespült und weitergetrieben hatten, vorbei an den kleinen Ansiedlungen im Tal. Entschlossen schritt sie weiter. Den feinen feuchten Film, der sich auf ihre Wimpern und Augenbrauen legte, nahm sie nicht wahr.

Die Hütte duckte sich wie verzaubert zwischen die blattlosen Bäume und das Dickicht. Eine unwirkliche Stille umgab sie, abgeschieden von der übrigen Welt, so schien es Käthe. Nicht einmal ein Vogel sang.

Sie wünschte sich nichts mehr, als den Mörder in der Hütte anzutreffen. Gleichzeitig trieb die Angst wie ein wilder Strom durch ihren Körper. Sie dachte an Elise. Für sie tat sie es. Nur für sie. Für Rache und Frieden.

Die Tür war angelehnt. Käthe stieß sie mit dem Fuß ein Stück auf. »Bist du da drin?«, rief sie.

Von irgendwoher drang ein verzerrtes Keuchen aus dem Halbdunkel zu ihr herüber, es hätte ebenso gut von einem verwundeten Tier stammen können.

Sie straffte die Schultern, gab der Tür einen weiteren Tritt, sodass sie aufsprang. Ein widerlicher Geruch schlug ihr entgegen. Sie nahm sich vor, nicht allzu tief einzuatmen und trat ein.

Auf der gegenüberliegenden Seite kauerte eine Gestalt auf einem Strohsack, wimmernd, wie im Fieber.

»Ich hörte, du bist verletzt«, sagte Käthe. Hoffentlich klang ihre Stimme so fest, wie sie es sich wünschte!

Warum hörte ihr Herz nicht endlich auf zu hämmern? Statt einer Antwort brachte die Gestalt auf dem Strohsack ein undeutliches Knurren hervor.

»Helfen kann ich dir nicht. Ich verstehe nichts von der Heilkunde. Aber ich lasse dir etwas zu essen da.« Langsam ging sie in die Hocke und rollte den Brotlaib in seine Richtung. Sie erhob sich, wartete. Nichts geschah. Der Gestank raubte ihr beinahe den Atem. »Iss es, damit du zu Kräften kommst«, hörte sie sich sagen. Da! Eine Bewegung, sein ausgestreckter Arm, seine Hand, die nach dem Brot tastete. Sie hielt den Atem an, hörte, wie ihr Blut in den Ohren rauschte. *Herrgott, vergib mir* ...

Als sie Schmatzgeräusche vernahm, ließ sie die Luft hörbar durch die Nase entweichen. Sie wandte sich um und trat ins Freie. Noch immer hörte sie ihn kauen, es erinnerte an ein ausgehungertes Tier.

Einen Schritt bedächtig vor den anderen setzend, entfernte sie sich von der Hütte.

»Es wird Unruhe in deine Glieder treiben und deinen Geist verwirren«, sagte sie leise zu sich selbst. Das taufeuchte Gras strich über ihre Knöchel.

»Du wirst schreien und dem Wahn verfallen.« Sie schlang ihr Tuch fest um den Oberkörper. Mit jedem Schritt beruhigte sich ihr Herzschlag etwas mehr.

»Dann wird es dir die Eingeweide zerreißen.« Sie blieb stehen, drehte sich um. Die Hütte lag weit genug entfernt, verborgen im Nebel.

»Und am Ende wirst du nicht mehr atmen.«

Wenn sich Fakten und Fantasie vermischen ...

... kommt dieses Buch dabei heraus. Wenn Sie, liebe Leserin, lieber Leser, sich gut unterhalten gefühlt haben, freut es mich, denn nichts anderes hatte ich beabsichtigt. Vielleicht kennen Sie den Westerwald oder leben dort, so wie ich – und fragen sich, ob den erzählten Verbrechen historische Tatsachen zugrunde liegen. Mord und Totschlag machen schließlich auch vor den malerischsten Gegenden nicht Halt.

Ich will es Ihnen verraten: Nichts davon ist wirklich geschehen. Alle Morde, Entführungen und Giftmischereien sind Produkte meiner Fantasie, die im Übrigen auf Hochtouren läuft, sobald sich der erste Funke entzündet hat. Zum Beispiel an einem der Schauplätze, die im Gegensatz zu den Handlungen historisch belegt sind und bis auf wenige Ausnahmen heute noch existieren. Oder an den Namen und Biografien von einst im Westerwald lebenden Persönlichkeiten, die mir – sei es aufgrund ihrer Beziehung zum jeweiligen Schauplatz oder wegen eines noch so kleinen Details ihrer Lebensgeschichte – so bedeutungsvoll erschienen sind, dass ich nicht anders konnte, als ihnen eine Rolle in meinen Geschichten zuzuteilen. Doch bei aller Fiktion, die in dieses Buch eingeflossen ist ... ausschließen kann wahrscheinlich niemand, dass nicht doch in der einen oder anderen kalt ruhenden Nacht eine Leiche in den jahrhundertealten Schluchten des Westerwaldes auf rätselhafte Weise verschwunden ist.

Bis zum Ende des Winters (Seck)

Unweit vom Ortseingang Seck, einer kleinen Gemeinde zwischen Siegen und Limburg an der Lahn, stößt man auf die Ruinen des einstigen Benediktinerinnenklosters Seligenstatt. Das Gründungsjahr des dem Erzbistum Trier unterstellten Klosters ist unbekannt. Erstmals urkundlich erwähnt wurde es im Jahr 1181. Da dem Kloster in jenen Tagen nur begrenzte Mittel zur Verfügung standen, beschränkte Erzbischof Dietrich von Trier die Anzahl der dort lebenden Benediktinerinnen auf dreißig. Ob eine von ihnen über einen ähnlichen Spürsinn verfügte wie die von mir erfundene Schwester Lucardis oder eine der damals dort lebenden Novizinnen ebenso gegen die von den Eltern auferlegte Lebensplanung rebellierte wie Martha, bleibt ein Geheimnis. Tatsache ist, dass alle Charaktere, bis auf Pfarrer Richwin, dessen Existenz für diese Zeit in Seck belegt ist, meiner Fantasie entstammen.

Durch die Mitgift, die adelige Eltern ihren Töchtern beim Eintritt ins Kloster mitgaben, konnte Seligenstatt seine Besitztümer ausdehnen. Das Kloster florierte vor allem im 13. und 14. Jahrhundert. Doch schon kurze Zeit später verlor es seinen Glanz. Seit 1818 zeugt nur noch die bis heute erhaltene Klosterruine vom einstigen Ordensleben in Seck.

Schrei nicht, kleine Schwester (Dierdorf)

Zur Zeit des Deutsch-Französischen Krieges, der im Frühjahr 1871 endete, diente ein Teil der ehemaligen wiedischen Residenz als Lazarett. Ursprünglich als herrschaftliche Schlossanlage geplant und 1722, nach zwanzigjähriger Bauzeit, fertig gestellt, wurde sie während des Krieges schon längst nicht mehr als solche genutzt. Während sich nach Kriegsende auch Dierdorfer Bürgerinnen und Bürger um die verletzten Überlebenden sorgten, ging der Alltag im Städtchen seinen Gang.

Die in vielen Westerwälder Ortschaften gängige Praxis der Schweinemast in den Wäldern wurde auch in Dierdorf praktiziert. Davon zeugt der bis heute erhaltene Flurname *Sauplatz*, der sich unweit des heutigen Waldhotels befindet. Im Archiv finden sich keine Belege darüber, ob die Schweinemast in Dierdorf auch im Jahr 1871 noch betrieben wurde, weshalb ich hier von meiner künstlerischen Freiheit Gebrauch gemacht habe. Auch ist nicht überliefert, ob es sich bei den Hirten immer nur um Männer handelte. Mir gefiel die Idee, dass es eine Sauhirtin gegeben haben könnte, und so wurde Lotte erschaffen, stigmatisiert durch ein auffälliges Mal im Gesicht, abgelehnt von der Mutter und vergraben in ihrer eigenen Welt.

Das in der Geschichte erwähnte Märkerrathaus, errichtet im Jahre 1603, hatte damals seinen Platz auf einer Fläche, die heute zum Marktplatz gehört, und stand mit der Vorderseite dem Schloss zugewandt.

Bei der Dierdorfer Märkerschaft, die sich in alter Zeit *Feld- und Waldmark zu Dierdorf* nannte und seit dem ausgehenden Mittelalter bis heute besteht, handelt es sich um eine Gemeinschaft von Bürgern, die sich mit Hilfe der seit 1857 verschriftlichten Observanzen (Forst-, Wald- und Rügeordnung) für die Pflege und Nutzung der Märkergüter (Wälder und Felder) einsetzt. An dieser Stelle auf die ideologischen Aspekte der Märkerschaft einzugehen, würde den Rahmen sprengen und ein eigenes Buch füllen.

Dass es lohnend sein kann, sich bei den Archivaren, Bürgermeistern oder Vereinshistorikern der einzelnen Orte nach Persönlichkeiten der jeweiligen Zeit zu erkundigen, beweist die Recherche für diese Geschichte. Die Namen von Fußgendarm Schickerling und Gemeindediener Nußbaum sowie des damaligen Bürgermeisters Prestinari sind allesamt archiviert – die Personen haben also wirklich einmal in Dierdorf gelebt.

Der Fingersammler (Dernbach)

Bei der klösterlichen Gemeinschaft, in der Mina und Margarethe als Postulantinnen leben, handelt es sich um die noch heute existierende Kongregation der Armen Dienstmägde Jesu Christi, die 1845 von Maria Katharina Kasper in Dernbach gegründet wurde. Gemeinsam mit vier Gefährtinnen, von denen eine tatsächlich den Namen Schwester Klara trug, begann sie ihr segensreiches Wirken und legte den Grundstein für die bis heute während Versorgung von Kranken, Sterbenden und Waisen. Dernbach besaß damals keine eigene Pfarrkirche, nur zwei Kapellen. In einer von beiden, der Heilbornkapelle, versammeln sich in meiner Geschichte die Schwestern zum Gebet, während die Männer aus dem Dorf nach der vermissten Mina suchen. Die Heilbornkapelle, 1682 erbaut, ist noch heute eine frei zugängliche Stätte der Andacht und übt, inmitten der beiden ausladenden Linden, eine besondere Anziehung aus.

Im Jahre 1853 reagierte der damalige Limburger Bischof Blum auf die Bitte der Gründerin um einen geistlichen Begleiter und Seelsorger, indem er Johann Jakob Wittayer in die Kongregation nach Dernbach entsandte. Bei seinem Eintritt wurde Wittayer der Titel Superior verliehen, was ihn zur Führung der Geschäfte des Klosters befähigte. Bis zum Jahre 1870 behielt er diese Funktion. Danach wurde Maria Katharina Kasper vom Vatikan als Generaloberin eingesetzt und Wittayer verlor seine Rechte als Superior. Später benannte man eine Dernbacher Straße nach ihm und seine Grabstätte ist bis heute auf dem Schwesternfriedhof erhalten.

Mit Dernbach verbinden mich Erinnerungen besonderer Art, da ich drei Jahre lang das von der Ordensgemeinschaft geführte katholische Mädcheninternat in der Klosterstraße besuchte. Darum ist es mir eine besondere Freude, die Geschichte vom Fingersammler allen ehemaligen Schülerinnen, besonders denen des Jahrgangs 1980/83 zu widmen.

Josephines Vermächtnis (Burg Greifenstein)

Die ersten Erwähnungen der Burg Greifenstein reichen zurück bis ins 12. Jahrhundert. Strategisch günstig an der Hohen Straße, der bedeutenden Handelsstraße zwischen Frankfurt und Köln, gelegen, war sie Ziel vieler Übergriffe.

Wilhelm Moritz, der letzte Graf zu Solms-Greifenstein, prachtliebend, gebildet und weitgereist, ließ die Festung nach und nach zu einem barocken Schloss umbauen und auch die Barockkirche errichten, wovon noch heute seine Initialen auf der Fassade zeugen. Iovanni de Paerni, ein in Italien ausgebildeter Meisterstuckateur, übernahm mit seinen Gehilfen die kunstvolle Ausschmückung von Wänden und Decke der Kirche. Wenn Sie den Gipsstuck entlang der Empore sorgfältig betrachten, entdecken

Sie seinen Namen, mit dem er sich für alle Zeiten dort verewigt hat.

Man erbaute die Kirche über der einstigen Katharinenkapelle, die ehemals katholisch war und einen entsprechend farbigen und ausgeschmückten Innenraum aufwies, später als reformierte Kapelle weiß getüncht und schlicht gehalten wurde. Sie ist heute über eine Treppe zugänglich. Möglicherweise suchte Gräfin Magdalene Sophie, so wie in meiner Geschichte, die Kapelle tatsächlich immer wieder auf, um näher bei ihren so früh verstorbenen und in der Gruft beigesetzten Kindern sein zu können. Im Jahr 1686 hatte sie, gerade 26-jährig, bereits vier ihrer bis dahin geborenen fünf Kinder verloren, die meisten wurden nur wenige Monate alt. Vielleicht war ihre Zofe ein Mädchen wie die Hugenottin Josephine, die zusammen mit zahllosen Anderen um des Glaubens willen über die französische Grenze floh und im Jahre 1686 von Graf Wilhelm Moritz in der Nähe der Burg im Ort Daubhausen angesiedelt wurde.

Die Existenz eines Falkners ist für Burg Greifenstein nicht historisch verzeichnet. Inspiriert von einer Schautafel, die zahlreiche Abbildungen von Greifvögeln zeigt und die ich bei meinem Streifzug auf dem Außengelände der Burg entdeckte, fand Richard seinen Platz in meiner Geschichte.

Schwalbenkind (Daubach)

Über einhundert Jahre vor der Zeit, in der die Geschichte vom Schwalbenkind spielt, wurde die Daubacher Mühle erstmals erwähnt. Den noch heute üblichen Namen Häusges Mühle erhielt sie vermutlich aufgrund des kleinen, direkt an die Ölmühle gebauten

Wohnhauses, in dem der Müller lebte. Dass sich in diesem Mühlen-haus eine Art unterirdisches Verlies befindet, entspringt meiner schriftstellerischen Fantasie. Die Lage der Mühle, abseits vom Dorf und umgeben nur von Wiesen und Wäldern, die nächsten Nach-barn weit genug entfernt, weckte die Idee, dass sich hier ein von den Dorfleuten unbemerktes Verbrechen hätte zutragen können.

Idas Schwalbenkind steht stellvertretend für alle Menschen mit körperlichen und geistigen Behinderungen, die in jener Zeit vor allem aufgrund des damals herrschenden Aberglaubens gesell-schaftlich, rechtlich und soziokulturell benachteiligt waren. Man fürchtete sie ebenso als Dämonen, wie man sich andererseits an ihrem Anblick auf Jahrmärkten ergötzte. Die Geschichte vom Schwalbenkind ist die einzige in diesem Buch, in der alle Charak-tere frei erfunden sind.

Die Scherbe (Grenzau)

Wer das Kannenbäckerland kennen lernen möchte, kommt an der Stadt Höhr-Grenzhausen mit ihrem Ortsteil Grenzau nicht vorbei. Nähert man sich Grenzau von Höhr-Grenzhausen aus, windet sich die Straße serpentinenartig bis herunter ins Brex-bachtal. Dabei öffnen sich grandiose Ausblicke auf die bewal-deten Hänge ringsumher und vor allem auf den Bergsporn, auf dem die Burgruine mit ihrem zweiunddreißig Meter hohen, drei-eckigen Bergfried thront, deutschlandweit dem einzigen dieser Art.

Im Jahr 1208 begann Heinrich I. von Isenburg mit dem Bau der Burg, die seither eine wechselvolle Geschichte erlebte.

Das Küchenmädchen Elise ist frei erfunden, ebenso wie die mütterliche Küchenmeisterin Käthe, die am Ende mit einer Zutat aus ihrer gut sortierten Kräuterkammer eine kundige Hand beweist. Belegt ist dagegen der Name des Eulers, von dem Elise den Krug erhält, der ihr später von Nutzen sein wird. Im Kannenbäckerland ist der Begriff »Euler« eine übliche Bezeichnung für den Töpfer. Bertram Kneutgen, der Sohn einer Töpferfamilie aus dem Siegburger Raum, ließ sich 1614 in Grenzau nieder. Seine Ware war bekannt dafür, sich von der recht schmucklosen Gebrauchskeramik der einheimischen Töpfer abzuheben. Es war die Geburtsstunde des Eulerhandwerks im Grenzauer Tal.

Nachwort

Ohne die entsprechenden Kenntnisse um zeitgeschichtliche, geografische, botanische und ortsspezifische Gegebenheiten hätte ich meinen Kriminalgeschichten niemals eine solche Authentizität verleihen können. Daher seien an dieser Stelle alle genannt, die ihr profundes Wissen im Rahmen meiner Recherchearbeit mit mir geteilt haben:

Archivar Joachim Brauß für seine wertvollen Informationen über das historische Dierdorf.

Joachim Letschert für seine Einladung zu einem persönlichen Gespräch und das Überlassen der entsprechenden Literatur über Dernbach.

Hansgeorg Jekat für seine mündlichen und schriftlichen Ausführungen zur Rekonstruktion des ehemaligen Klosters Seligenstatt.

Petra und Dieter Herkersdorf für die Schriften und Dorfchroniken von Seck inklusive der umfangreichen Auskünfte über die damaligen Forstgebiete dieser Gegend.

Ortshistoriker Michael Krekel vom Greifenstein-Verein für die bereichernde Burgführung außerhalb der offiziellen Öffnungszeiten sowie die zahlreichen Einzelheiten zur Burggeschichte und über die einst dort lebenden Menschen.

Bernd Ersfeld vom Westerwaldverein für die nützlichen Hinweise zur Daubacher Historie sowie Ortsbürgermeister Thorsten Hahn für das angenehme Gespräch und das Überlassen der Daubacher Dorfchronik.

Ihnen allen ein herzliches Dankeschön!

Die Autorin

Michaela Abresch

Ein Westerwälder Kind. Dort geboren, aufgewachsen und noch immer wohnhaft. Mit dreizehn Jahren die Liebe zum Schreiben entdeckt. Bücher verschlungen. Geschichten verfasst. Inzwischen verheiratet, Mutter von zwei erwachsenen Söhnen, tätig als Beratende Pflegefachkraft in einer Einrichtung der Behindertenhilfe. Das Schreiben weder aus den Augen noch aus dem Sinn verloren. Neben Kurzgeschichten in verschiedenen Anthologien folgende Veröffentlichungen im acabus Verlag:

2012 Das Mirakelbuch
(Historische Erzählungen aus dem Westerwald)
2013 Ostrakon - Die Scherbenhüterin
(Historischer Roman)
2015 Meermädchen und Sternensegler
(Geschichten zwischen Traum und Wirklichkeit)
2017 Kalt ruht die Nacht
(Historische Kriminalgeschichten aus dem Westerwald)

Besuchen Sie die Autorin auf www.michaela-abresch.de

Weitere Titel im acabus Verlag

Michaela Abresch

Das Mirakelbuch
Historische Erzählungen aus dem
Westerwald

ISBN: 978-3-86282-152-5
BuchVP: 11,90 EUR
164 Seiten, Paperback

Ein geheimnisvolles Mirakelbuch in den Habseligkeiten eines stummen Mädchens … Wolfsspuren im frisch gefallenen Schnee … ein ausgesetzter Säugling vor der Klosterpforte … ein blutiger Dolch, von der Tochter des Burgherrn im Wald verscharrt …
Zwölf historische Geschichten, eingebettet in die waldreichen Hügel des Westerwaldes, erzählen von Liebe und Verlust, Angst und Mut, Sehnsucht und Verzweiflung. Sie entführen ihre Leser in die mittelalterlichen Städtchen des Westerwaldes, auf die Bergfriede einstiger Burgen, hinter die Pforten von Klöstern und Kapellen. Und am Ende einer jeden Erzählung ist man sich plötzlich nicht mehr sicher, ob sich das soeben Gelesene nicht tatsächlich in jenen Tagen zugetragen haben könnte …

Michaela Abresch

Ostrakon. Die Scherbenhüterin

ISBN: 978-3-86282-229-4
BuchVP: 15,90 EUR
404 Seiten, Paperback

Erez Ysrael, 55-73 n. Chr. Seit einhundert Jahren ist das Land Teil des römischen Imperiums. Die fremden Machthaber misstrauen den jüdischen Bräuchen und erheben Steuern, die das Volk kaum aufbringen kann. In den Herzen der Aufständischen lodert die Sehnsucht nach Freiheit.

In dieser von blutigen Unruhen geprägten Zeit begibt sich die Halbjüdin Daya auf die Suche nach den Papyrusschriften ihrer verstorbenen Mutter. Die Begegnung mit dem Freiheitskämpfer Mattaji, der für seine Vision von einem unabhängigen Volk bis zum Äußersten geht, verlangt eine weitreichende Entscheidung von Daya.

Während sie Unterschlupf bei den Anhängern des getöteten Nazareners sucht, rüstet sich Mattaji mit den Rebellen zum finalen Kampf gegen die Römer auf der Wüstenfestung Mezada …

Michaela Abresch

Meermädchen und Sternensegler
Geschichten zwischen Traum und
Wirklichkeit

ISBN: 978-3-86282-381-9
BuchVP: 19,90 EUR
188 Seiten, Hardcover mit Schutzumschlag
Auch als Paperback-Ausgabe erhältlich.

Ein Buch zum Träumen, Sehnen und Sternensegeln. Jetzt auch als
traumhafte Geschenkidee in der hochwertigen Hardcover-Ausgabe!

Sieben zauberhafte Geschichten entführen den Leser in märchenhaf-
te Welten, an die unbändige Küste des Atlantiks und in die dichten
Wälder des Nordens. Sie erzählen von der Sehnsucht nach Freiheit
und dem Wunsch nach Zweisamkeit, von der Suche nach dem eigenen Glück und der Magie der Selbsterkenntnis. Durch Mut und
Zuversicht werden Träume Wirklichkeit.

Unser gesamtes Verlagsprogramm
finden Sie unter:

www.acabus-verlag.de
http://de-de.facebook.com/acabusverlag